「우선은 기본인 이 문자부터. 로 문자와 하 문자는 이 문자가 완벽해진 다음부터」

Ram & Rem
람 & 렘

로즈월 L. 메이더스
Roswaal

배색이 지나치게 기발한 복장과,
피에로 같은 얼굴의 화장이 특징인 귀족.

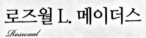

베아트리스
Beatrice

금서고의 사서.
팩을 "빠냐" 라고 부르며 따르고 있다.

Characters

Re: Life in a different world
from zero
The only ability I got in a different world "Returns by Death"
I die again and again to save her.

람 *Ram*

로즈월 저택의
쌍둥이 메이드(언니).
납작.

렘 *Rem*

로즈월 저택의 쌍둥이 메이드(동생).
가사 전반이 특기.

Re: Life in a different world from zero

The only ability I got in a different world "Returns by Death"
I die again and again to save her.

CONTENTS

Re:제로

Re: Life in a different world from zero

부터 시작하는 이세계 생활

나가츠키 탓페이 지음
오츠카 신이치로 일러스트
정홍식 옮김

NOVEL ENGINE

표지 · 본문 일러스트
오츠카 신이치로

프롤로그『속죄의 시작』

——그 순간에 느낀 감정은 지금도 깊이 기억하고 있다.

눈에 익은 경치가 불길에 타버리고 낯익은 사람들이 말 못하는 주검으로 변해간다.

끝나가는 세계. 닫혀 있던 세계. 보답 없는 세계.

오로지 엄격하기만 하고, 오로지 부조리하기만 하며, 오로지 상처를 입는 것만 반복되는, 그런 세계.

그런데도 손을 뻗고 손가락을 움직이며 입술을 떨어 애원한다.

그런 구원 없는 세계이더라도, 자신에게는 그것밖에 없었으니까.

언제나 앞에서 지켜주는 등 뒤에서 엿볼 뿐이었던 세계.

그 벽이 별안간 치워져 넓어진 세계가 눈부셔서 눈을 반개한다. 살갗을 지지는 불길의 열기와 색깔을, 타는 살점의 냄새와 색깔을, 공중을 나는 '뿔'의 아름다움과 그 색깔을. 모든 것을 그 눈으로, 완전히 뜨지 않았던 시야에 아로새기며——.

이제 끝나버릴지도 모르는 세계 속에서 자신이 무엇을 생각했었는가.

그 순간에 느껴버린 감정——그것을 지금도 기억하고 있었기
에.

그 이후 그녀의 하루하루는 전부 그 감정에 대한 속죄만으로
이루어져 있었다.

제1장 『자각하는 감정』

1

눈꺼풀을 열고 처음 본 것은 인공적인 인상의 하얀빛이었다. 빛 저편에는 넓은 천장이 있고, 설치된 결정이 약하고 희미하게 빛나며 실내를 밝히고 있다.

자다 깬 머리로 그것을 확인하고 스바루의 의식이 바로 각성한다. 잘 깨는 건 체질이다.

"……베개 감촉이 다른데. 냄새랑 품질이, 평소 거랑 자릿수 하나는 가격이 달라."

스바루는 이불 감촉을 만끽하고, 희미하게 좋은 향이 나는 침대에서 상체를 일으킨다.

한눈에 상류 계급이라고 알 수 있는 방이다. 스바루가 누운 침대 역시 스바루가 다섯 명 자더라도 여유가 있는 킹 사이즈―― 10평 가까운 넓이의 방에 침대만 덩그러니 있는 묘한 방 배치.

"벽의 그림이나 가구가 구색이나 맞추는 정도로 있으니 되레 적적함이 느는군. 객실……로 보면 되나."

완전히 각성한 스바루는 침대에서 내려와서 가볍게 손발을 돌리며 컨디션을 확인한다. 어깨 및 다리 주변의 상태를 그 자리에서 점검하고, 마지막으로 옷을 슬쩍 들쳐 배를 만진다.

"배의 상처…… 없──음. 타박은 물론 배 쨌 자국도 없나. 실밥도 남지 않다니 이 세계의 외과는 우수하셔. 내 대활약이 망상인 게 아니라면 말이지만."

자신의 배가 깊숙이 찢긴 기억과 일련의 사건을 회상한다.

지구의 일본국에서 평범한 고교생을 해먹고 있었을 스바루는 갑자기 다른 세계에 소환되어 죽도록──글자 그대로, 몇 번이나 죽도록 호된 꼴을 겪었다.

이렇게 지금 목숨이 붙어 있는 건 여러 기적이 겹친 우연의 산물이다.

"그건 그렇고, 그 뒤로 얼마나 지났는지…… 시간을 알 수 있는 물건, 없네."

둘레둘레 방 안을 둘러보지만 달력이나 시계 부류는 눈에 띄지 않는다. 문 위의 노란색으로 빛나는 결정이 눈에 띄는 것과, 창밖의 어둠으로 보아 지금이 밤이라고 안 것이 새로운 정보다.

스바루는 어깨를 움츠리고는 크게 심호흡한다. 그리고.

"좌우지간 어쨌든 간에…… 이번엔 '사망귀환'은 회피할 수 있었단 뜻이로군."

내지 못하고 있던 결론을 입에 올려 간신히 현실과 마주 볼 각오를 다진 것이었다.

"한 번 꼴사납게 죽고, 두 번째도 과감하게 죽고, 세 번째에 개죽음하고, 네 번째는 사투 끝에 빗나간 탄에 맞아 사망── 같은 전개는 피했나. 만약 죽었더라면 나 엑스트라 직통이었다고."

스바루는 침대에 몸무게를 얹으면서 손가락을 꼽아가며 자신의 사인(死因)을 세다가 질린다.

돌이켜 보면, 미수까지 포함해 순 칼부림 사태로만 죽었다. 당분간 날붙이는 꼴도 보기 싫다.

어쨌든 '사망귀환'을 어떻게든 회피해 겨우 시간이 경과하고 있다. 치명상을 입었을 스바루가 이렇게 무사히 있을 수 있는 이유는…….

"상황을 생각해보면, 그 애…… 에밀리아의 회복마법……일까?"

뇌리에 떠오르는 것은 은발에 남보랏빛 눈동자의 아름다운 소녀──에밀리아다.

배에 입은 상처의 치료는 그녀의 행위라 봐도 틀림없을 것이다. 실제로 스바루는 에밀리아에게 상처를 치유받은 경험이 있기에 그렇게 생각하는 것이 자연스러웠다.

그리고 필연적으로 스바루를 쉬게 둔 객실──이 저택의 소유주 또한 에밀리아라고 추측한다. 다만.

"저택에 관해서는 라인하르트의 집일 가능성도 있지만 말이지. ……그건 그렇고."

흘끗 방문에 눈길을 돌리고 스바루는 기별 없이 막막한 상황에 불만의 한숨을 쉰다.

"보통, 깨어나면 '일어났어?'라고 베갯맡에서 간병해주고 있던 미소녀가 말 걸어주는 법이잖아. 소환 때에도 미소녀 부재이질 않나, 소환물로서 다소 미흡한 점이 눈에 띈다고……."

무쌍도 못 하지 이성과의 만남도 적지, 소환물로서는 낙제점이다.

"그리고 이렇게까지 움직임이 없는 판국이면…… 큰마음 먹고 자력으로 현황을 확인할 수밖에 없나."

스바루는 튀어 오르듯 일어서고는 방문을 연다. 싸늘한 공기가 열린 문 저편에서 흘러 들어오고, 맨발이 마루의 냉기를 다이렉트로 전해왔다.

방 밖에 나가자 펼쳐진 것은 벽과 마루를 난색(暖色) 계통으로 통일한 넓은 복도다. 좌우 양쪽 어디에나 기다랗게 통로가 이어져 있으며, 무시무시하게도 복도 끝이 보이지 않는다.

"지나치게 으리으리해서 '우와아'라는 소리밖에 안 나온다, 야. 무지 넓달까 광대할 지경……. 인기척 어디 갔어."

맨발로 복도를 착착 걸으면서 스바루는 그 고요함에 눈썹을 찌푸린다. 사람 사는 소리라 할 만한 게 전혀 들리지 않는 것이다.

"밤이란 걸 공제해도 너무 조용한데……. 이래선 큰 소리 지르기도 주저되누만."

본래라면 큰 소리로 "누구 없어요—!"쯤은 하는 게 스바루의 성격이지만, 현재 상황에서 그런 행동을 하는 것도 위험스럽다.

누가 뭐래도 스바루는 현시점에서 자신이 안전한 장소에 있는지 아닌지도 파악하지 못하고 있다.

당연한 듯이 스바루에게 호의적인 인물의 저택이라고 판단했지만, 최악의 경우 스바루가 의식을 잃은 다음에 창자에 껌뻑 죽는 살인귀가 돌아와 스바루를 납치했을 가능성도 없지는 않다.

그렇다고 해서 그런 가능성까지 고려하고 있어선 아무 행동도 못 하고.

"인생 될 대로밖에 안 된다고 켄이치도 말했었잖냐. 나도 그렇게 생각하자."

참고로 켄이치란 스바루의 아버지 이름이다. 실로 스바루의 아버지다운 인물이었다.

걷기 시작하는 스바루의 걸음걸이에 망설임은 없다. 하지만 한동안 걷다가 스바루는 고개를 모로 꼬았다.

"이만큼 걷고서 구석에 닿기는커녕 복도 끝이 보이지도 않는다니, 있을 수 있나?"

아무리 그래도 위화감을 완전히 속일 수 없다. 온 길을 돌아가는 것도 검토에 넣고 스바루는 돌아선다. 그리고 "어라?" 하고 눈썹을 찌푸렸다.

"이 그림……. 맨 처음 방 나왔을 때에 눈앞에 있었던 것 같은데……."

복도에 장식된 유화 앞에서 스바루는 팔짱을 끼며 신음한다.

그림은 밤의 숲을 그린 것으로, 방을 나와 처음으로 목격한 것과 같은 느낌이 든다.

스바루가 지나치게 굼벵이 걸음이었다든가 같은 전개가 아니라면 번쩍 떠오르는 가능성은.

"바닥이 기계 장치로 움직이고 있거나, 행여나 복도가 루프하고 있기라도 한…… 걸까."

아마도 복도를 어느 정도 이동한 순간에 맵의 반대쪽으로 전이되고 있는 것이다. RPG 등지에서는 친숙한 필드 트랩이지만.

"만약 복도가 루프 중이라고 한다면, '사망귀환' 도 그렇고 인연 한번 어지간한걸."

아무에게나 동의를 구하듯 중얼거리며 스바루는 가까운 방의 문을 연다. 그러자 안에 아무것도 놓여 있지 않은 살풍경한 방이 나왔다. 당연하지만 아무도 없다.

"루프하는 복도와 몇 군데의 방……. 정답을 찾아내지 않으면 나갈 수 없다든가 하는 전개인가?"

아직 이세계 소환에 대해서도 온전히 다 수용한 판도 아닌데, 눈뜨자마자 새로운 판타지 요소와 맞닥뜨리다니 머리를 부둥켜안고 싶어지는 상황이다.

"뻔한 전개를 따르면, 나는 지금부터 정답 방을 찾아서 몇 시간이나 헤매게 되겠지. 배는 꺼지고, 정신은 닳아빠지고, 체력도 이윽고 바닥을 보인다. 그렇다면……."

숨을 삼키며 이마의 땀을 닦은 다음, 스바루는 각오를 다지고 최초의 한 걸음을 내디딘다.

유화가 장식된 정면의 문, 요컨대 스바루가 나왔다고 여겨지는 문의 손잡이를 튼다.

"누가 올 때까지 방에서 자자. 혹은, 흔히 있는 최초의 방이 골인 지점일 가능성."

포기 전문가 같은 성격과 즉흥적인 발상으로 결정한 스바루는 방 안에 들어가──,

"……어쩜 이렇게, 진심으로 부아 치미는 놈인 것이야."

그리고 낯선 서고 안에서, 스바루를 쳐다보는 곱슬머리 소녀가 뱉는 원망조의 말을 받았다.

3

──그곳은 그야말로 '서고'라 부르기에 걸맞은 방이었다.

방의 넓이는 앞선 객실의 배 정도는 되고, 천장까지 닿는 책장이 그 공간을 가득 메꾸고 있다. 책장에도 책이 빼곡히 꽂혀 있어 그 장서 숫자는 상상하기도 어렵다.

"그리고 이만큼 책이 있어도 내가 읽을 수 있을 만한 책은 없음……. 실망이야."

책장을 휙 둘러봐도 일본어 표기의 책등은 보이지 않는다. 알파벳 부류도 없으며, 왕도에서 봤던 각종 상형문자――이 세계의 공용문자가 주욱 늘어서 있다.

몇 번 봐도 읽어낼 수 없는 문자를 보며 스바루는 무심코 한숨을 내쉬었다.

"남의 서가를 서슴없이 쳐다보고, 덤으로 한숨까지. ……혹시 시비를 걸고 있는 것이야? 그렇다면 받아준다?"

"그렇게 땍땍거리고 있으면 귀여운 얼굴 다 망친다고? 자, 스마일, 스마일."

"베티가 귀엽다니 당연한 것이야. 네게 보여줄 웃음은 조소로 충분해."

뺨에 손가락을 대며 웃음을 만드는 스바루에게, 소녀는 사랑스러운 얼굴에 매몰찬 웃음을 새겼다.

이 표현도 이 세계에서 몇 번이 될까. ――아름답고, 가련한 소녀였다.

연령은 빈민가에서 만난 펠트보다 더욱 어려 아마 열한두 살쯤이다. 프릴이 다용된 호사스러운 드레스가 퍽 어울리는 귀여운 생김새였다.

옅은 크림색 머리카락을 길게 뻗어 롤 머리로 말고 있는 게 특징적이다. 미소 지으면 누구나 얼굴을 실실거리지 않을 수 없는 깜찍함.

소녀는 큼직한 책을 안고 목제 접사다리에 걸터앉아서 스바루를 올려다보고 있다.

"조소라니 어려운 말을 다 아네. 그리고 기분 상한 건 내가 한 방에 정답 뽑은 탓이지? 미안하다! 나, 이런 건 옛날부터 이렇 거든."

힌트 없이 복수의 선택지가 준비되어도 한 방에 정답을 찍는 재능을 가진 사람이 나츠키 스바루. 과거에 스바루가 그 스킬로 무의식중에 망쳐버린 이벤트는 많다. 조금 전의 복도도 그중의 하나로 추가될 것이다.

"사람이 상당한 노력으로 영역을 구축했건만, 그걸 저렇게 막……. 최악이지 뭐야."

"게임마스터 입장에서야 모든 이벤트를 거쳐주길 바라는 기 분은 알겠다마는. 미안혀 미안혀."

스바루가 가볍게 손을 들며 사과하자 소녀는 원망스럽게 반개 한 눈으로 노려본다. 소녀의 원망이 담긴 시선에 쑥스러운 웃음 으로 응수하면서 스바루는 내심으로 현 상황을 조심스럽게 정 리한다.

지금 소녀의 발언으로 보아 복도에서 발생한 루프의 원인은 이 소녀였던 모양이다. 하지만 소녀의 의도는 스바루의 경솔한 행위로 파장이 났다는 얘기다.

"뭐, 피차일반이니 없는 셈 치자. 일단, 여긴 어디야? 가르쳐 줘."

"흥. 베티의 서고 겸, 침실 겸, 개인 방인 것이야."

"난 액면 그대로인 대답에 실망해야 해? 여기서 숙박한다니 자기 방이 없는 걸 불쌍하다고 가엾어 해야 해? 아니면 서고를 자기 방 취급해버리는 부분을 흐뭇하게 여겨야 해?"

"약 좀 올려주려 했더니 무슨 말본새인 것이야!"

비아냥거렸는데 멀쩡하게 대꾸 받아 진노한 소녀——자칭 베티는 뺨을 부풀리더니 접사다리에서 일어서서 스바루 쪽으로 걸어온다.

"슬슬 베티도 한계거든. 살짝, 깨우침을 내려줄까."

"어이, 무슨 짓을 할 셈이야. 관두자고! 난 보이는 대로 전투력 없는 일반인이거든?"

촉촉한 눈으로 웅크리면서 가늘게 몸을 떠는 결사적인 어필. 하지만 소녀의 걸음은 늦추어지기는커녕 속도를 더했다.

"——움직이지 말도록."

오싹. 등줄기에 한기가 치닫는 듯한 감각이 스바루를 덮쳤다.

눈앞. 벌써 소녀는 스바루에게 손이 닿는 위치까지 접근해 있다.

자신의 가슴께에나 올까 말까 한 신장의 소녀가 엷은 파랑색 눈으로 응시하는 시선에 경직하는 스바루. 살에 소름이 돋고 정적이 두개골 안에다 새된 이명을 울리고 있었다.

"무슨 하고 싶은 말이라도?"

소녀의 물음에 약소한 시간이나마 경직이 풀린다. 허용받은 한순간에 스바루는 무슨 말을 입에 담을지 최선의 한마디를 찾는다. 시선이 오락가락하다가 스바루는 입술을 움직였다.

"아, 아프지 않게 해주라?"

"농지거리도 이만큼 철저하면 감탄스러운 것이야."

진심으로 감탄한 듯한 어조로 말하며 소녀의 손이 스바루의 가슴으로 뻗는다. 손바닥이 가슴에 닿고 손끝이 부드럽게 표면을 덧그렸다. 간지러운 감촉. 그리고——

"뿌억……."

——다음 순간, 스바루는 온몸이 불길에 타는 듯한 착각을 느끼고 있었다.

몸 안에서 어마어마한 뭔가가 미쳐 날뛰어 손끝부터 머리털한 가닥까지 모조리 다 불사르는 듯한 감각. 몸 안팎을 남김없이 화염의 손가락으로 매만지는 듯한 고통을 수반하는 불쾌감.

시야가 명멸하고, 정신이 들고 보니 스바루는 대량의 눈물을 흘리며 무릎부터 허물어져 있었다.

"기절하지 않았나 봐. 들었던 대로 튼튼한 녀석인 것이야."

"뭐, 뭔 짓거리를 한 거야, 드릴 로리……."

"살짝 몸 안의 마나에 간섭했을 뿐이거든. 순환 방식이 이상한 녀석인 것이야."

소녀는 꿀리는 것 없이 중얼거리고 무릎을 굽히더니, 떨고 있는 스바루의 몸을 손가락으로 찔렀다.

"뭐, 적의가 없는 모양인 점은 확인할 수 있었어. 그리고 지금껏 베티에게 저지른 갖은 무례도 지금의 마나 징수로 용서해줄까."

한계에 도달한 스바루는 찔린 것만으로도 상반신을 지탱하지 못하고 머리를 바닥에 박았다. 그러고도 시간을 들여 천천히 목을 움직여 자신을 내려다보고 있는 소녀의 가학적인 웃음을 쏘아본다.

"너, 그거지……? 인간이 아니군. 이 경우엔 성격적인 의미 말고."

"빠냐랑 만난 데 비해서는 눈치채는 게 늦어라."

기고 있는 스바루를 즐겁게 내려다보는 소녀. 소녀의 말버릇은 겉보기 이상으로 앳되어, 그 점에서 되레 날벌레의 날개를 뜯으면서 노는 잔혹한 유아성이 느껴졌다.

"한 가지, 정정……. 성격적으로도, 너, 인간이 아녀……."

"고상하고 존귀한 존재를 네 척도로 재는 게 아니야, 인간."

그 말은 소녀가 입에 담기에는 너무나도 차갑기 그지없는 온도를 띤 발언이다.

스바루는 가슴속의 응어리를 느낀다. 하지만 느낀 열기를 말로 뱉을 만한 여력이 남지 않았다. 의식은 스바루의 의지와 관계없이 어둠으로 가라앉으려 하고 있다.

──깬 지 얼마나 됐다고, 또 의식불명이냐.

"여기서 죽어도 송장을 넘어가는 게 귀찮은 것이야. 다른 녀석들에게는 얘기해두겠어."

──무슨 벌레인 것처럼 들리니까, 송장이라고 말하지 마라 이 자식아. 아니지, 이 꼬맹아.

그런 흰소리를 떠들지도 못하고, 스바루는 다시 잠에 빠지고 말았다.

4

"어머, 깨어났군요, 언니."

"그러게. 깨어났구나, 렘."

목소리가 같은 두 소녀의 말을 들으며 두 번째로 기상한다.

부드러운 잠자리 감촉은 아무래도 아까와 같은 침대. 막 깬 스바루의 눈꺼풀을 지진 것은 커튼을 넘어 희미하게 비치는 눈부신 햇빛——감각적으로, 아침이겠거니 추측한다.

"야행성 인간이랄까, 반쯤 밤의 권속이었던 내가 아침에 일어나다니 가슴이 뜨거워지는군……."

등교 거부 중의 주야역전 생활을 떠올리면서 각성한 스바루는 상체를 일으킨다. 그대로 목을 돌리고 어깨를 돌리며 허리를 돌리고 창문 쪽을 바라본다.

"지금은 양일 일곱 시가 될 참이에요, 손님."

"지금은 양일 일곱 시가 되는 참이야, 손님."

목소리가 친절하게 시간을 가르쳐주었다. 양일(陽日) 일곱 시——의미는 전달되지 않지만 문맥상 상상은 가능하니, 아침 일곱 시라고 인식하면 되는 걸까.

"그렇담 아까 깼던 걸 세지 않으면 거의 하루 꼬박 곯아떨어졌나. 뭐, 최고로 이틀 반나절이나 계속 잤었던 내게는 별일도 아니지만."

"세상에, 식충이의 발언이에요. 들으셨어요? 언니."

"그래, 쓸모없는 망나니나 할 말이지. 들었어, 렘."

"그런데, 아까부터 스테레오틱하게 나를 책망하는 너희는 누구야, 누님들!"

이불을 밀어젖히며 힘차게 일어서자, 스바루를 사이에 두고 침대 좌우에 있던 소녀들이 놀라 잔달음질로 방 중앙에서 합류. 서로 손을 잡으며 얼굴을 모아 스바루를 본다.

나란히 선 두 소녀──그것은 쏙 빼닮은 이목구비의 쌍둥이 소녀들이었다.

신장은 150센티미터 중간 정도. 큰 눈동자에 분홍빛 입술, 윤곽이 밋밋한 얼굴에는 앳된 인상과 사랑스러운 인상이 동거하고 있어 가련하다고 밖에 할 말이 없다. 할 말이 없다. 숏 보브컷으로 다듬어 둔 머리 모양도 각자 머리카락의 가르마를 달리해 오른쪽 눈과 왼쪽 눈을 한쪽씩 가리고 있다.

그 머리카락의 가르마와, 머리카락 색깔이 분홍색과 청색으로 다른 것이 둘을 분간하는 특징이었다.

쌍둥이 소녀를 대강 관찰한 스바루. 마음이 헝클어져 그 목울대가 절로 떨린다.

"맙소사……. 이 세계에도 메이드복이 존재한단 말인가!"

흑색 기조의 에이프런 드레스에, 머리 위에는 화이트 브림. 가는 어깨가 노출되는 특수한 개조 메이드복은 짧은 치마와 어우러져 몸의 라인이 뚜렷하게 나와 선정적이기까지 하다. 스바루는 메이드복에 관해서 조예가 깊지 않지만, 이 복장에 디자이너의 노골적인 취미가 반영되었음은 엄연한 사실. ──그러나 쌍둥이 미소녀가 입고 있는 것도 엄연한 현실.

"메이드는 내게 있어 그윽함의 체현 같은 이미지였지만……
이것도 나쁘지 않아!"

"큰일 났어요. 지금 손님의 머릿속에서 한껏 욕을 보고 있어
요, 언니가."

"큰일 났어. 지금, 손님의 머릿속에서 갖은 치욕을 다 받고 있
어, 렘이."

"내 허용량을 얕보지 마라. 두 사람 몽땅 망상의 먹잇감이라
고. 누님들."

양팔을 교차하며 허공에서 손바닥을 쥐락펴락. 무의미한 동
작을 본 메이드 두 사람의 얼굴에 전율이 떠오르고, 소녀들은
얽고 있던 손가락을 풀더니 동시에 상대를 가리켰다.

"용서해주세요, 손님. 렘은 못 본 체 하고 언니를 더럽혀주세
요."

"그만둬 줘, 손님. 람은 못 본 체 넘어가고, 렘을 능욕하도록
해."

"완전 아름답지 않구만, 이 자매애! 서로 팔아넘기고 있잖아.
그리고 난 완전 악역이고!"

메이드 두 사람이 피해자 역을 서로 떠넘기는 가운데, 스바루
는 어느 쪽부터 먼저 독니를 꽂아줄까 삼백안의 눈매를 좁힌다.
그때, 거기서 문득 알아차렸다.

"……더 얌전히 깨울 수는 없었어?"

똑똑. 열린 문을 안쪽에서 노크하며 세 사람을 바라보는 소녀

가 서 있었다.

허리춤에 닿는 은발은, 오늘은 매듭이 풀려 자연스럽게 등에 내려와 있다. 복장은 왕도에서 본 로브 차림이 아니라 백은의 이미지가 강한, 호리호리한 몸에 걸맞은 디자인의 복색. 뜻밖에 짧은 치맛단과 늘씬하게 뻗은 다리가 절묘해 스바루는 무심결에 승리 포즈를 잡는다.

"알고 있군! 고른 녀석은 뭘 좀 알아!"

"……무슨 말인지 모르겠는데도, 하잘것없는 거라고 알 수 있는 게 엄—청 유감이다."

갈채를 보내는 스바루를 은발 소녀——에밀리아가 기가 막힌 눈으로 보고 있었다.

갑작스러운 에밀리아의 방문에 곤혹스럽기만 하던 스바루의 심경은 대번에 날아오른다.

연이어 모르는 상대——특히 최초의 소녀에게는 지독한 꼴을 봤던 만큼, 이세계 소환 직후의 경험에서 얻은 지기(知己)인 에밀리아에겐 각별한 감상이 있다.

"피가 모자란 상황에 베아트리스가 못된 짓을 했다고 들었기에 조금 걱정되어서 왔는데…… 엄—청 손해 본 기분."

"난 잠 깨고 네 얼굴을 볼 수 있어 무지 좋은 기분이지만. 그래서 묻는 게 슬쩍 무섭긴 한데."

스바루는 두 손을 모으면서 쭈뼛쭈뼛 눈을 치켜뜨고 의아해하는 에밀리아를 쳐다보았다.

"그, 저…… 날, 잘 기억해주고 있어?"

"그 몸짓, 왠지 징그러워. 그리고 이상한 질문을 다 하네. 스바루만큼 인상이 강한 애는 그리 쉽게 잊지 못할 것 같은데."

미소 짓는 에밀리아가 이름을 불러 스바루는 안도감에 어깨의 긴장을 풀었다. 그다음 곧바로 여자애가 *이름을 그냥 불러준 것을 깨달아 희한할 만큼 솔직하게 쑥스러워 한다.

"들어보세요, 에밀리아 님. 저분이 지독하게 욕보였어요, 언니를."

"들어 봐, 에밀리아 님. 저 남자가 감금능욕을 했지 뭐야, 렘을."

귀까지 붉어진 스바루는 제쳐놓고 에밀리아에게 달려간 쌍둥이가 사실무근의 고자질을 한다. 두 사람의 밀고에 에밀리아는 쓴웃음 짓더니 스바루 쪽을 곁눈으로 보았다.

"당신들 두 사람에게 그런 못된 장난…… 스바루는 하지 않는다고 단언할 수 있을 만큼 알지는 못하지만, 분명 하지 않을 거라 믿고 있는걸. 너무 놀려먹지 마."

"네에—, 에밀리아 님. 언니도 반성 중이에요."

"네에—, 에밀리아 님. 렘도 반성하는 중이야."

람, 렘, 하고 각자 자기 자신을 부르는 두 사람은 조금도 반성하는 티가 보이지 않는 반성을 선언한다. 둘의 그런 태도에 익숙한지 에밀리아는 딱히 신경 쓰는 기색도 없다.

"그래서 스바루, 몸 상태는 괜찮아? 어디 이상한 데는 없어?"

"음, 오, 그러고 보니 자기 전에는 전신화상 입은 것 같아서 죽

---

* 일본에서는 별다른 경칭 없이 바로 이름을 부르는 것은 친밀함의 표시다.

는 줄 알았는데, 그런 느낌도 전혀 없는걸. 반대로 너무 자서 좀 나른할 정도야."

"그 정도로 그쳤다면 충분해. 가볍게 산책이라도 할래?"

"산책?"

살짝 웃는 에밀리아를 보고 스바루는 고개를 갸우뚱한다.

"응, 산책. 나도 일과가 있어 뜰에 나갈 생각이었으니 마침 괜찮잖아?"

"일과……라니, 뭐 하는데? 화단에 물 주기?"

"좀 다른데. 정령이랑 대화를 해. 매일 아침, 계약하고 있는 애들이랑 그렇게 접촉하는 게 나와 그 아이들의 계약조건 중 하나니까."

정령이라는 단어에 스바루는 에밀리아와 항상 함께 있던 고양이형 정령을 떠올린다.

산책과 정령과의 대화. 호기심과 흑심이 동시에 들썩이는 나이스한 제안이다.

"그렇담 재활 훈련 겸 동행해볼까. 에밀리아땅이 정원에서 정령 토크 하는 동안, 걸어다니고 근육 트레이닝하고 얼쩡거릴게."

"음, 큰 소리로 소란 피우거나 하지 않으면 그걸로…… 어? 방금, 뭐라고 했어?"

"쮸아, 언질은 받았다. 정원으로 가자고."

"저기, 뭐라고 했어? 땅이 뭐야? 어디서 나온 거야?"

애칭같이 부르는 이름에 에밀리아가 곤혹한다. 솔직하게 이름을 부르지 못하는 쑥스러운 마음을 얼버무리면서 스바루는 옆에 서 있는 두 메이드에게 얼굴을 돌렸다.

"헤이, 메이드 자매. 내 원래 옷은 어디 갔수? 어느 틈에 환자복 같은 걸 입고 있으니 아마 이 저택에서 맡아주고 있겠다 싶은데."

"아시겠어요? 언니. 혹시 그 지저분한 회색 천조각일까요?"

"알았어, 렘. 아마 그 피로 더럽혀진 쥐색 넝마조각이겠지."

"꽤 거칠 게 없군. 그 지저분한 시궁창 쥐색의 넝마 맞아. 무사하다면 가져와줘."

스바루의 요구에 쌍둥이가 에밀리아를 본다. 허가를 바라는 시선이다. 에밀리아가 고개를 주억이며 응하자, 쌍둥이는 정중하게 인사하며 방을 나갔다.

"내가 꺼낸 말이지만 무리는 하면 안 돼. 상처가 심했었으니까."

"하지만 실제로 벌써 퍼펙트하게 아물었는데 뭘. 어, 그러고 보니 그래."

스바루가 생각이 난 듯 자세를 바로잡고 에밀리아에게 천천히 고개를 숙였다.

"상처, 치료해준 건 에밀리아땅이겠지. 고마워, 살았어. 역시 죽는 건 무서워. 사실 한 번이면 충분해."

"보통은 한 번밖에 없을 것 같은데…… 으응, 그게 아니었지."

무심코 딴죽을 걸고 나서, 에밀리아는 남보랏빛 눈을 글썽이며 스바루를 바라본다.

"감사 표시를 할 사람은 내 쪽이야. 그 장소에서, 거의 알지도 못하는 나를 목숨 걸고 구해줬잖아. 상처 치료쯤이야 당연한 일이지."

진지한 눈빛으로 하는 감사에 스바루는 무심코 숨이 턱 막혔다.

성실한 대꾸 하나 선뜻 꺼내지도 못하는 자기 자신이 원망스럽다.

──'구해주었다'는 에밀리아의 말에 "그렇지 않아."라고 말하고 싶었다. 먼저 구해준 쪽은 에밀리아인 것이다.

그러나 그 기억은 이미 스바루 마음속에만 남아 있다.

이제는 결코 전할 수 없는 감사의 마음을 눌러 삼키고, 스바루는 웃었다.

"──그럼 서로 구하고 구해진 걸로 플러스마이너스 제로로 하면 어때."

"프라스마이……?"

"서로 받을 것도 갚을 것도 없이 대등하다! 그런 이유로 친하게 지내자고, 형제!"

빈민가의 주민 상대라면 여기서 어깨동무라도 한 번 스스럼없이 할 순간이다. 하지만 지금의 스바루가 할 수 있던 행위는 기세로 수치와 쑥스러움을 얼버무리는 것뿐. 그런 스바루를 보며 에밀리아는 작게 웃는다.

"나, 이렇게 이상한 남동생은 필요 없는데."

"자못 신랄한 코멘트이신데요?!"

게다가 자연스럽게 손아래로 취급받고 있는 이 실망감.

그렇게 서로 함께 웃는 사이 문을 열고 쌍둥이 메이드가 돌아온다. 두 사람이 각각 체육복 상하의를 분담해 들고 있는 것을 보고 스바루는 등줄기를 쭉 폈다.

"심기일전해, 하루를 시작해 보실까."

'사망귀환'을 극복한 뒤의 첫 하루가 진짜 의미로 개시된다.

5

갈아 입혀주겠다고 나서는 메이드 둘을 뿌리치고 혼자 힘으로 갈아입기를 단행한 스바루는 에밀리아와 저택의 정원에 나왔다.

넓은 정원을 둘러보며 스바루는 감탄의 숨결을 내쉰다.

"역시 큰데 그래. 저택도 그렇지만 정원도 정원이라기보다 숫제 들판이야."

부잣집 저택의 정원──만화 및 애니메이션에서 왕왕 등장하는, 입식 파티 등이 열릴 법한 모습이 펼쳐져 있다. 휑하니 넓은 정원 한복판에서, 스바루는 재활 훈련할 겸 굽혀펴기 운동을 시작했다.

스바루의 움직임을 보고 에밀리아가 신기하다는 표정을 짓는다.

"별난 움직임인데, 뭐 하는 거야?"

"어라, 준비 운동 개념은 없어? 본격적으로 몸 움직이기 전에 여기저기 풀어둬야지."

"흐응, 그다지 본 적 없는 것 같아. 하지만 갑자기 몸을 움직이면 위험한 건 아는데."

"이 세계의 인간은 준비 운동 안 하는 거냐. 하면 별수 없지. 가르쳐드립지요. 내 고향에 전해지는 유서 깊은 준비 운동을 말이지!"

자신만만한 스바루의 기백에 휩쓸렸는지 에밀리아는 쩔쩔매면서도 "그, 그래. 그럼, 조금만." 하고 스바루를 따라 한다. 스바루는 에밀리아에게 옆에 나란히 서도록 지시하고 시작한다.

"*라디오 체조 두 번째~! 손을 앞으로 뻗어, 쭉쭉 등 펴기 운동~!"

"어, 세상에, 뭐야?!"

"날 흉내 내며 해 봐. 라디오 체조의 진수를 단단히 교육해주겠어."

스바루는 당혹해하는 에밀리아를 질타하면서 전국적으로 유명한 라디오 체조를 무반주로 진행 시작.

처음에야 곤혹해하던 에밀리아였지만 마칠 무렵에는 완전히 몰두하고 있었다.

둘이 마지막 심호흡까지 마치고, 마무리로 양손을 하늘로 뻗

---

* 국민 체조와 비슷한 일본의 건강 체조 프로그램. 주로 공영 라디오 방송을 통해 전파되었기에 라디오 체조라고 부른다.

는다.

"그리고 마지막으로 두 손 들고 빅토리!"

"비, 비크토리."

"좋아, 처음치곤 훌륭해. 에밀리아땅에게 '라디오니스트 초급'을 수여한다!"

온 힘을 다한 라디오 체조를 끝마치고 스바루가 칭호를 내리자 에밀리아는 감명받은 표정이었다. 하지만 숨을 고르고 나니 아른아른 처음 목적을 떠올린 얼굴이 되었다.

"맞아. 얘기가 엄─청 딴 데로 새버렸지만, 잊으면 혼나니까."

그렇게 말하며 엷게 미소를 띤 에밀리아는 품속에서 녹색의 결정을 꺼내 스바루에게 보인다.

"아, 그건."

"정령이 몸을 깃들이는 결정석이야. 팩에 대해서는, 알고 있었더랬지?"

"중요한 장면에서 졸기나 하는 새끼고양이 말이지? 그 뒤의 내 활약 모르는 거 아냐?"

"공교롭게도 착실히 소동을 정리한 다음에 리아한테 얘기를 들었어, 스바루."

스바루의 악담에 반응하듯이 결정석이 빛난다. 들린 목소리는 중성적인 것으로, 이윽고 결정석으로부터 넘쳐 나온 빛이 결집해 에밀리아의 손바닥 위에 자그마한 윤곽을 그려내었다.

손바닥 사이즈의 조그만 몸, 몸길이와 비슷할 정도로 긴 꼬리. 두 발로 걷는 새끼고양이 정령, 팩이다.

"안녕, 잘 잤어? 스바루. 좋은 아침인걸."

"난 심야부터 아침에 걸쳐 자못 파란만장했었지만. 루프하는 복도와 성깔 있는 유녀의 맹위. 그걸 극복한 아침에, 에밀리아 땅과 함께 정열의 땀을 흘리고……."

"누가 듣고 오해할 소리 마."

나무라듯이 입술을 삐죽이는 에밀리아. 그다음 에밀리아는 손바닥 위의 팩을 응시한다.

"안녕, 팩. 어제는 여러모로 무리를 시켜서 미안해."

"안녕, 리아. 하지만 어제 일은 내 쪽이 잘못한 거야. 하마터면 널 잃을 뻔했어. 스바루에겐 아무리 감사해도 모자랄 정도인걸."

팩은 검고 동그란 눈동자로 스바루를 올려다보더니, 손으로 자신의 핑크빛 코를 매만졌다.

"답례를 해야겠다. 뭔가 해주길 바라는 건 없어? 웬만한 건 다 할 수 있는데."

"그럼 내킬 때에 그 털 만지게 해줘."

크게 나온 팩에게 스바루 또한 즉각 받았다.

팩과 에밀리아가 눈을 동그랗게 뜬다. 대답 속도도 그렇지만 그 내용도 놀랄 것이었나 보다.

"저, 잠깐, 조금만 더 생각하고 결정해도 되지 않아? 조그마해서 미덥지 않게 보일지도 모르지만, 팩의 힘은 정말 굉장하단 말이야."

"말에 좀 찜찜한 데가 있지만, 맞아. 이래 보여도 난 꽤 높은 정령이거든."

"야야, 나 같은 1류 털 고르기 장인 입장에선 만지고 싶은 애완 대상을 언제든 귀여워할 수 있단 건 거액의 부와 맞바꾼다고 하더라도 아깝지 않은 대가라고. 아니 진짜로."

말하면서 스바루는 권리를 이행해 팩에게 손가락을 뻗는다. 배에서 턱, 결정타로 귀다.

"귀 환장하겠네! 난 벌써 네 몽실몽실함에 홀딱 갔어!"

"흐릿하게 마음을 읽을 수 있으니까 알 수 있지만, 진심으로 말한다는 점이 굉장한걸."

손가락에 자유롭게 희롱당하면서 팩은 유쾌한 듯 그르릉거렸다.

스바루와 팩이 장난치는 모습을 보고 에밀리아는 포기한 듯이 한숨을 내쉰다.

"그럼 난 미정령(微精靈) 아이들이랑 대화하고 있을게……. 스바루랑 팩은 놀아도 되지만 방해하면 안 돼."

"외면당했군."

"외면당해버렸어."

익살맞게 어깨를 으쓱이는 둘을 에밀리아는 말없이 무시하고 총총히 정원 끝으로. 지면을 가볍게 쓸고 주저앉는 에밀리아. 눈을 감는 그녀의 주위를 희미하게 엷은 빛이 에워싸기 시작했다. ──본 적이 있는 광경이다.

"미정령……인가?"

"맞아. 용케 구별했네. 준정령과 미정령, 구별 못하는 사람이 많은데."

"넘겨짚은 것……도 아니지만, 구별 방법 같은 건 나도 모르거든?"

스바루가 에밀리아의 주위에 부유하고 있는 빛이 미정령이라는 걸 아는 이유는 왕도에서 일어난 루프 도중에 한 번 에밀리아의 입으로부터 미정령이라는 단어를 들었기 때문이다.

앉아 있는 에밀리아는 작은 목소리로 미정령과 말을 나누고 있고, 때때로 미소 짓는 에밀리아에 동조하듯이 미정령들도 엷은 명멸을 반복하고 있었다.

"미정령과의 계약이라든가 하던데, 저건 뭐 하고 있는 중이야?"

"정령과의 계약의 의식. ──계약의 이행이야."

들은 적 없는 단어에 얼굴을 찌푸리는 스바루.

"그래, 음──. 우선 정령사는 정령과 계약하지 않으면 정령술을 쓰지 못해. 그리고 계약 내용은 정령에 따라 달라. 여기까지는 알겠어?"

"대부 업체에 따라 이자나 담보가 다르단 얘기로군. 오케이."

"내가 오케이 아니지만 진행할게. 그래서 정령이 요구하는 것은 개개마다 다른데…… 저런 미정령들은 술자와의 교류 같은, 간단한 조건으로 계약을 할 수 있어."

"간편하달까 초심자용이란 느낌인데. 그렇다고 해도 지금 말하는 걸 보면 제대로 된 정령은 다른 거지?"

"영리한 아이는 이해가 빨라서 편한걸. 그렇기 때문에 더 쓸데없이 탈선해서 얘기가 진전되지 않는단 느낌도 들지만."

'그게 참.' 하고 쑥스럽게 웃는 스바루에게 팩은 뜨뜻미지근한 눈길을 보내며 자신의 수염을 만지작거린다.

"그 말대로, 나같이 의사가 있는 정령은 조금 더 요구가 까다로워. 그만큼 계약자에게 공헌한다고 생각하지만…… 나도 리아에게 부과한 조건은 까다롭지."

"아까부터 신경 쓰였지만, 그 리아란 호칭 귀엽다."

"네 에밀리아땅에겐 못 당하지─. 나도 다음부터 그렇게 부를까."

"──부탁이니까, 절대로 하지 마."

둘의 못된 작당에 에밀리아가 볼멘 얼굴로 끼어든다.

돌아온 에밀리아의 주위에는 정령의 빛이 사라져 있다. 아무래도 정령 토크 쇼는 종료한 모양이다. 스바루는 일어서면서 엉덩이에 붙은 풀을 턴다.

"친목회 끝이야? 생각 외로 별 볼 일 없는 느낌으로 끝났는걸."

"둘이 신경 쓰여서 짧게 하자고 부탁한 거야. 내일 조금 더 착실하게 대화해야 해."

말과 함께 내민 에밀리아의 손바닥으로 스바루 밑에서 이동한 팩이 착지. 팩은 동그란 눈으로 에밀리아를 보며 의미심장하게 웃었다.

"괜찮아. 들춰본 바로, 스바루에게 악의나 적의나 해칠 의지라곤 눈에 띄지 않더라. 조금 꼬인 성격이지만 착한 아이야."

"잠깐……."

팩의 사정없는 평가에 에밀리아가 무심코 말문을 잃는다. 그 뒤에 입을 뻐끔거리며 간신히 말한다.

"왜 본인 앞에서…… 그런 말, 사실이라도 들으면 상처받잖아."

"아—, 됐어 됐어. 나 같은 내력 모르는 놈의 속내 살피는 거야 당연하지. 의심하는 게 당연해. 방금 에밀리아땅의 엄호에는 상처받았지만!"

당황해 입을 손으로 막는 에밀리아를 보고 스바루는 쓰게 웃는다.

팩이 이유도 없이 접촉해온 것이 아니란 사실은 스바루에게도 예상이 간 얘기다.

여태까지 멀쩡한 정보 하나 내놓지 않는 스바루를 아무 경계 없이 받아들일 만큼 에밀리아 쪽은 부주의하지 않다. 람이나 렘의 태도도, 그런 의도의 일부이리라.

"그렇다고는 해도 잘 설명할 수단은 없으니."

기억은 있지만 호적은 없다. 그게 이 세계에서 스바루의 현 상황이다.

소환되었다는 사실은 설명하기 어려울 뿐더러 머리가 돈 사람으로 취급받을 가능성이 높다.

그렇다면 차라리 팩의 인격 판단에 기대는 게 낫다.

마음의 표층을 읽을 수 있는 데다가 에밀리아에게 신뢰받고 있는 팩의 말이라면 스바루 입으로 설명하는 것보다 훨씬 더 설득력이 있다.

"문제없어, 리아. 아니 그보다 스바루는 그 언저리도 이해하고 있어. 내 독심(讀心)을 감쪽같이 이용하다니, 못된 아이지 뭐야."

"영광스러운 평가군. 그대로 잘 다리를 놔주라, 마이 프렌드."

스바루의 호소에 팩이 얼떨떨한 표정을 짓더니 이어서 웃음을 터트렸다.

"그런 투로 접해준 사람은 정말 오랜만이야. 응, 마음에 들어."

"기왕이면 에밀리아땅 쪽이 해주길 바라는 평가인데. 아니, *장수를 맞추려면 먼저 말부터. 아니, 고양이이긴 한데 효과 있으려나. ……왜 그래?"

턱에 손가락을 대고 진지하게 고민하는 얼굴의 스바루를 에밀리아가 놀란 얼굴로 보고 있었다.

스바루가 의문으로 눈썹을 치켜들자, 에밀리아는 "으응, 아니." 하고 작게 숨을 삼킨다.

"──정말, 스바루는 신기해."

"엥?"

"정령이랑 이렇게 스스럼없이 접촉하고, 덤으로 나 같은…… 하프엘프에게도 추파를 던지다니, 농담인데도 깜짝 놀라겠어."

'농담도 아니거니와, 그렇게 놀랄 짓 하고 있습니까?' 라는 게 스바루의 내심이었지만, 그걸 말하는 것조차 잊고서 에밀리아

---

* 일본 속담. 상대를 뜻에 따르게 하려면, 본인보다 그 상대가 의지하는 것부터 먼저 공략하는 게 낫다는 의미다.

의 미소에 넋을 빼놓고 만다.

에밀리아의 미소가 왕도에서 이름을 교환했을 때와 비슷할 만큼 해맑은 웃음이었기 때문에. 덧없는 것과도 애절한 것과도 다른, 보고 있으면 절로 마음이 들뜰 법한.

아름답게 흐르는 은발은 달의 이슬처럼 환상적이며, 첫눈처럼 투명한 하얀 살결. 남보랏빛 눈동자는 매료의 저주라도 뿜고 있는 것처럼 스바루의 의식을 휘어잡고 놔주질 않는다.

고상하고, 아름다우며, 꺾이지 않는 심지를 마음에 품고 있음을 알고 있다.

옆모습을 보인 얼굴에 자연스럽게 감사 외의 감정을 품어버릴 것만 같아 스바루는 자제한다.

"어라, 두 사람 다 무슨 일 있어?"

그때, 뭔가를 알아챈 에밀리아의 목소리에 스바루도 저택 쪽을 본다.

쌍둥이 메이드가 저택에서 정원으로 내려왔다.

두 사람은 스바루 일행 앞까지 오고는 엄숙하게 묵례한다.

"——당주, 로즈월 님께서 돌아오셨습니다. 모쪼록 저택으로."

한 치의 어긋남도 없는 완벽한 스테레오 음성.

스바루는 그 일사불란한 연계에도 놀랐지만, 쌍둥이가 보인 태도의 표변성에도 놀랐다.

둘에게서 조금 전까지의 가벼운 티가 사라지고 대저택의 사용인으로서의 관록이 느껴진다.

"그래. 로즈월이. ……그럼 마중 나가야겠네."

"네. 그리고 손님께서도. 깨어 있다면 함께 모시라고 하시어서."

팩이 에밀리아의 은발 속에 파고든다. 머리카락을 어루만지며 받아들인 에밀리아는 조금 딱딱한 표정이다. 지명받은 스바루는 에밀리아의 옆모습을 쳐다보면서 목뼈를 꺾는다.

"그런데 로즈월이면 누구 말하는 거야?"

"이 저택의 주인…… 그래, 설명하지 않았었구나."

자기 실수를 깨달은 것처럼 에밀리아는 손바닥을 입에 댄다.

"어, 응, 그러네. 로즈월은…… 만나면 알 거야."

"설명 포기하는 거 빠르다! 그렇게 특징이 없어?!"

"──아니, 반대."

에밀리아, 팩, 람, 렘. 넷의 목소리가 동시에 돌아왔다.

경악의 사중주에 스바루는 입을 벙 벌리고 만다. 그런 스바루의 입을 살그머니 밑에서 손으로 닫아주며, 파란 머리의 소녀가 엄숙하게 묵례.

그 옆에 선 분홍 머리의 메이드가 저택을 손으로 가리킨다.

"무슨 말을 늘어놓은들 로즈월 님의 사람됨을 다 나타낼 수는 없습니다. 본인과 만나서 이해주시길, 손님. 응, 자상하신 분이니 괜찮아."

몇 번씩 확인하는 게 반대로 불신감을 부추기지만, 쌍둥이는 얼굴을 마주 보며 함께 끄덕일 뿐.

곤혹해하는 스바루에게 마지못해 쌍둥이에게 동의한다는 표정의 에밀리아가 살짝 손을 뻗었다.

"──틀림없이 스바루와는 마음이 맞을 거다 싶어. 피곤해질 것 같지만."

에밀리아는 스바루의 어깨를 토닥토닥 두드리고, 마음이 울적한 듯한 목소리로 중얼거리는 것이었다.

제2장 『약속한 아침은 멀고』

1

"위에서 봤던 느낌으론, 그렇더라. ……너, 상당히 머리가 딱해 보이는 것이야."

아침 식사 자리라고 쌍둥이가 안내한 식당에서 곱슬머리 소녀가 인사 대신에 그렇게 말했다.

옷을 갈아입기 위해서 방에 돌아간 에밀리아와는 도중에 헤어졌기 때문에 지금 식당 안에 있는 사람은 스바루와 곱슬머리 소녀뿐. 빈정거리는 소녀의 말에 스바루는 야단스럽게 싫은 티를 내보인다.

"상쾌한 새벽에 얼굴 마주치자마자 뭔 소리야, 이 로리."

"뭐람, 그 단어. 들은 적 없는데 불쾌한 감각만 드는데."

"공략 대상 외로 어리단 의미다. 나, 연하 속성 별로 없거든."

"……베티한테 이렇게까지 무례한 소리 지껄이는 것도, 도리어 가엾을 지경인 것이야."

비아냥조로 뱉는 소녀의 말을 의식적으로 무시하고 스바루는 넓은 식당을 대강 훑어본다.

식당 중앙에는 하얀 천이 덮인 탁자가 놓여 있으며, 벌써 접시가 비치된 자리가 여기저기 흩어져 있다. 스바루 또한 준비되어 있다면 아랫자리 중 한 곳이 스바루의 자리일 것이다.

"테이블 매너 외에 여타 사정 모르는 내게 설명해주는 것을 허락해주마."

"불손하기 짝이 없는 것이야. 모른다면 모르는 나름대로 고분고분 머리를 숙이도록 해."

"너한테 머리 숙일 바에는 당당히 제일 상석에 앉아서 힘껏 혼나고 말겠다."

얼굴을 붉히며 분노를 드러내는 소녀에게 스바루는 손바닥을 팔랑팔랑 흔들고 상석에 앉는다. 아마 이곳에 앉을 사람은 에밀리아거나 당주쯤 될 것이다. 가능성은 반반이다.

정말로 상석에 엉덩이를 붙인 스바루를 보고 곱슬머리 소녀는 기가 막힌 얼굴로 고개를 젓는다.

"뭐, 됐지. 그보다 너, 베티에게 감사의 말은 없는 것이야?"

"감사라니, 너 지금 딱 내 구원을 청하는 손을 뿌리친 직후잖아. 그러고도 감사를 요구하다니 어떻게 키워졌기에 나오는 결론이냐. 누가 키웠는지 얼굴 한번 보고 싶다!"

"왜 네가 화내는 것이야! 화내고 싶은 건 베티 쪽이거든! 모처럼……!"

가는 말에 오는 말. 소녀는 스바루의 대꾸에 언성을 높였으나 마지막에 말꼬리를 차츰 줄였다. 부자연스럽게 끝나는 소녀의 말에 스바루는 뒷말을 재촉하려고 한다. 하지만.

"실례하겠습니다, 손님. 식사를 돌리겠습니다."

"실례할게, 손님. 식기와 차를 돌리도록 할게."

식당의 문을 열고 짐수레를 미는 쌍둥이 메이드가 들어왔다.

파란 머리가 샐러드나 빵 같은 정통파 조찬 메뉴를 식탁에 놓고, 분홍 머리가 재빠르게 컵에 차를 따르며 배분하기 시작한다. 따뜻한 향기에 저도 모르게 스바루의 배가 울음소리를 냈다.

"오호―, 좋다 좋다. 참으로 귀족적인 식탁이야. ……여기서 이세계틱한 괴식만 늘어서면 어쩌나 걱정했었어."

장소가 이세계인 만큼, 뭐가 나올지 걱정하고 있던 스바루는 일단 안심.

언뜻 보아 육체적으로도 정신적으로도 중대한 위기를 끼칠 법한 메뉴는 눈에 띄지 않는다.

신바람이 나서 등받이에 몸무게를 실어 삐걱거리는 소리를 내는 스바루. 의자가 삐걱거리는 소리가 식당에 울려 퍼지고 새침한 소녀의 옆모습에 짜증이 떠오른다.

왠지 곱슬머리 소녀를 집적이지 않을 수가 없는 스바루. 소녀의 새침한 얼굴을 더 감정적으로 무너뜨려주자고 장난기가 동해, 스바루는 기합을 넣고 엉덩이를 미끄러뜨리며―.

"아하아―. 기이―운 넘치잖아. 조오―은 일이야, 조오―은 일."

그러기 전에, 새롭게 식당에 들어온 인물의 기뻐하는 목소리가 모든 것을 중단시켰다.

장신의 인물이었다.

스바루보다 머리 반 개는 더 키가 크고, 짙푸른 남색 머리카락을 등에 닿을 만치 길렀다.

그러나 그 몸매는 호리호리하다기보다는 가녀린 것에 가까우며, 피부색도 병적으로 창백하다.

단정한 용모와 어우러져 어딘가 그늘이 있는 미청년이란 풍모다.

좌우의 색이 다른, 파랗고 노랗게 빛깔이 선명한 눈동자 또한 그 인상을 두드러지게 한다.

──그 기발하기 짝이 없는 배색의 복장과, 피에로 같은 얼굴의 분장만 없으면.

"……밥 먹기 전의 여흥으로 피에로까지 고용한 건가. 부자 생각은 모르겠군."

"무슨 생각을 하고 있는지 대략 상상이 가지만, 베티는 간섭하지 않겠어."

"야박하네, 베티. 나랑 네 사이 아니냐? 더 노닥노닥 잡담하자고."

"너랑 베티 사이에 무슨 관계가 쌓인 것이야. 그리고 함부로 부르지 마."

매정한 태도로 소녀는 어깨를 움츠리며 대화에서 이탈. 소녀의 태도에 스바루가 얼굴을 찌푸리고 있으려니, 식당 안에 발을 들인 피에로가 스바루와 똑같이 소녀를 보고 눈을 크게 뜬다.

"어어─이쿠? 베아트리스가 있다니 별일이군. 오랜만에 나아─랑 식사를 함께해줄 마음을 먹다니, 기이─쁘잖아."

"머리 꽃밭인 건 거기 있는 놈만으로도 충분한 것이야. 베티는 빠냐를 기다리고 있을 뿐이거든."

허물없는 발언을 쌀쌀맞게 끊고, 소녀──베아트리스의 눈길은 피에로의 배후로 쏠린다. 피에로 다음에 식당 입구로 들어오는 것은 갈아입고 온 은발 소녀다.

"빠냐!"

튕기듯 자리에서 일어나 긴 치마를 팔락이며 베아트리스가 달린다. 꽃이 피는 것 같은 웃음을 띤 모습은, 지금까지 소녀에게 매긴 건방진 평가를 잊게 만들 애교로 가득했다.

베아트리스의 시선 앞에 선 사람은 에밀리아다. 그러나 응수한 것은 에밀리아가 아니었다.

"안녕, 베티. 나흘 만이네. 건강하고 정숙하게 잘 있었어?"

태평한 기색으로 은발에서 모습을 내비친 회색 새끼고양이, 팩의 말에 베아트리스는 끄덕였다.

"빠냐의 귀가를 고대하고 있었어. 오늘은 함께 있어주는 것이야?"

"응, 괜찮아─. 오늘은 오랜만에 둘이서 느긋하게 지내볼까."

"와─아인 것이야!"

팩이 에밀리아의 어깨에서 뛰어내려 내밀고 있는 베아트리스의 손바닥 위에 착지. 베아트리스는 받아든 팩을 사랑스러운 듯 껴안고는, 그 자리에서 빙글빙글 돌기 시작한다.

"후후, 기절초풍했지? 베아트리스가 팩에게 찰싹 달라붙으니까."

"기절초풍이라니 요즘 못 듣는 말일세……."

화기애애한 모습에 놀라는 스바루 쪽으로 장난스럽게 웃는 에밀리아가 걸어온다. 사어(死語)를 능란하게 사용하는 에밀리아에게 상투적인 대꾸를 하자, 에밀리아는 "음음?" 하고 스바루를 가리켰다.

"어라, 스바루. 그 자리는……."

"아, 그랬었지! 아니 그게 아니거든. 이건 있지, 왜, 의자에 앉았는데 엉덩이가 차가우면 마음까지 휑해질지도 모르잖아. 그러니까 먼저 데운 것뿐이지, 간접 싯다운을 노린 게 아니야."

"미안, 무슨 말을 하는지 좀 모르겠어. 그리고 거기, 로즈월 자리거든?"

눈을 동그랗게 뜬 에밀리아 앞에서, 계획이 성대하게 엇나간 스바루가 의자로부터 미끄러져 떨어진다.

"자아―, 자. 신경 쓸 거야 없다아―마다. 그래 에밀리아 님께 네 온기는 전해지지 않았을지도 모르지만, 그 부분은 내가 똑바아―로 소중히 받을 테니까아―."

위로하듯이 손을 뻗어 가볍게 스바루의 어깨를 두드리며 웃어주는 피에로. 스바루는 어깨에 닿는 손과 광대의 자상한 웃음을 번갈아 비교하고, 찜찜한 듯이 얼굴을 찌푸렸다.

"뭐야, 이 피에로 되게 친한 척 구네. 댄서 터치하는 건 매너 위반이거든요?"

"언제 댄서가……가 아니라, 스바루, 이 사람은……."

"아니아니아—니이—, 상관없어요, 에밀리아 님. 그 다 죽어가는 상황에서 이만큼 건강해졌다고 생각하면, 오히려 환영해 애—야 하지 않겠습니까."

어조에 타인의 짜증을 돋우는 특징이 있기는 하나, 지극히 멀쩡한 발언을 하는 피에로. 피에로는 그대로 스바루와 다른 사람들의 시선을 받으면서 의자를 빼고 천천히 좌석에 앉았다.

거대한 테이블의 가장 상석인 그 자리는 방금까지 스바루가 앉아 있던 위치다.

"이봐, 이봐. 내가 말하기도 뭐하지만, 거기 맘대로 앉았다간 높은 사람에게 혼날지도 모른다."

"그 걱정은 할 필요 없어……. 그보다, 역시 스바루한테 이름 밝히지 않는구나."

충고하는 스바루에게 정말이지 기가 막힌다는 목소리와 표정으로 에밀리아가 중얼거린다. 단, 에밀리아의 기가 막힌다는 낌새는 스바루만이 아니라 광대 쪽도 포함하고 있었다.

"무슨 뜻?"

"그건 다아—시 말해, 이런 말이다아—마다."

스바루의 의문에 의자에 앉아 있는 광대가 크게 두 손을 펼치며 응수했다.

"내가 이 저택의 당주, 로즈월 L. 메이더스란 애애—기야. 무사히 당가에서 느긋하게 지내고 있는 모양이라 다아—행이다마다. ——나츠키 스바루 군."

그렇게, 광대 차림의 변태 귀족은 시원할 정도로 넉살 좋게 이름을 밝힌 것이었다.

2

상석에 앉은 로즈월을 필두로, 각자가 준비된 좌석에 앉고 아침 식사가 시작되었다.

"음……. 보통 이상으로 맛있는데."

눈앞에 줄지은 요리 중에서 샐러드 비슷한 것과 수프풍인 것을 입에 댄 스바루의 감상이었다.

"흐으—흥, 그렇지 그렇지. 이래 봬도 렘의 요리는 괜찮은 것이거든?"

자랑스러워하는 로즈월에게 고개를 끄덕여주고, 스바루는 조리 담당이라 여겨지는 렘을 본다. 렘은 스바루의 시선에 손으로 여우 사인을 만들어 보였다. 의미를 알 수 없지만, 어쩌면 이 세계의 V 사인 같은 것일까. 스바루는 답례로서 양손으로 개구리를 만들어 답했다.

"이 요리는 파란 머리의…… 어— 보자, 렘이라고 하면 되나. 렘이 만든 거야?"

"네, 손님. 당가의 식탁은 렘이 책임지고 있습니다. 언니는 그리 특기가 아닌 까닭에."

"하항—. 쌍둥이끼리 특기 스킬이 다른 패턴이군. 그럼 언니는 청소가 특기란 느낌?"

"네, 그렇습니다. 언니는 가사 중에서는 청소, 세탁을 특기로 삼고 있어요."

"그럼 레무링은 요리 계열이 특기지만, 청소랑 세탁은 젬병인가."

"아뇨, 렘은 기본적으로 가사 전반이 특기예요. 청소, 세탁도 특기랍니다. 언니보다 더."

"언니의 존재의의가 사라졌군?!"

만능인 여동생과 특기 종목으로도 동생에게 못 미치는 언니. 쌍둥이로서는 오히려 참신하다.

람은 동생의 발언에 신경 쓰는 눈치도 없다. 정정하지 않는 건 사실이기 때문일까, 그렇다면 그것대로 흔들리지 않는 람의 태도는 어인 노릇인가.

"혹은 분야가 다른가. 라무찌 쪽은 전투직. *오니와반 같은 방향으로 한 번 어때."

"조오—은데, 너. 람과 렘 두 명은 개성이 강해서 초면에는 반응이 나쁘거든."

"캐릭터성이 강한 거라면 주인이 너무 특수해 이제 와서 특이할 것도 없어, 로즈찌."

'로즈찌'라고 애칭으로 불린 로즈월이지만, 스바루의 발언을 권력자의 여유로 넘어가준다.

---

* 오니와반: 에도 시대의 관직으로 명칭 자체는 정원지기를 뜻하지만, 실체는 첩보 활동을 하는 밀정이다. 창작물에서는 닌자의 이미지가 덧씌워졌다.

도발해서 상대의 감정을 끄집어내는 버릇이 있는 스바루 입장에서는 기대가 벗어난 형국이다. 그래도 별반 신경 쓰지 않고 접시 위의 메뉴를 잇달아 소화하며 말한다.

"이런데 밥이 맛대가리 없으면 문제겠지만, 이렇게 맛있으니 문제없음. 그치, 에밀리아땅."

스바루의 스스럼없는 부름에 입을 행주로 닦고 있던 에밀리아가 떫은 얼굴. 웬일인가 싶어 스바루가 고개를 갸우뚱거리자, 에밀리아는 작게 숨을 내뱉었다.

"저기 말이야, 스바루. 식사 중에 사담은 금지. 둘밖에 없는데도 준비해준 렘과 람에게 미안하고, 예의가 안 되어 있으면 중요한 장면에서 실수해 산통 깨진다고."

"산통 깨진다니 요즘 못 듣는 말일세……. 그건 그렇다 치고 테이블 매너라. 이 상황을 보자면 새삼스럽지 않아?"

상투적인 대화를 나누면서 스바루는 식탁을 손으로 가리킨다. 넓은 식탁의 여유 공간 가운데 이웃한 스바루와 에밀리아.

본래 두 사람의 좌석은 식탁을 많이 활용하기 위해 떨어져 있었던 것이다.

"하지만 에밀리아땅 가까이서 먹고 싶은 내가 이동해 왔지. 로즈찌가 그걸 묵인한 시점에서 새삼스럽잖아? 뭐하면, 싫어하는 채소라도 내 접시에 던져줘도 돼."

"그럼 피말을…… 아니, 그게 아니잖니. 아유, 내가 바보 같아."

설복당해 입술을 삐쭉이는 에밀리아가 귀여워서 스바루는 웃는다.

그다음 스바루는 지금 막 에밀리아가 한 말에서 의문점을 짚었다.

"그런데, 로즈찌. 방금 에밀리아땅이 저택의 사용인이 둘밖에 없다는 투로 말한 것처럼 들렸는데."

"아하아, 현 상황은 그렇지. 람과 렘밖에 없게 되고 말았어."

"이 무지막지 큰 저택을 둘이서만 관리하다니, 질에 구애되기 전에 과로사할걸. 아니면…… 새 사용인을 고용할 수 없다거나 그런 느낌의 상황이란 뜻이야?"

스바루의 물음에 로즈월은 침묵하며 테이블 위에서 손을 꼬았다. 로즈월의 표정은 웃음을 띠고 있지만, 스바루를 보는 눈의 분위기가 명백하게 바뀐다.

"정말로 신기이―하구나, 너. 루그니카 왕국의 메이더스 변경백 저택까지 와서, 사정을 모른다아―고 하니까. 용케도 왕국의 입국 심사를 지나쳤어."

"뭐, 어떻게 보면 밀입국 비슷한 격이니까……."

긴장이 빠진 스바루의 대답에 에밀리아가 놀라며 마치 어린아이를 꾸짖는 듯한 눈초리가 된다.

"기가 막혀. 그런 소리를 쉽게 떠들고. 무서운 사람들에게 매타작 당할걸."

"매타작이라니 요즘 못 듣는 말일세."

"눙치지 말고. 저기, 스바루. 정말 괜찮은 거니? 스바루 주위는 다들 그래? 아니면 스바루만 특별히 물정에 어두운 거야?"

진짜로 걱정해주는 에밀리아에게 미안한 감이 들어 스바루는 자신의 태도를 반성했다.

"아—, 난 상당히 물정에 어두울지도 몰라. 그러니 지장이 없다면, 부디 꼭 설명해주시면 천만다행으로 여기겠나이다."

"그런 말투를 할 수 있는 걸 보면 번듯한 집안 자식으로 보이는데……."

"이래 가지고 사교장에 나가면 내 사교계 데뷔가 막힌다고. 왠지 에밀리아땅도 뜻밖에 이 방면 지식이 약하다? 방금 한 말 존경어와 겸양어가 뒤섞여서 엉망진창이거든?"

"으……. 부정 못하겠어."

스바루의 지적에 오므라드는 에밀리아. 에밀리아의 그런 일면에 놀라지만, 위축된 에밀리아를 두둔한 것은 상석에서 잠자코 있던 로즈월이다.

"네 지적 또한 이해 못하는 것도 아니지만, 에밀리아 님께선 지금 공부 중인 몸이시이—어서."

"공부 중이라. 그 부분, 방금 나온 얘기하고도 혹시 관련 있어?"

"너, 역시 생각이 있어. 생각을 할 수 있기 때문에 오히려 생각이 없는 것 같은 발언이 새어 나와."

로즈월의 감탄한 기색에 스바루는 어깨를 으쓱인 다음 가슴을 두드렸다.

"뭔가 생각하며 사는 것쯤이야 당연한 일이잖아. 사방이 깜깜해 죽느냐 사느냐 하는 고비에 배 속 내용물이 덜렁 삐져나오든 말든, 끝까지 생각하는 게 인간의 의무니까."

"왠지 덜렁 삐져나온 적이 있었던 것처럼 실감이 담겨 있구나……. 어어, 응, 얘기를 되돌리겠는데 스바루는 지금 이 나라가──루그니카 왕국이 어떤 상황에 있는지 알고 있어?"

"전혀 완전히 요만큼도 모르고 있어."

"그렇게 시원하게 단언하는 스바루의 생활 태도가 정말 놀라워."

에밀리아의 자애로운 눈초리를 보고 칭찬하는 말은 아니겠거니 생각한다. 보호욕을 자극하는 작전은 아니지만, 마음의 거리감이 모친과 어린아이 수준이 된 건 확실했다.

"그래서 나라의 상황이라니…… 무슨 안 좋은 일이 난 거야?"

"온당한 상황은 아니지. 뭐어─니 뭐니 해도, 지금의 루그니카는 '왕이 부재'인 판국이니까."

스바루는 로즈월의 말을 음미하고, 의미를 이해해 숨을 죽였다.

광대 분장을 한 경계의 눈초리를 남자에게 보낸 스바루는 순간적으로 의자 위에서 몸을 긴장한다.

"그으─렇게 경계하지 않아도 걱정할 필요 없어. 버─얼써 저잣거리에까지 널리 알려진 엄연한 사실이니이─까."

"그러슈. 아니, 하마터면 비밀을 알아버린 이상 살아서 돌아가지 못하는 전개가 되는 줄로만."

"이쪽에서 털어놓고 그러면 스바루가 불쌍하지……. 아무튼 그래서 온 나라가 불안정해."

스바루는 오호라 하고 납득. 왕위가 빈 상태는 왕국의 운영 형태상 치명적이다. 병사(病死)인지 그 외인지, 어느 것이든 간에 왕의 돌연한 '죽음'으로 나라가 휘청거리고 있다.

"하지만 그런 건 보통 임금님의 자식이 자리를 이어서 만사 해결되지 않아?"

"보통은 그으―렇겠지. 하아―지만 사태의 발단은 반년 전까지 거슬러 올라가버려. 왕이 붕어하신 것과 동시기에, 성내에 유행병이 만연했거든."

특정한 혈족에 발병하는 전염병이라고 발표되었다고 로즈월은 이야기한다.

그로 말미암아 왕성에서 살고 있던 왕과 그 자손은 멸문된 것이라고.

"병만은 본인을 책망할 수도 없는 노릇이니. 근데, 그렇게 되면 나라는 어떻게 되는 거야? 임금님 핏줄이 없으니, 민의 우선으로 총리대신을 선출하는 건가?"

"후반이 무슨 말을 하는지 전혀 모오―르겠지만, 현재 나라의 운영은 현인회가 시행하고 있어. 누구나 왕국사에 이름을 남길 명가 분들이지. 나라의 운영에 문제는 없어. 하나."

거기서 한 번 말을 끊고 로즈월은 표정을 다잡는다.

"――왕이 부재인 왕국 따위, 있어선 안 돼."

"그야 그렇지."

장식품이라 해도 우두머리가 존재하지 않는 조직 따위 성립하지 않는다. 나라라면 더욱더 그렇다.

"옳거니. 점점 이해가 됐어. 즉, 왕국은 왕이 부재일 뿐더러 왕 선출의 소란으로 혼란 중. 타국과의 관계도 축소해 쇄국 상태. 거기서 나타나는 수수께끼의 이국인인 나. ──나 무지 수상한데!"

"더어──욱더 덧붙이자면, 에밀리아 님께 접촉해 메이더스 가문과도 관계를 가진 판국이니이─. 상황증거뿐이지만, 성질이 급하면 그것만으로도……."

로즈월이 눈을 감으며 목에 수도를 대고 기요틴 어필. 로즈월의 못된 장난질을 보면서, 스바루는 불현듯 싫은 예감에 식은땀이 멎질 않는다.

그렇다. 아까부터, 누차 신경이 쓰이고 있던 것이다.

"왜…… 저택의 주인이, 에밀리아땅에게 님자를 붙여서 부르지?"

저택 안에서 제일 높은 지위에 있는 인물이, 최대한의 경의를 보내는 관계다.

스바루의 가슴속에 움튼 불안이 검은 꽃을 피우기 시작하고, 로즈월은 웃는다.

"당연한 일이잖아─? 자기보다 지위 높은 분을 존칭으로 부우─르는 거야."

입을 쩍 벌리고 경직되는 스바루. '드드드' 하고 소리가 날 만큼 기계적인 움직임으로 에밀리아를 보자 탐탁잖은 얼굴의 소녀가 체념한 듯이 숨을 내뱉었다.

"속이겠다거나 그런 생각은 안 했어."

"——어, 응, 에밀리아땅은 즉."

질리지도 않고 애칭으로 계속 불러대는 스바루에게 결정타를 먹이듯이 선고한다.

"지금의 내 직함은 루그니카 왕국 42대 '왕 후보' 중 한 명. 거기 있는 로즈월 변경백의 후원으로 말이야."

그 말에 스바루는 자신의 불경함이 천원돌파한 것을 감지하고 있었다.

3

——이세계에서 우연히 만난 미소녀는, 여왕님이었습니다.

그 한 문장만 떼어보면 그야말로 정통파의 이세계 판타지 같은 형국이다.

정확히는 여왕님 후보. 그 여왕님 후보에게 지금껏 접해온 방식을 떠올리니.

"모가지 세 개 내민 정도로는 어림없겠어……."

"그, 놀라게 만들어서 미안해. 이렇게 입 다물고 있을 작정은 없었는데."

"뭘, 화 안 낸다고. 에밀리아땅도 참, 진짜 천사처럼 착하기도 하지."

"엑?!"

완전 돌직구인 스바루의 말에 말문을 잃고, 이어서 에밀리아의 뺨이 발갛게 익는다.

"아니 실제로 이러고 있을 수 있는 원동력은 전부 에밀리
아땅에게서 시작됐으니까. 그런 의미로도, 이건 진짜로
E · M · A(에밀리아땅 · 무지 · 엔젤)지!"

"……하아. 왠지 모르게 스바루와 어울리는 법이 이해되기
시작했을지도 모르겠다. 그 누구에게나 말할 것 같은 너스레는
잊고, 본론으로 들어가면 되겠어."

아주 약간 얼굴에 붉은 기를 남긴 에밀리아가 손뼉을 쳐서 분
위기를 리셋. 의자를 물려 조금 전의 거리감으로 돌아가는 에밀
리아에 스바루가 어쩔 수 없이 따른다.

"어디—, 그으—럼 뭐 꽤애— 좋은 느낌으로 옆길로 새버렸
지만, 본론으로 들어가기로 해볼까아—. 스바루 군, 준비는 됐
나아—?"

"지금 대화로 목이 날아가지 않았으니 나쁜 얘기가 아니기를
빌어보겠어."

스바루의 말에 로즈월이 휘파람을 분다. 에밀리아도 뜻밖이
라는 눈을 한 까닭은, 지금의 스바루의 언동에 두 사람의 참뜻
을 가늠하는 의도가 있었다고 과대평가했기 때문이리라.

물론 그건 두 사람이 지나치게 깊이 생각한 것이지만, 스바루
는 그 사실을 깨닫지 못한다.

"그런 이유로, 본론에 대한 내 예상은 이래. 구태여 에밀리아
땅이 여왕님 후보라고 얘기를 꺼냈으니, 그거 포함해서 상황을
설명해주는 거지?"

"……정말, 스바루는 머리 좋은 거야? 아니면 머리 이상한 거야?"

"그 이지선다는 꽤나 극단적이잖아!"

스바루의 항의에 에밀리아는 자그맣게 혀를 내밀며 사죄. 귀여워. 용서했다.

쉬운 남자인 스바루의 내심이야 어쨌든, 로즈월이 에밀리아의 사죄 다음을 이어받는다.

"네 예상이 제대로 적중. 네 처우가 방금 이야기에 크게 관계있지. ──에밀리아 님."

"응, 알고 있어."

부름에 끄덕인 에밀리아가 품속에서 뭔가를 꺼내어 테이블 위로 내민다.

매끄럽게 뻗은 하얀 손가락 끝. 내민 그 물건을 본 스바루의 눈썹이 치켜 올라갔다.

"──그 휘장(徽章) 아냐."

하얀 식탁보 위에서 빛나는 것은 중앙에 보주를 박은, 용을 본뜬 휘장이다.

손버릇이 나쁜 펠트라는 소녀에게 도둑맞아, 스바루가 그야말로 세 번이나 죽은 끝에 간신히 주인인 에밀리아 곁으로 되돌려준 키 아이템.

광채를 발하는 보주의 깊고 청명한 빛깔은 재차 목도한 스바루에게 외경의 마음까지 품게 했다.

"용은 루그니카의 상징이라서 말이야. '친룡왕국 루그니카'

라고 거어—창하게 이름을 댈 정도지. 성벽이나 무구 이곳저곳에도 그 심벌이 있어. 개중에서도 그 휘장은 유독 중요해.”

뜸을 들이듯 말을 일단 끊은 로즈월에게 스바루는 뒷말을 재촉하는 눈길을 보낸다. 그러자 로즈월은 시선으로 에밀리아에게 다음 말을 촉구했다. 에밀리아는 눈을 감으며 입술을 떨었다.

“왕선(王選) 참가자의 자격. ——루그니카 왕국의 옥좌에 앉는 데에 걸맞은 인물인지 아닌지, 그것을 확인하는 시금석이야.”

긴장된 음성으로 선고받은 스바루는 눈을 부릅뜬다. 테이블 위의 휘장은 두 날개를 펼친 용을 모티프로 삼고 있으며, 보주의 광채가 지금 한 이야기가 진실이라고 보증한다.

“서, 설마…… 왕선 참가 자격의 휘장을 잃어버렸던 거야?!”

“잃어버렸다니 그런 말이 어디 있어. 손버릇이 나쁜 아이한테 도둑맞은 거야!”

“둘러치나 메어치나——!”

큰 소리로 외치고, 식탁을 두드리며 스바루가 일어난다. 충격으로 하마터면 식기가 테이블에서 떨어질 뻔했지만, 그건 시립해 있던 렘이 훌륭하게 커버. 스바루는 그 모습에는 눈길도 주지 않고 외친다.

“아니 진짜로 그거 잃어버리면 어떻게 되는데?! 그것을 버리다니 당치도 않다 소리 들을 타입의 아이템이잖아! 관청에서 재발행이라도 할 수 있어?!”

"뭐어―, 잃어버렸습니다―로는 끝낼 수 없는 건 틀림없겠지이―."

당황해대는 스바루에게 로즈월이 불필요하게 커다란 옷의 옷깃을 여미며 대답한다.

"왕이란 즉 왕국을 짊어지는 존재. 그런 대임을 지려고 하는 사람이, 조그마한 휘장 하나 지켜내지 못한다면 언어도단. 어떻게 나라를 맡기겠느냐고 생각하기 마아―련이지."

"거야 그렇겠지. 그런 일이 알려지면 중대사도 이런 중대사가…… 그렇군!"

도둑맞은 휘장을 둘러싼 왕도에서의 소동. 그리고 이 환대. 도출되는 답은 하나.

"휘장을 잃어버렸다고 공공연히 알려지면 위험하다. 그래서 에밀리아땅은 아무에게도 기대지 않고 홀로 휘장을 찾아야만 했어."

"……응, 그래."

"실행범은 펠트지만 의뢰자는 엘자지. 그 녀석도 누구한테 부탁받았다고 말했었고…… 그거, 에밀리아땅이 임금님이 되는 걸 훼방 놓으려고 하는 놈이 있다는 뜻인가?"

"그으―렇겠지. 왕선에서 탈락시키는 방법으로 휘장을 빼앗는 것쯤 간단히 떠오를 테에―고."

스바루 안에서 어제 벌어진 사건의 앞뒤가 이모저모 맞아떨어지기 시작한다.

고집스럽게 조력을 거부하는 에밀리아. 펠트와 엘자의 의뢰주. 그리고 스바루가 세 번 살해당하는 원인이 된 휘장의 가치.
스바루가 이렇게 저택에서 환대받고 있는 이유.

"새삼 생각하자니 나, 완전 굿 잡! 아주 그냥 포상의 기대치가
높아져버리네!"

예기치 않게 자기가 한 행위의 공적이 컸음을 알고 스바루는
아주 흡족. 콧숨마저 거칠어져 에밀리아를 내려다보고 손가락
을 까닥까닥거리면서 호색한 체 한다. 딴죽 거는 걸 대기 중인
자세다. 그런데.

"응, 맞아. 스바루는 내게, 정말 대단한 은인이야. 목숨을 구
해준 걸로 다가 아냐. 그러니까 뭐든지 말해줘."

"잉?"

"내가 할 수 있는 일이라면 뭐든지 할게. 아니, 뭐든지 하게 해
줘. 스바루가 지켜준 것은, 내게 그만큼 의미가 있는 일인걸."

가슴에 손을 얹고 진지한 표정으로 마주 응시하는 바람에 스
바루는 말을 잃는다.

뺨의 근육이 굳고, 시리어스한 주위의 분위기에 장단의 눈금
을 맞추지 못하고 있다.

──망했다. 나 레알 분위기 못 읽고 있어.

스바루는 자신의 분위기 못 읽는 태도와 에밀리아의 진지한
시선의 열기가 맞물리지 않아서 난처했다. 결국, 난처한 결과.

"……뭐니?"

"아니, 왠지 그냥 손이 뻗쳐서."

빤히 이쪽을 보는 에밀리아의 머리카락에 스바루의 손끝이 살

그머니 미끄러져 들어간다.

　머리를 쓰다듬는다기보다는, 머리카락에 손가락을 넣어 감촉을 즐기는 모습이다.

　"포상이라면 왜, 이런 걸로도 기쁘겠다 싶네요. 나도 참 싼 맛난다."

　"……팩의 털도 만지던데, 스바루는 체모에 흥분하는 취미라도 있어?"

　"머리카락을 체모로 분류하는 짓은 그만두자! 이렇게 고운 은발인데!"

　너무한 평가에 스바루가 비명을 지른다. 에밀리아의 은발은 그야말로 비단결 같은 감촉으로, 스바루를 보드라움으로 매혹시킨 팩의 것과는 다른 매력이 있다.

　단지 에밀리아는 스바루의 말에 왠지 애처롭게 눈을 내리깔았다. 에밀리아가 보인 몸짓의 이유를 알 수 없어 스바루는 고개를 갸우뚱한다. 그리고 등 뒤에서 시선을 느꼈다.

　"아, 방해였을까아―? 거추장스러웠다면 우리는 방 밖으로 피해주겠는데?"

　"그런 배려는 입에 담은 시점에서 쓸데없는 참견이 되는 거야. 그리고 내 질문 턴은 아직 끝나지 않았습니다."

　에밀리아의 머리카락을 즐기는 행위를 속행하면서 스바루는 비어 있는 손으로 로즈월을 가리킨다.

　"에밀리아땅이 여왕님 후보인 건 알았지만, 후원자라고 소개받은 넌 어떤 입장에 있으시답니까."

"눈이 밝구나아―, 너. 아까부터 얘기를 이해 자―알 하는 점도 그렇고, 단순한 저잣거리 출신 인간이라기엔 얘기가 너무 잘 통할 정도오―잖아."

"칭찬해주시어서 참으로 영광이나이다. 단순히 애니나 라노벨 따위의 영향으로 머릿속이 판타지 전개에 익숙해졌을 뿐이지만."

기억하기 까다로운 오리지널 조어가 난립하는 세계관. 그것들을 여럿 거쳐 온 독자 중 한 사람으로서, 이 정도의 설정 공개로 머리가 헝클어지진 않는다.

"뭐, 숨길만한 일도 아니이―지만. 내 직함은 루그니카 왕국의…… 일단은 변경백이란 신분이 돼. 더 듣기 좋은 직책이라면 궁정 마술사가 될까아―."

"궁정 마술사라니…… 즉, 성의 어용 마법사란 뜻?"

"응. 그것도 필두 마술사……. 왕국에서 으뜸가는 마법사야, 이 사람."

에밀리아가 스바루의 말을 이어받지만, 왠지 조금 불만스러운 얼굴. 로즈월은 에밀리아의 반응조차 유쾌한지 붉게 칠한 입술의 힘을 빼며 웃는다.

"그것들을 감안한 뒤에 뒷이야기를 설명하면, 난 에밀리아 님을 왕 후보로서 지원하는 입장. 후원자라는 말을 바아―꾸면, 허울 좋은 패트런이 되겠지."

"패트런이라."

후원자 대표. 그것이 눈앞에 있는 로즈월의 직함이 될까.

스바루는 장신의 광대를 새삼 찬찬히 바라보고, 그다음 에밀리아에게 슬쩍 눈짓한다.

"말하기 어렵긴 한데…… 에밀리아땅, 더 사람을 가리는 편이 낫지 않아?"

"별수 없어. 나한테 왕국에서 의지할 수 있는 사람은 없고, 애초에 내게 협력해줄 별난 괴짜라곤 로즈월 정도밖에……."

"오―호라. 소거법이로군."

"두 사람 다, 패트런을 눈앞에 두고 어어―지간히 겁이 없네에―."

자못 나쁘게 업신여겨진 감이 있는데도 로즈월은 화내기는커녕 숨죽인 웃음으로 어른의 대응이다. 그릇이 큰 건지, 혹은 멸시당하는 데에 기쁨을 느끼는 기질인 건지.

"그래서 본론. 로즈찌가 에밀리아땅의 패트런이란 건 알았어. 다른 사람도 아니라 슬쩍 행동거지 곳곳에서 4차원성과 촌사람 같은 부분이 어른거리는 점이 큐트한 에밀리아땅이지. 어제 왕도에서의 단독행동 같은 거, 제법 드문 일이었던 거 아냐?"

"처음 있는 일이겠지이―. 람이 함께 있었을 터어―였는데."

쓰게 웃으며 람에게 화제를 돌리는 로즈월. 스바루가 그쪽을 보자, 람은 머리카락 가르마를 옆의 렘과 똑같이 고치고 모르는 척하는 얼굴이다. 머리색이 다르니까 바로 아는데.

"그 자신만만하게 '속여넘겼군, 얼씨구나.' 같은 얼굴이 열받는데."

본인의 반성 의지야 어쨌든, 언질을 받는 데에는 성공했다. 그때, 에밀리아가 거북한 얼굴로 대신 손을 들었다.

　"그게, 람이 잘못한 게 아니야. 어제는 내가…… 잠깐 호기심에 져버렸달까. 그 바람에 람이랑 어정어정 멀어져버려서."

　"뭐야, 그 모에 캐릭터 같은 이유. 그 에밀리아땅의 4차원성이 넘쳐 나온 건 별개로 치고, 주인의 명령을 지키지 못한 건 사실이잖아. 그 부분은 또 어때?"

　스바루는 람을 감싸는 에밀리아를 양손의 손가락으로 가리키고는 그 손가락을 다시 로즈월에게로 향한다.

　"확실히 일리 있군. 람의 감시 소홀은 내 책임이 될지도 모으―르겠어. 하지만 그건 그렇다 치고 너는 무슨 말을 하고 싶은 거어―지?"

　"간단한 얘기야. 귀한 신분인 에밀리아땅에게서 눈을 뗀 건 그쪽 잘못. 그리고 난 그 기회를 이용하는 나쁜 놈. 파고들 틈을 찾았으면 우려낼 데를 제대로 찾는 게 중요하지."

　스바루의 이의에 실내의 전원이 각각 표정을 바꾸었다.

　에밀리아가 눈썹을 좁히고, 쌍둥이가 면목 없는 눈치와 적의가 동거한 눈동자로 스바루를 노려보며, 베아트리스는 달아오른 눈으로 팩을 보는 상태, 팩은 달걀 요리 앞에서 미끄러져 노른자에 머리부터 꼬라박는 대참사. 그리고 로즈월은 납득했다는 듯한 미소를 지으며 끄덕였다.

　"과아―연. 확실히 개인 재산을 비교해 무일푼이나 마찬가지인 에밀리아 님보다, 패트런인 내 쪽이 포오―상을 요구하기에는 적합한 상대겠지이—."

"그렇지? 그리고 로즈찌는 그걸 거절하지 않을걸. 누가 뭐래도 난 에밀리아땅의 생명의 은인인 데다가 왕선으로부터의 탈락도 막은 구세주 같은 뭔가다!"

자리에서 일어나 손가락으로 하늘을 가리키며 스바루는 포즈를 잡는다.

"인정해애—야겠지, 사실이니까. 그리고 그런 다음에 묻도록 할까."

비슷하게 자리에서 일어난 장신의 로즈월이 스바루를 내려다본다. 서로 시선을 마주 보는 형태가 된 스바루와 로즈월을 에밀리아가 전전긍긍 걱정스럽게 지켜보고 있다.

"넌 내게 뭐—얼 바라지? 현재, 난 그걸 거절 못해. 휘장 분실, 그 사실을 은폐하기 위해서라면 뭐든지 지불하지. 자아—, 뭘 바라나?"

"헷헷헷, 과연 귀족 나으리. 말이 통하시잖아. 포상은 내 마음대로! 그리고 로즈찌는 거절 못 한다! 남자에게 두말은 없기 때문이야!"

"굉장한 말인데에—. 그렇군. 남자는 변명을 하지 말아야지. 두말은 없어."

소악당스러운 스바루의 태도에 뒤에서 호감도가 팍팍 떨어지는 소리가 나고 있지만, 그것도 다 이 발언을 끌어내기 위한 복선.

로즈월의 수긍에 스바루는 회심의 웃음을 띠었다.

"내 소원은 하나뿐. 날 이 저택에서 고용해줘."

길고 긴 운 떼기와 반대로 딱 싱겁게 단언한 스바루.

스바루의 요청에 아연한 쪽은 배후의 여성진이었다. 쌍둥이는 그 표정 변화가 모자란 얼굴에 곤혹을 띠고, 베아트리스는 진심으로 싫은 표정을 짓는다. 그리고 에밀리아는.

"내, 내가 할 말은 아니지만, 그건 좀……."

타고난 미모와 신비성도, 그토록 바쁘게 눈을 휘둥그레 뜨고 있으면 효력이 반감된다.

"놀란 얼굴도 귀엽지만, 그렇게 내 제안에 반대야?"

"그런 게 아니라, 욕심이 너무 없어!"

마치 제 일처럼 화내며 에밀리아는 테이블을 두드리고 스바루에게 바싹 다가들었다.

"알겠니? 팩 때도 그랬지만 지금 이야기도…… 아니, 애당초 왕도에서 내 이름을 물었을 때도 그랬었잖아."

에밀리아는 자신이 알고 있는, 스바루가 포상을 얻을 수 있을 법한 장면을 나열한다. 그것들 전부의 성과를 아는 에밀리아는 정말로 이해할 수 없다고 고개를 저었다.

"이쪽이…… 내가 감사하는 마음, 알아주지 않는구나. 그런 걸로는…… 생명을 구해준 은혜도 그 이상의 것도 전혀 갚지 못하는데."

점점 약해지는 목소리로 말한 에밀리아는 스바루의 가슴에 손바닥을 밀어붙이고서 고개를 숙인다.

에밀리아의 통곡을 듣고 스바루는 자신의 얄팍한 생각을 통감

했다.

에밀리아는 줄곧 부채감을 품고 있었던 것이다. 은혜를 갚고자 받아들인 대가의 불균형에.

그러나 그건 스바루에게도 같은 것이다.

스바루도 줄곧 에밀리아에게 부채감을 품고 있다.

그리고 그것은 두 번 다시 에밀리아에게 바랄 수 없는 부채감이다.

이젠 이 세계 어느 곳에서도 갚을 수 없는 은의이므로.

정면에서, 에밀리아의 촉촉한 남보랏빛 눈이 스바루를 올려다보고 있다.

진지한 눈초리에 맺힌 애원의 빛에 스바루는 너스레를 떨어 자리를 얼렁뚱땅 넘어간다는 선택지를 버렸다.

그리고 스바루는 가능한 한 진솔한 태도로 에밀리아에게 본심을 전하기로 했다.

"에밀리아땅은 뭘 모르고 있네. 난 진심에 또 진심으로, 마음 밑바닥에서 우러나오는 생각으로, 그 순간 정말로 원하는 걸 바라고 있거든?"

"──뭐?"

"그때, 난 네 이름을 알고 싶었어. 내일의 전망조차 없고 신천지에다 불안감에 정신이 없어서, 아마 침착하게 생각했으면 원했어야 할 물건이든 일이든 그 밖에 이것저것 있기는 했겠지. ──하지만 난, 나 자신에게 거짓말을 하지 않는 남자라고."

세 번씩이나 죽은 것이다. 그 보수를 얻기 위해서.

눈앞에 있는 은발 소녀의 웃음과, 그 이름을 보고 듣기 위해서 만 소비한 것이다.

──그 순간, 그 이상의 포상 따위 바랄 수조차 없다.

"로즈찌에게 한 부탁도 똑같은 거야. 난 지금 철두철미하게 알거지. 큰돈을 뜯어내 한바탕 노는 것도 방법이지만 지속적인 생활기반을 손에 넣는 것도 방법 아냐?"

"……그러면 딱히 사용인이 아니어도, 식객 취급 같은 걸로 도 되지 않아?"

"그 방법이 있었나! 로즈월 씨, 절 부디 식객으로……."

한 가닥 소망을 담아 로즈월을 보자 그는 머리 위에서 양손을 × 모양으로 교차시켰다.

"최초의 요구가 유효합니다. 남자에게 두말은 없으니까아―."

"으어어이―! 그러네! 남자는 두말하지 않는 법이지!"

방금 누가 한 발언이 반사되어 울며 겨자 먹기로 기각.

"방금 딱 한순간 엄―청 진지하게 보였는데…… 기분 탓이었 나 봐."

"그 탓에 에밀리아땅으로부터도 이런 평가! 이리 치이고 저리 치이고 있어!"

이상적인 이세계 식충이 환경의 성립을 제 실언으로 잃은 스바루. 더해서 미소녀의 호감도마저 떨어졌으면 건진 게 없다.

"좌우지간…… 그런 얘기라고. 라무찌와 레무링끼리만 저택 유지하기도 부담 장난 아닐 테고, 머슴 같은 포지션으로 잘 부탁드립니다."

"다급한 문제인 건 사실이지마아─는. ……에밀리아 님 말씀대애─로, 역시 욕심 없는 얘기라고 나아─도 생각하거든?"

처음으로 쓴웃음 비슷한 표정을 띠는 로즈월에게 스바루는 세운 손가락을 좌우로 까닥인다.

"난 완전 욕심쟁이 남자라고. 왜냐면 그렇잖아? 완전 귀여운 완전 취향의 미소녀와 한 지붕 아래 생활을 합법적으로 획득했어. 거리가 좁아지면 마음의 거리도 마찬가지, 찬스는 무한대!"

"……과아─연. 그건 확실히 그렇군. 취향인 여성 곁에 있을 수 있는 직장이라는 건 좀체 얻기 어려워─운 법이지. 썩 괜찮은 이야기야, 차─암말로."

"뭐, 게다가."

스바루는 까닥이던 손가락을 멈추고, 그대로 머리로 가지고 가더니 아무렇게나 흑발을 긁는다.

"나같이 영문 모를 놈은, 영문 모르는 그대로 방치하기보다 수중에 놔두라고. 그런 다음에 내가 에밀리아땅에게 유용한지 유해한지 판단해주셔."

스바루는 그들에게 좋지 않은 얘기를 다소 지나치게 알고 있다. 아무런 예방선도 치지 않고 저택을 나가는 사태가 되었더라면, 분명히 변변찮은 꼴이 되겠거니 짐작한 다음에 나온 말이다.

로즈월에게 속셈이 없었으면 말문을 잃을 만한 트집이었음이 틀림없다.

하지만 그런 스바루의 거북한 심정과 반대로.

"그러도록 하지. ──원컨대 사이좋게 지내보오─고 싶은 걸."

즉각 되받아친 로즈월은 한쪽 눈을 감고 노란 눈만으로 스바루를 보며 대답했다.

그 요사한 빛 안쪽에 맺힌 감정을, 스바루는 전혀 읽어낼 수가 없었다.

여담이지만 무심코 그 자리 기세로 고백 비슷한 발언을 하고 말아 내심 얼굴이 후끈하던 스바루.

그러나 쭈뼛쭈뼛 스바루가 에밀리아의 표정을 살피니.

"아유, 스바루는 정말로 별수 없는 아이라니까. ……왜 그래?"

그렇게 태연하게 대꾸 받아서, 스바루도 말을 우물거릴 수밖에 없었다.

너무 의식한 것……일까. 이것도 미소녀에 익숙하지 않은 낮은 경험치가 내놓은 결과인가.

"취향인 여자애가 이만큼 의식해주지 않는다니, 거 불타오르는데."

비교적 절박한 환경임에도 불구하고 꽤 엉뚱한 각도로 의욕을 불태우는 스바루. 에밀리아는 그를 힐끗 보고는 작은 목소리로 불쑥 중얼거렸다.

"그나저나…… 람이랑 렘, 어느 쪽이 스바루의 취향인 거지?"

앞선 발언을 곡해해, 에밀리아는 입술에 손가락을 얹고서 생 뚱맞은 상상으로 가슴을 부풀렸다.

4

──길게 끈 아침 식사 자리가 정리되고, 스바루의 진퇴 건도 대강 판가름 났다.

그 흐름을 알아채 한발 먼저 자리에서 일어선 것은 곱슬머리 소녀──베아트리스다.

"얘기도 적당히 마무리 지어진 것 같고, 베티는 슬슬 빠냐랑 돌아갈 것이야."

제 몫만 정리하고 부랴부랴 떠나려 하는 베아트리스. 스바루 는 식기도 치우지 않는 방자함에 눈살을 찡그리면서, 당장에라 도 나갈 것만 같은 소녀에게 세운 손가락을 가로로 까닥거렸다.

"기다리라고. 그렇게 서두를 필요도 없잖아⋯⋯라기보다, 남 한테만 맡기지 말고 자기소개쯤은 하고 가라니까. 이 중에서 네 입장만 도통 모르겠다고. 로즈찌 여동생?"

"저런 거의 친족 취급이라니, 너도 베티의 화를 돋우는 게 능 숙한 것이야."

베아트리스가 언짢은 기분을 훤히 드러내며 한숨짓지만, 지 독한 평가를 받은 로즈월은 즐겁게 웃기만 할 뿐. 스바루는 베 아트리스의 독 오른 시선에 어깨를 으쓱였다.

"베티는 로즈월의 저택에 있는 금서고의 사서야—."

"빠냐?!"

하지만 말시비가 시작될 듯한 공기를 한가로이 끼어든 회색고양이의 발언이 헤집었다. 새끼고양이는 빵 테두리에 설탕을 묻혀 튀긴 러스크 비슷한 디저트를 오물거리고 있다.

"달짝, 맛져, 우냣."

"단것에 지성을 잃고 있는 참에 미안한데, 그 부분도 좀 더 자세하게."

단 것에 푹 빠진 팩에게 다음 말을 유도하면서, 스바루가 은근슬쩍 팩의 귀를 만진다. 지고한 감촉을 만끽하고 있으려니, 만끽당하는 채로 팩은 접시로부터 고개를 들었다.

"로즈월은 마술사로서 그럭저럭 되니까. 대대로 이어진 집안이기도 하고 남의 눈에 띄게 놔둘 수 없는 책 따위도 있어. 베티는 계약 때문에 그걸 지키고 있다는 말이지. 그치?"

"응, 그래. 빠냐가 하는 말은 언제나 옳은 것이야."

망신적인 발언과 함께 베아트리스의 손이 흠칫흠칫 스바루가 만지는 것과 다른 쪽 팩의 귀로 간다. 손끝이 그 털에 닿자, 소녀의 사랑스러운 얼굴이 헤실 풀어진다.

처음으로 스바루 앞에서 외견에 걸맞은 사랑스러운 표정을 지은 베아트리스. 무심코 숨을 집어삼키는 스바루. 그런 두 사람과 한 마리를 곁에서 보고 있던 에밀리아가 고개를 갸웃한다.

"그러고 있으려니, 엄—청 사이좋은 두 사람이 새끼고양이를 귀여워하고 있는 것처럼 보여."

"이 녀석과 사이좋다고 여겨지는 건 좀…….'

"이 녀석과 사이좋다니 절대로 사양인 것이야."

에밀리아의 감상에 스바루와 베아트리스의 대답이 겹친다. 약간 쑥스러움을 감추려는 티가 섞인 스바루에 반해, 베아트리스는 눈이 진지하다.

"후후. 으르렁거리는 둘 모두 포로로 만들어버리는 나 자신이 무서워…… 냐냐냥!"

둘 사이에 끼어서 자화자찬하기에 바쁘던 팩이 뻗어 온 에밀리아의 손끝에 집혀 올라가 바동거린다. 그러다가 팩이 축 뻗어 움직이지 않자 에밀리아가 한숨을 쉬었다.

"그건 그렇다 치고, 금서고의 지킴이란 울림이 나의 소년심을 격하게 건드리는데."

축 처진 팩을 황홀하게 보고 있던 베아트리스가 스바루의 감상에 표정의 온도를 현저하게 낮춘다. 그런데도 베아트리스는 롤 머리를 만지작거리면서 의리 있게 대답했다.

"방금 한 빠냐의 설명이 거의 다인 것이야. 네가 들어간 그 방이 그곳이거든."

"아아, 그 온통 책뿐인."

바닥이 무너지지 않을까 걱정스러워지던 장서량을 떠올리며 스바루는 금서고라는 말에 납득. 그런 반면, 그 장서 전부가 금서 취급이라면 그것만으로도 범죄적이지 않은가 하는 생각을 떠올린다.

"혹시 이 로리, 모르는 새에 구렁텅이에 한 다리 껴버리고 있는 가엾은 로리 아닌가."

"몇 번 들어도 부아가 치미는 단어인걸. 그리고 질문에 대답해준 베티를 방치하고 세계 제일로 하잘것없는 생각을 하고 있는 게 전해져서 죽도록 부아가 치미는 것이야."

"성질 내지 마라. 멸치나 먹어. 칼슘을 섭취하면 마음이 침착해지고 키 큰다. 난 에밀리아땅과 나 정도의 신장 차가 러브 코미디하기에 딱 좋다고 생각하지만……."

분개하는 베아트리스에게 한마디하듯 가장해 흘끔흘끔 에밀리아에게 추파를 보낸다. 하지만 에밀리아는 방금 스바루가 한 망언을 흘려듣고 베아트리스 쪽에 다가들었다.

"잠깐 기다려. 베아트리스…… 설마, 스바루를 금서고로 불러들인 거야?"

"……그거야말로 설마지. 베티가 이런 정체도 모를 놈을 일부러 초대할 필요가 없는 것이야. 맘대로 '징검문'의 정답을 뽑아버리더라."

이마에 힘줄을 띄운 베아트리스는 난폭하게 자리에서 일어나 말없이 식당의 문을 밀어젖혔다. 그러자.

"어? 복도는?"

불가해한 광경을 앞에 두고 스바루는 얼이 나간 의문의 목소리를 지르고 있었다.

눈앞──저택의 복도로 통할 터인 문 너머에, 서가가 줄지은 큰 방이 펼쳐져 있다. 그건 한 번 본 기억이 있는 장소이자 혼절당한 기억이 오래지 않은 방이다.

"이게 '징검문' 이야. 그 신비를 눈에 아로새기고, 힘껏 떨기나 하는 것이야. ──빠냐, 이쪽으로."

금서고로 발을 들이고 뽐내듯이 스바루를 본 베아트리스가 손을 뻗는다. 에밀리아 밑에서 뛰어오른 팩이 소녀의 손바닥에 착지.

그 모습을 확인한 베아트리스가 문을 닫아, 문 저편으로 소녀와 고양이의 모습이 가려진다.

"오오, 죽인다."

눈이 휘둥그레진 스바루는, 아무 지시도 없었는데 닫은 문을 열어 보여준 람의 행동에 더욱 놀라게 되었다. 난폭하게 닫혔던 문 너머에는 스바루가 자기 발로 걸어 왔던 복도가 이어져 있다. 바로 한순간 전의 광경이 거짓인 양.

"오호라. 즉, 저택에 있는 문 어디로도 자기 방에 연결할 수 있는 마법이란 거군. 은둔형 외톨이 전용으로 화장실이 핀치일 때에 편리하겠어."

"생각 외로……라기보다 별로 안 놀라네. 그 은둔형 외톨이라는 건 뭐야?"

"지쳐 돌아오는 가족을 위해서, 자기 자신을 희생해 집을 지키고 있는 수호신."

"어, 저…… 대단한 사람이야? 스바루도, 은둔형 외톨이였어?"

"꺄흥."

얼떨떨하게 만들어주려고 했는데, 반대로 배려를 보낸 에밀리아에게 싹둑 베인 스바루.

"자아—자. 그럼, 소개를 계에—속 해볼까. 람, 렘."

자업자득으로 기가 죽은 스바루와 고개를 갸웃하는 에밀리아는 제쳐두고, 로즈월이 손뼉을 쳐 주목을 모은다. 이름이 불린 쌍둥이가 사뿐사뿐 앞으로 나와 치맛자락을 손끝으로 잡고 나란히 인사.

"재차 인사 올리겠습니다. 당가의 사용인 대표를 맡고 있는 렘입니다."

"재차 인사할게. 로즈월 님의 저택에서 평사용인으로 일하는, 람이야."

"언니분이 급격하게 허물없어졌네. 아니, 내가 할 말이 아니지만."

팔짱을 낀 스바루의 발언. 쌍둥이는 손을 맞잡고 스바루를 보았다.

"왜냐면 손님…… 아니, 스바루 군은 동료가 될 것 아닌가요?"

"왜냐면 손님…… 아니, *바루스는 입장 같은 허드레꾼이잖아?"

"이봐, 언니분. 내 이름이 장님 만드는 주문이 됐는데."

첫 대면 자리에서는 꼭 한 번은 언급되는 고정 말장난이다. 그렇다지만 람과 렘이 그걸 알고 있을 리도 없다. 해소 못할 답답

---

* 바루스: 애니메이션 《천공의 성 라퓨타》에서 나오는 멸망의 주문으로, 이 주문의 발동 시 발생한 빛이 등장인물 중 한 명의 시력을 빼앗았다.

한 기분을 참으면서 스바루는 로즈월을 돌아보았다.

"내 입장은 그건가. 역시 집사라기보다 견습 사용인 같은 거?"

"현 상황이면 두 사람의 지시로 잡무라는 게 제에—일이겠지. 불만이라도?"

"불만이라면 구직활동과 무직활동을 실수한 조금 전의 나한테밖에 없는걸. 뭐, 후회해도 할 수 없는 일은 후회 안 해. 그런 이유로, 잘 부탁드립니다요, 선배님들. 왕창 힘내겠다고—, 분골 뭐시기 해서."

"쇄신."

"그거 해서."

순간 튀어나오지 않던 단어를 셋이서 손가락으로 가리키며 확인. 그 뒤에 "예—이." 하고 손을 뻗는 스바루에게 두 사람이 하이 터치로 응한다. 벌써부터 상당한 연계……라기보다 장단을 잘 맞춘다.

"사이좋은 것은 아름다운지고. 서로 응어리도 없는 모오—양이니, 고용주로서도 매우 흡족한 일이야아—. 안 그으—래?"

"신기하게 파장이 맞아서 말이지. 틀림없이 저 로리보다 궁합 좋아! 저 로리보다!"

"베아트리스랑 사이좋단 취급 받은 게 어지간히도 싫었구나……."

가엾다는 듯 에밀리아가 중얼거린 말이 이 모임의 끝을 의미하는 한마디가 되었다.

                                5

"그럼, 바루스. 가볼까."

그렇게 말한 사람은 로즈월에게 직접 스바루의 교육 담당이라는 역할을 명령받은 람이다. 동생 렘이 척척 식당을 정리 중인 한편에서, 람은 이를 거들지도 않으며 식당의 문을 잡는다.

"아, 호칭은 아예 완전히 그걸로 갈 생각이구나."

"응, 그래. 바루스. 로즈월 님의 지시니까 우선 바루스에게 저택을 안내할게. 놓치지 않게 따라오는 정도는 할 수 있지?"

"에밀리아땅이 아니니까 신기하다고 어정어정 새진 않는다고."

"스 · 바 · 루!"

왕도에서 일으킨 미아 건으로 놀림받은 에밀리아가 뺨을 부풀린다.

이 뒤에 임금님 후보로서 이것저것 처리해야 하는 집무 및 공부가 있는 에밀리아와는 별도 행동이다. 잠시간의 이별을 앞에 두고 에밀리아의 미모를 눈에 새겨둔다.

"그래 뭐, 미련이 남지만 가볼까요, 선배님."

"그렇게 해, 바루스. 그럼 에밀리아 님, 또 나중에."

치맛자락을 손끝으로 집으며 떠날 때에 인사하는 람. 스바루도 그 등을 따라가려는 순간, 에밀리아가 말을 걸었다.

"스바루. 나도 그렇지만…… 스바루도 힘내."

"뭐야 그거, 왕창 기쁘네. 의욕이 부쩍부쩍 솟는다."

람을 본떠 체육복 옷자락을 손끝으로 집으며 인사. 배웅하는 에밀리아의 얼굴을 진기한 표정으로 만든 다음 방을 나서니, 통로에서 기다리고 있던 람이 얼굴을 찡그리고 있었다.

"싫은 얼굴 하지 마시라, 언니분. 살짝 장난친 것뿐이잖아. 나도 딱히 메이드랑 머슴을 한데 싸잡을 만큼 메이드 문화에 어둡지 않거든? 맞아, 제복 같은 건 있어?"

역시 체육복 바람 그대로 사용인 생활 스타트라는 것도 심심하다.

스바루의 말에 람은 입가에 손을 대고서, "그러네." 하고 끄덕인다.

"복장은 중요하지. 마침 딱 좋은 사이즈의 옷이…… 그래, 확실히 있었을 거야."

"아싸. 그럼 우선은 옷 갈아입고 나서 하자. 난 뜻밖에 정장이 어울릴 것 같은 느낌이 들더라고. 우아하고 풍격 있게 맞춰주지."

엄지를 세우며 이를 빛내는 스바루에게, 눈어림으로 체격을 재던 람이 위층을 가리켰다.

"2층에 사용인의 대기실이 있으니까 갈아입으려면 거기서 해. 바루스 사이즈면 분명히 전전달에 그만둔 프레데리카의 옷이 어울릴 거야."

"오—, 마침 딱 좋은 타이밍에 그만둬줬군그래. 프레데리카…… 여자 아냐?"

"덩치는 대체로 바루스랑 비슷한 정도였어."

"근데 성별 다릅지요?"

발을 멈춘 람이 냉랭한 눈으로 스바루를 본다. 그리고 피곤한 듯 이마를 만지며 말했다.

"우아하고 풍격 있는 정장…… 도대체, 뭐가 불만인 거야?"

"전부 다거든?! 에밀리아땅 거라면 돈 내고서라도 보고 싶지만, 내가 메이드복 입어서 누가 득을 보는데! 이상한 성적 취향에 눈떠서 내가 득 보는 꼴이 되면 어쩌려고! 난 각성하고 싶지 않아!"

무능한 채로 이세계로 전이해서 여장벽에 눈뜬다. 단적으로 말해 죽는 편이 낫다. 하지만 스바루는 죽어도 되돌아온다는 무서운 능력을 가지고 있다. 구제할 도리가 없다.

그대로 람에게 안내받아 저택의 서쪽으로 간다. 로즈월 저택은 한복판의 본동, 그리고 서쪽과 동쪽에 통로로 이어진 두 개의 별동이 있는, 합계 세 개의 동(棟)으로 성립된 건물이다. 본동에는 식당 및 로즈월의 집무실이 있고, 사용인 대기실이 있는 곳은 서쪽 별동이 된다.

"2층 대기실의…… 그러네. 명패가 내걸린 방 말고는 어디든 상관없어. 좋아하는 곳을 자기 방 삼아. 그곳에 여벌 제복도 놔둘 테니까."

"옙, 알겠음. 그럼, 어디 보자……."

저택에 자기 방을 부여받아 통로 끝부터 후보를 바라보는 스바루. 그렇다고는 해도 위치만 다를 뿐이지 내용물은 똑같을 터이니 계단에 가까운 쪽이 이동하기 편리할 것이다.

"그럼 이 방을……."

"빠냐 멋져. 최고의 모피야, 후와아……."

별생각 없이 문을 연 순간, 서고 안에서 새끼고양이랑 노닥거리는 로리를 발견했다.

기척을 느끼고 천천히 롤 머리의 시선이 스바루를 본다. 스바루는 복도에 선 람을 돌아보고, 람이 고개를 가로젓는 것을 확인했다. 그 뒤에 엄지를 세우며 섬즈 업.

"아무한테도 말 안 할 테니 안심해라. 사람이라면 누구나 그 감촉 앞에선 어리석어지는 법──."

"장대하게 얼토당토 않은 소리 하지 말고 냉큼 닫는 것이야!"

"꺗흥!"

보이지 않는 힘──아마도 마법력 비슷한 것에 날아간 스바루는 복도의 벽에 격돌. 뒤통수를 찧어 눈이 빙빙 도는 스바루를 거들떠보지도 않고, 거센 소리와 함께 문이 닫혔다.

스바루는 머리를 흔들며 방금 그 폭거에 항의하려 했으나 열린 문의 내용물이 텅 빈 객실이 된 바람에 허탕 치고 만다. '징검문'의 효과가 발동한 것이다.

"베아트리스 님이 한번 기척을 지우면 더 이상 알 수 없어. 저택의 문을 모조리 훑기라도 하지 않는 한, 저분은 제 발로는 나와 주시지 않으니까."

딱 부러지게 패배를 인정하라는 양 람이 그렇게 말한다.

뒤에서 위로하듯이 어깨를 두드리고, 그 감촉에 스바루는 자신의 패배를——

"완전 열 받았다. 내가 잘못하기라도 했다는 것 같은 저 녀석의 태도가 잘못이야!"

인정하지 않았다.

스바루는 람의 손을 뿌리치고 돌아서서 전력으로 복도를 질주. 눈을 크게 뜬 람 앞에서, 복도 제일 끝에 있는 문이 있는 곳까지 쭉 달려나가서 벌컥 연다.

"여기다아!"

"——꺄?!"

"굉장하네, 스바루."

소녀의 비명과 회색 고양이의 상찬.

또다시 '징검문' 이 깨진 베아트리스의 얼굴에 동요가 퍼지는 것을 지켜보고, 이번엔 날려가지 않겠다고 즉각 서고 안으로 굴러들어간다.

서고 안에선 용납되지 않는 활동적인 행위에 베아트리스는 눈썹을 쳐들며 분노를 드러낸다.

"먼지가 확확 일잖아!"

"네가 똑바로 직장 청소 하지 않아서 그런 거지! 애당초 서고에 어딜 고양이를 들이고 그래! 하드커버로 발톱갈이한다!"

"내 손은 리아가 바싹 깎고 있으니까 염려 없어—."

고함을 주고받는 스바루와 베아트리스 옆에서 팩이 느긋하게 중얼거리지만 말다툼하는 두 사람에겐 닿지 않는다. 그대로 온 저택에 울릴 목소리로 노성을 교환하는 두 사람.

뒤늦게 금서고와 이어지는 문에 도달한 람은 두 사람의 말다 툼을 보면서 작은 목소리로 중얼거렸다.

"사이야 몰라도, 궁합이 좋은 건 사실인가 봐."

"──그럴 리 없어!!"

싱크로한 외침이 아침의 로즈월 저택을 크게 뒤흔들었다.

6

스바루의 사용인 생활은 그렇게 노도 같은 기세로 막을 올렸 다.

생각지도 못한 베아트리스와의 세션을 마치고 스바루는 의상 실에서 람에게서 건네받은 사용인복을 걸치고 있다. 하얀 셔츠 에 검은 상의와 바지는, 스바루가 이미지하는 집사의 복색과 위 화감 없이 합치된다. 문제가 있다면.

"어─이, 라무찌─. 일단 입어봤는데…….."

"그 호칭에 이의를 제기하고 싶은 바이지만, 무슨 마땅치 않 은 점이……."

부름에 응해 방 밖에서 갈아입기를 기다리고 있던 람이 들어 온다. 툴툴거리면서 방에 들어온 람은 갈아입은 스바루를 보고 말을 도중에 중단. 턱에 손을 대고서 마저 잇는다.

"있었던 것 같구나. 문제는 어깨랑, 다리 짧이일까."

"길이라고 말해줄래?! 셔츠는 괜찮은 거 같은데, 상의의 어깨 주변이 빡빡해. 나, 꽤 무의미하게 몸 단련해놔서 상반신이 좀 마초거든."

람의 안목대로 어깨가 빡빡한 것과 남는 바짓단 길이가 꼴불견의 원인이다. 특히 어깨 쪽은 겨드랑이가 여며지지 않는 불량품. 개인용으로 지어 입은 옷을 물려받으려 했으니 이러한 문제는 응당 나오기 마련이지만.

"바짓단이야 접으면 그만이라고 해도, 위는 무리야. 밑단 줄이는 정도라면 스스로 못 할 건 없는데."

"바루스의 뜻밖인 재능은 그렇다 치고…… 아무리 그래도 그렇게 빈궁한 꼴로 일하게 둘 수는 없어. 저택의, 나아가서는 로즈월 님의 품위가 의심받으니까."

"본인이 그런 복장인데 품위가 어디 있다고?"

람은 그 말에도 무표정했지만 기분이 불쾌한 방향으로 쏠리는 걸 깨달은 스바루는 입을 닫는다. 입을 다무는 시늉을 하는 스바루를 보고 람은 한숨을 흘렸다.

"알맹이가 수반되지 않는 이상, 적어도 외견 정도는 단정하게 하지 않으면 두고 볼 수가 없어. 일단 밑단을 줄이는 건 나중으로 미루고, 웃옷만이라도 고치도록 하자."

"말은 그래도 그쪽 게 더 난이도가 높잖아? 나도 그건 경험치가 없어."

'하지 못할 건 없겠지만.' 하고 스바루가 자기 재봉 스킬의 한계에 도전하려고 하니, 람은 "걱정할 필요 없어."라고 운을 떼면서 말했다.

"렘, 들어오렴."

"들어오렴이라니…… 불러본들 그렇게 때맞춰서……."

"부르셨나요, 언니."

"흐어어어어어!"

가벼운 어조의 호출에 딴죽을 넣으려다가, 곧장 옆에서 나타난 렘을 보고 진심으로 질겁한다.

놀란 반응 그대로 굳은 스바루를 보고 쌍둥이는 같은 몸짓으로 고개를 갸우뚱했다.

"뭘 그렇게 놀라고 있죠?"

"뭘 그렇게 겁먹고 그래?"

"거거, 겁은 무슨! 찔끔 뒤집어졌을 뿐이지! 쌍둥이 파워 끝내주네!"

이른바 쌍둥이의 교감, 떨어져 있어도 서로 통한다는 그걸까. 그렇게 감동하는 스바루 앞에서 람은 "핫." 코웃음 치며 말했다.

"그럴 리 없잖아. 지나가던 게 보였으니까 불렀을 뿐이야. 모자라기는."

"마지막 한마디가 있느냐 없느냐로, 내 마음에 금 가는 정도가 크게 다르거든?"

"그래서 무슨 용무인가요. 스바루 군에게 상관할 짬은 별로 없는데요."

"너는 너대로 빈틈없는 느낌으로 상처 입혀대는군! 신입한테! 착하게 대하자!"

그렇지만 저택을 유지하는 데 렘의 힘이 불가결한 것은 사실. 너무 발을 잡는 것도 바람직하지 않을 터인데, 언니는 그런 렘에게 스바루를 가리키며 고한다.

"렘, 꼴불견인 바루스의 모습을 보고 깨달은 점은?"

"어깨 주변이 이상한 것과, 다리가 짧은 것과, 눈매가 무서운 것인가요?"

"뭐 어떻게 할 수도 없는 부분을 두 군데 집어넣었군! 안면 성적은 일반적인 성적과 다르게 본인의 노력 가지고 어떻게 할 수도 없는 분야야!"

스바루의 호소를 제쳐두고 자매는 대화를 진행 중이다. 당사자인데도 외야에 있는 꼴인 스바루는 부리나케 긴 바짓단을 걷는 작업에 종사한다. 그리고.

"바루스, 렘에게 웃옷을 건네줘. 내일 아침까지는 입을 수 있게 해둘 테니."

"그러면 고맙기야, 한데…… 그래도 돼? 할 일이 산더미 같을 텐데."

"물론 아주 바빠요. 그러니 이상하게 툴툴거리지 말고 건네주는 편이 훨씬 도움이 되겠네요."

"아―, 알겠습니다. 부탁드리지요."

정론으로 분부를 받아 스바루는 벗은 웃옷을 렘에게 넘긴다. 웃옷을 받은 렘은 의상실을 손으로 가리키고, 안에 들어가라고

턱으로 지시한다.

"……하나부터 열까지 신세만 지고 있어서 미안한데."

"상관없어. 이 빚은 머잖아 더 큰 걸로 받아낼 테니까."

"네 말은 사리에 맞지 않고, 거짓말로도 농담으로도 여길 수 없어서 무섭다고!"

이 자리의 누구보다도 거들먹거리는 람을 복도에 남기고, 스바루는 렘과 의상실 안으로.

의상실에는 사용인용의 제복뿐만 아니라 로즈월의 여벌 옷도 다수 보관되어 있다. 기발해서 바야흐로 서커스나 뭔가의 의상실처럼 느껴지는 색조의 옷뿐이다.

악취미인 주인의 의상 존을 지나치자, 숫자는 조금 적지만 꾸밈이 있는 의상이 엿보인다. 왕도에서 본 적이 있는 의상이 있는 그곳은 필시 에밀리아의 여벌 옷이 늘어선 에어리어다.

"전부 훑어보며 돌고 싶기도 하고, 입고 있는 모습을 볼 때까지 꽁꽁 아껴두고 싶기도 하고……."

"중얼중얼 무슨 말을 하고 있어요? 안에까지 와주세요."

약간 표독한 목소리가 부르는 바람에 제아무리 스바루라도 그 이상은 너스레 떨지 못하고 지시에 따른다. 의상실 안쪽에 시착실은 없지만 칸막이가 놓인 공간이 있어 렘이 그곳에서 가는 끈을 들고 스바루를 기다리고 있었다. 같은 간격으로 표식이 들어간 끈은 줄자를 대신하는 도구일 것이다.

"거기서 등을 쭉 펴고 서 있으세요. 두 손을 어깨 높이에서 벌리고요."

"넷넷, 알겠음. 부탁드립니다."

스바루는 렘에게 등을 보이고 지시대로 양손을 벌리며 선다. 등 뒤에서 자그마한 몸을 뻗어 스바루의 팔과 등 둘레에 끈을 두르는 렘. 와 닿는 부드러운 감촉과 숨결에 기습당한 스바루가 "우히." 하고 어깨를 떨었다.

"너무 이상한 소리 내지 말아요, 스바루 군. 불쾌해요."

"지금 건 불가항력이잖아! 여러모로 좀이 쑤셔서 남자애는 힘들단 말이야!"

기분 탓인지 차가운 렘의 말에 응수하며, 스바루는 정신을 딴데 돌리기 위한 화제를 찾았다.

"그러고 보니 로즈찌나 에밀리아땅의 옷 같은 건 드문드문 있던데, 너희 옷이나 그 로리의 드레스는 눈에 띄지 않는걸. 다른 방이야?"

"베아트리스 님의 의상은 본인의 개인실 쪽에. 렘과 언니는 이 제복 외에 갖고 있는 의상이 없으니, 여벌 제복만 자기 방에 있어요."

당연하다는 듯한 렘의 대답에 스바루는 미간을 찡그린다. 그러는 틈에 치수재기를 마친 렘이 가까이 있던 메모에 뭔가를 적어 넣고 있다. 그 렘에게 스바루는 팔짱을 끼고 말을 붙였다.

"제복 외에 갖고 있지 않다니, 전부 메이드복인 거야? 외출할 때나 휴일은?"

"로즈월 님의 공무에 동행할 때나, 저택에서의 업무에는 문제 없습니다. 신분을 표시하는 의미로도 설명할 필요가 없어서 합리적이에요.”

“합리적이니 그런 소리가 아니라……. 난 뭐랄까, 미소녀는 귀엽게 치장해서 남의 눈을 즐겁게 할 의무가 있다고 주장하고 싶은데.”

“언니라면 몰라도 렘이 치장해봤자 아무도 좋아하지 않아요.”

“우선, 내가 좋아하는데?”

“스바루 군을 좋아하게 만들면 무슨 좋을 게 있나요?”

“사용인 생활에 의욕이 나와서 작업 효율이 오를지도 모르지. 합리성의 추구 아냐?”

입이 가만있지 않는 스바루의 태도에 렘은 아주 약간 놀란 표정을 짓는다. 소녀의 무표정을 무너뜨린 게 기뻐서 스바루는 입끝을 일그러뜨리며 웃었다.

“스바루 군이 뭐 때문에 그렇게까지 말하는지, 렘은 알지 못하겠네요.”

“머리모양을 맞추고 제복까지 똑같아도, 성격 차이로 옷 고를 때 개성이 나오지 않을까―하고 기대해봤지. 메이드복 잘 어울리고, 쌍둥이란 스테이터스를 볼 때 그것도 좋지만.”

지금 모습도 충분하고도 남을 만큼 귀엽지만 같은 머리모양에 같은 복장, 쌍둥이의 클리셰라고도 할 수 있는 그 부분에 ‘개성’이라는 에센스를 첨가하고 싶은 마음이 드는 것도 인지상정.

그런 감각에서 나온 스바루의 제안이었지만.

"——이에요."

"헤?"

"괜한 오지랖이에요. 렘이 언니랑 똑같으면 무슨 불편한 점이 있는데요?"

눈을 동그랗게 뜬 스바루에게 렘이 여태까지 이상으로 감정이 얼어붙은 표정으로 그렇게 말했다.

좀 전까지의 넉살을 주고받던 분위기와 달라지는 바람에 스바루는 무심코 말을 머뭇거린다.

"……이상한 말 하지 말고, 돌아가죠. 언니를 너무 기다리게 하면 안 되고, 스바루 군에게는 가르쳐야 할 일이 많이 있으니까요."

렘은 가타부타 말 못할 태도로 말을 마치고, 스바루에게 등을 보이며 방의 출구로 간다. 스바루는 석연치 않은 마음을 품은 채 걸어가는 등을 따르면서 입을 열었다.

"그거, 언니를 얼마나 좋아하는 거야……."

입속으로만 중얼거리고, 쉽지 않을 듯한 소녀와 어울리는데 앞날이 불안하다고 한숨을 내쉬는 것이었다.

7

치수재기를 마친 다음 의상실 밖에서 람과 합류하고, 대신에 렘과는 별도 행동이 되었다.

"상의의 수선은 밤사이에 할게요. 내일 아침까지는 끝내서 보내드리겠습니다."

업무가 쌓여 있을 터인 렘은 그렇게 말을 남기고는, 람에게 의미심장한 눈짓을 보낸 다음 그 자리를 떠났다. 눈과 눈으로 통하는 두 사람의 태도에, 스바루가 람의 어깨를 찌른다.

"이봐, 방금 렘과 나눈 아이콘택트, 뭐라고 했던 거야?"

"둘만 남으면 바루스가 엉큼한 눈을 하니까 조심하라더라. 이 짐승."

"그만한 사인에 그런 의미가……. 야, 살짝 거리 벌리지 마라. 상처받는다고!"

람이 자기 어깨를 그러안으며 스바루로부터 떨어지는 데에 상심하면서, 이번에야말로 저택 사용인으로서의 시간이 스타트한다.

사용인 대기실 및 비품 창고, 금서고가 아닌 일반 서고 등이 있는 서쪽 별동. 동쪽 별동은 반대로 내객을 맞이하는 용도의 귀빈실 및 체재객용의 객실 등이 늘어선 건물이며, 저택의 기능 중추가 집약된 본동과 비교하면 봐야 할 곳은 적다.

"저택 전체의 안내는 대강 이걸로 끝이겠어. 남은 데는 건물 밖에 정원하고, 저택과 문 사이의 앞뜰이 있어. 그쪽도 나중에 둘러보겠는데, 여기까지 중에서 질문은?"

"안내 이벤트면 에밀리아땅이 해줘야 할 이벤트란 느낌이 들지 않아?"

"없는가 보니, 실제 업무 쪽으로 이행하도록 할까."

안내 도중 발길을 멈출 때마다 스바루의 탈선에 맞춰준 결과, 람 본인의 기질도 한몫해 스바루의 발언을 무시하는 데에도 익숙해졌다.

　요 몇 시간 만에 거리가 줄어든 것인지, 도랑이 깊어진 것인지 판단하기 어려운 바지만.

　"오늘 람이 할 일은, 마침 앞뜰과 정원의 손질과 주위 확인이야. 점심 식사 준비를 돕고, 그다음에 양일 여덟 시부터 은식기를 닦아야 하는데…… 그걸 스바루도 거들어."

　"그건 어김없이 하겠지만, 양일이라는 표현에 대해 잠깐 물어도 돼?"

　오늘 아침 기상했을 적에도 들은 용어다. 양일이란 아마 밝은 시간을 가리키는 말이라 추측하고 있지만.

　"양일 여덟 시라는 건 시간의 표현 맞겠고……. 시계 같은 건 있어?"

　"시계에……? 마각결정(魔刻結晶)이라면 저택 곳곳에 있잖아. 저기에도."

　람이 가리키는 방향을 보고 스바루는 흐릿한 빛을 내고 있는 결정을 발견한다. 그 결정은 복도 벽 상부——원래 세계라면 벽시계라도 놓여 있을 만한 위치에 부착되어 있었다.

　희미하게 옅은 은색의 빛을 내는 결정을 보고 스바루는 눈을 가늘게 뜬다.

　"궁금하긴 했었지만 저게 시계 대용인가. 어떻게 판단하면 되지?"

"양일의 영 시부터 여섯 시까지가 바람의 각. 거기서 여섯 시간 지나가 불의 각. 명일(冥日) 영 시부터가 물의 각과 땅의 각이야. ——이런 것도 모르다니 어디 사는 미개 야만족이야? 바루스."

"실제 미개한 야만족은 그 말본새에 YES라고는 대답하지 않거든?"

지독한 소리를 다 듣고 있지만, 상식력이 결여된 스바루에 대한 평가로서는 정당할 것이다.

돌이켜 생각하면 스바루가 깨어난 객실에도 마각결정이라고 하는 건 설치되어 있었다. 그때와 비교하면 결정의 녹색 색조가 살짝 짙어진 느낌이 든다.

"혹시, 시간 경과로 색의 농도 같은 게 바뀌나?"

"……바람의 각은 녹색. 불이라면 적색, 물이라면 청색, 땅이라면 황색. 그 밖에 원하는 설명은?"

"시간 관계는 됐어. 양일과 명일이, 오전과 오후 같은 호칭이로군."

이세계와의 상식의 조정은 또 다른 문제점과 맞닥뜨릴 때까지 방치해놔도 될 것이다.

스바루가 팔짱을 끼며 끄덕이지만, 람은 이마에 손을 얹으며 피곤한 기색이다.

"업무를 하나부터 채찍질해 가르치는 것만 해도 한 수고인데, 일반상식의 결여까지……. 도대체 언제부터 람은 급사가 아니라 조교사가 된 거람."

"채찍질이니 조교니, 듣기만 해도 섬뜩해지는 단어를 고르는 건 그만두자고, 선배님."

선배님이라는 호칭에 람의 눈썹이 움찔 움직인다. 기분 탓인지 감촉이 나쁘지 않던 것 같아, 스바루는 "그러고 보니." 하고 운을 뗀 다음 말을 이었다.

"지금은 저택에 둘밖에 없는데, 설마 줄곧 그랬었던 건 아니겠지? 아까도 말했던, 그만둔 메이드도 있었던 모양이고."

"······별장에는 로즈월 님의 친척 관계자 분들이 계시니, 지금까지의 동료 대부분은 그쪽에 있어. 람이랑 렘은 로즈월 님의 시중을 드는 게 일이니까 본댁 쪽에서 일하는 거고."

"본댁과 별장······ 반대가 아니라, 이쪽이 본댁?"

"메이더스가의 당주인, 로즈월 님의 저택이 당연히 본댁이지. 친척이라고 해도, 다른 분들은 메이더스의 분가 관계자로 썩 관계가 깊지는 않으니까."

복잡한 가정환경일 성싶은 건, 역시 로즈월이 귀족 집안이기 때문일까.

고용된 입장인 이상, 전혀 무관계라고는 할 수 없을 것 같아 마음을 다잡는다. 그 이전에, 여왕 후보의 에밀리아와도 바로 옆에서 접하는 입장이니까.

"시중드는 상대가 로즈찌 한 명이라도 이 규모의 저택을 둘이서 유지하긴 무리잖아. 그 부분은 좀 더 어떻게 안 돼?"

"──지금은 무리겠지. 사정이 있거든. 그보다 잡담은 끝이야."

손뼉을 쳐 언제까지고 끝이 보이지 않는 이야기에 종지부를 찍고, 람이 침착하게 걷기 시작한다.

　아직도 묻고 싶은 사항은 잔뜩 남았지만, 상식의 조정은 업무를 하면서도 할 수 있다. 비위를 상하게 해서 내쫓기지 않기 위해서도, 우선은 일에 전력으로 임할 것.

　"노동 경험이 없는 내게 수수께끼의 적극성이 치솟는다. 역시 미소녀의 존재는 달라."

　"람을 칭찬해봤자 아무것도 없어. 대강대강 지도하지도 않고, 온정도 없어."

　"언니분은 여동생을 본받아서 조금 겸손해지는 편이 좋겠다!"

　의상실에서 나눈 렘과의 대화를 반추하고 스바루가 무심코 그렇게 꼬집었다.

8

　"아따──!"

　새로 난 상처에서 붉은 피를 흘리고, 스바루는 울상과 함께 비명을 지르고 있었다.

　피가 나는 왼손을 휘두르는 스바루를 보고 옆에서 같은 작업에 종사 중인 람이 눈을 가늘게 뜬다.

　"반성도 못 하지. 바루스, 숙달이란 말을 모르니?"

"그래도 말이죠, 선배님. 전 젓가락 외의 조리 기구를 건드린 적 없는 상태에서 시작했다고요."

변명과 함께 벤 손가락을 입에 문 스바루는 입속으로 쇠맛을 느끼면서 부루퉁해진다.

장소는 주방에, 시간은 점심시간에서 약간 전. 람과 함께 뜰 손질을 마치고 저택에 돌아온 두 사람은 점심 식사 준비를 하는 렘을 거들고 있었다. 그렇다고는 해도.

"나야 어쨌든 언니분까지 껍질 까는 담당이란 건 실제로 이래 도 되겠어? 언니의 위엄은 어쩌고."

"특기 분야는 위임하고 장점을 살린 업무를 보는 거야. 람이 나설 곳은 여기가 아냐."

"사전에 특기 분야에서도 능력치로 진다고 들었는데요?!"

청소 세탁 요리 재봉, 일반적으로 가사 기능에서는 전부 렘에 게 뒤떨어진다는 게 사전 정보. 사실 야채의 껍질을 까는 람의 손놀림은 충분히 손에 익은 인간의 영역이지만.

"언니도 스바루 군도, 슬슬 준비는 괜찮아요?"

그렇게 말하면서 껍질 까기 담당 두 사람이 눈을 까뒤집을 것 같은 기세로 조리를 진행하는 렘이 있으니 남는 게 없다. 렘의 솜씨는 예사 경지가 아니어서, 조리 작업 그 자체가 일종의 퍼 포먼스처럼 느껴질 만큼 세련되었다.

구석에서 경쟁하듯 수준 낮은 잡무에 쫓기고 있는 두 사람과 는 크게 차이 난다.

큰 냄비에 재료를 쏟아 넣고 휘젓던 렘이 돌아본다. 그리고 묵묵히 껍질을 까는 언니와 출혈 중인 스바루를 보고서, 렘은 아무 일도 없었던 것처럼 끄덕이고는 말했다.

"역시 언니는 야채 껍질을 까는 모습도 그림이 되어요."

"시원스러울 정도의 한 식구 편애로군! 내 작업하는 모습에도 코멘트를 원합니다!"

"그 야채를 만든 밭의 주인이 가엾어요."

"마음이 아프니까 그만둬!"

렘의 시선 앞에 굴러다니는 건 스바루가 건드린 참혹한 야채의 잔해들이다. 감자풍의 야채는 원래 사이즈의 절반가량만 남았으며 그러고도 껍질이 남아 있는 꼬락서니. 덤으로 제법 깊이 손을 벤 탓에 도마 위에는 피가 뚝뚝 떨어졌다.

"바루스는 나이프 다루는 법을 몰라. 껍질을 깔 때 야채가 아니라 나이프를 움직이니까 손을 베지. 나이프는 고정하고 야채 쪽을 돌리는 거야."

좀처럼 피가 멎지 않는 스바루를 곁눈으로 본 람이 조언을 하면서 감자를 예쁘게 깎아 보인다. 껍질이 끊이지 않고 시작부터 마지막까지 이어진, 훌륭한 껍질 한 번에 까기.

"감출 것도 없지. 람이 잘하는 요리는 찐 감자야."

"우쭐하는 얼굴로 뭔 소리를 꺼내는 거야! 제길, 두고 봐라. 내 애도 '별똥별'이, 네게 따끔한 맛을 보여줄 거라고!"

오기에 기대어 나이프를 잡고 목제 칼자루를 움켜쥐어 기합을 넣는다. 별 특출 날 것도 없는 평범한 과일 나이프지만, 오늘부터 이놈이 스바루에게는 애도 '별똥별'이다.

"우오오——!"

소리를 지르면서 몸을 작게 웅크리고, 람의 어드바이스대로 나이프는 고정하고 야채 쪽을 돌린다. 처음에 알맹이를 뭉텅 도려냈지만, 그 뒤에는 순조롭게 술술 나가기 시작해 내심 놀랐다.

흘끗 눈길을 옆에 주니 지적대로 처리해내는 스바루에게 으스대는 표정의 람이 있다. 순순히 감사하기도 아니꼬워서 스바루는 말없이 껍질 까는 데 집중——하려니.

"그렇게 열심히 응시 받으면 쑥스러운데……. 왜 또 그래?"

빤히 자신을 바라보는 렘의 눈길을 깨닫고 스바루가 고개를 든다. 대강 준비를 마친 렘은 등줄기를 바로 세운 채 작업하는 스바루를 말없이 응시하고 있었다. 그걸 지적받고 렘은 희미하게 놀란 표정을 지은 다음 말을 하려 한다.

"——바루스의 꼴사나운 몰골이 눈에 띄어서 그렇지. 특히 머리, 품위가 없어도 너무 없어."

하지만 렘이 무슨 말을 하기보다 먼저 람의 말이 끼어든다. 그 말에 스바루는 고개를 갸우뚱하며 중얼거렸다.

"이거, 직접 한 것치고 비교적 잘 잘린 줄 알았는데……."

"적어도 사용인으로서 놔두기에 낙제점인 건 틀림없어. ——안 그러니? 렘."

"……아, 네. 그러네요. 확실히 좀 아주 약간 매우 사소하게 신경 쓰여요."

"어지간히 신경 쓰이시는 모양이라 미안하네요!"

조신한 말씨가 되레 평가를 뚜렷하게 나타내고 있어서 딴에는 자기 일에 자부심이 있던 스바루는 은근히 풀이 죽는다. 그런 스바루에게 람은 "핫." 코웃음 치며 말했다.

"참고로, 저택 사람들의 머리카락은 렘이 손보고 있어. 람의 머리카락 손질과 아침의 옷단장도 렘이 손수 한 거야. 멋지지?"

"그렇군. 쌍둥이니까 서로 해주면 거울처럼…… 말 좀 이상하지 않아?"

방금 람이 한 말투면 마치 일방적으로 렘만이 봉사하고 있는 꼴로 들렸다. 그런데 되묻는 스바루 앞에서 람이 팔짱 끼고 으스댄다.

"바루스 생각이 맞아."

"조금은 동생에게 공헌하시지, 언니분!"

못난 누이 꼴을 끝 간 데 없이 발휘하는 람은 스바루의 외침도 못 들은 체 하는 얼굴이다. 그 뒤에 람은 렘이 정리했다는 분홍빛 머리카락을 살그머니 어루만지고 렘을 보며 말했다.

"괜찮다면, 렘. 바루스 머리, 좀 다듬어주도록 해."

"야야, 여자애가 머리카락 만지작거리다니 두근두근해서 손이 헛나간다고."

"언니?"

느닷없는 람의 제안에 스바루와 렘이 곤혹을 드러낸다. 람은 묻고 싶은 게 있는 얼굴의 동생을 붉은 눈으로 바라보며 살짝 억양을 낮추었다.

"——머리카락이 신경 쓰이니까, 바루스를 응시했었던 거잖아?"

"……네, 그래요. 조금 빗고, 털끝을 다듬기만 해도 보기 좋게 변하겠다 싶어서."

"그렇다네. 호의를 받아들여. 렘의 손놀림으로 천국에 갈 수 있으니까."

"왠지 엉큼한 부탁을 하는 투로 말하지 마셔."

내켜하는 걸로는 보이지 않는 렘이 언니의 태도에 떠밀린 모양새로 비쳐 미안한 기분이다.

성격 문제인지 스바루에 대해서 이미 스스럼이라곤 눈곱만큼도 남지 않은 람과 달리 렘 쪽은 아직 스바루에 대한 태도를 결정짓지 못한 눈치다. 거리를 줄이는 것 자체는 스바루도 찬성이지만, 그건 그것.

"싫으면 싫다고 말하는 편이 낫거든. 꺼려지고 싶은 건 아니지만!"

"아뇨, 그렇지는. 렘도 조금, 꽤 조금, 아주 조금 신경 쓰인 건 사실이니까요."

엄청 신경 쓰고 있는 걸 알아 스바루는 더욱더 자신감을 상실한다. 개인적으로는 멋지게 빠졌다고 생각한 만큼——그러면서 의식을 등한시하던 중에.

"——아."

삼자의 목소리가 겹치고, '별똥별'이 감자에서 스바루의 손가락으로 날이 가는 방향을 이동. 얇게 껍질 벗기듯 손거죽이

딸려가는 바람에 스바루의 비명이 터진다.

"아으아—! 저질렀다—! 뭉텅 나갔어——!"

"애도가 듣고 기가 막힐 관계성이야. 사랑이 일방통행이라면 편애도라고 바꿔 부르면 어때?"

"언니. 슬슬 물이 끓었으니, 썬 야채를 이쪽에……."

"너희, 좀만 더 신인의 진퇴에 관심 가져달라고!"

업무를 우선하는 자세는 훌륭하다고, 그렇게 칭찬할 기력은 스바루에게 없었다.

9

——시간은 반나절쯤 경과한다.

"피, 곤, 해애——!"

말과 함께 온몸으로 침대에 엎어져 온 힘을 다해 힘을 빼는 스바루.

장소는 사용인으로서 주어진 방으로, 오늘부터 스바루가 생활할 개인 방이다. 침대와 간이 책상과 의자가 비치된 검소한 방으로, 간병 받고 있던 객실과 비교하면 역시 어느 정도 품격이 떨어져 보인다.

"하긴 지나치게 돈을 발랐어도 답답하니, 이런 거면 충분하지……."

베개에 안면을 파묻으면서, 그런데도 고급스러워 자택보다 더 우월한 냄새와 감촉을 만끽한다. 휴식을 맛보고 있는 스바루의 복장은 제복에서 체육복으로 변신해 있다. 친숙한 옷은 앞으로 잠옷으로 활약시킬 속셈이다.

"아─, 혹사당했다, 혹사. 근로란 굉장혀, 세상의 일하는 아빠들이 얼마나 대단한지 진짜로 이해했어. 하루 만에 이 지경이라니, 장난 아니심다."

삐걱거리는 몸을 풀면서 하루의 업무 내용을 되새기고 솔직한 감상을 읊는다.

요령을 모른다는 점이 큰 부분도 있지만, 자신의 모자란 수완에 실망한 것 또한 사실이다. 유일한 위안이 있었다면 교육 담당이던 람의 태도였을까.

"뜻밖에도 스파르타식이긴 하지만 친절하고 세심하게 설명해주어서…… 오?"

난데없는 노크 소리에 불려 얼굴을 든다. 그러자 문 너머에서 들린 것은.

"렘입니다. 스바루 군, 지금 괜찮을까요?"

"아, 괜찮아 괜찮아. 이상한 짓 안 하고 있으니까, 들어와도 돼─."

"오히려 신빙성이 흐려지는 허가네요. 실례하겠습니다."

문을 열고 방에 들어온 사람은 여전히 제복을 입고 있는 렘이다. 렘의 방문에 스바루는 한순간 눈썹을 좁혔지만, 그녀가 손 안에 검은 상의를 들고 있는 것을 보고 이유를 이해했다.

"혹시 벌써 다 된 거야? 일이 빠르다는 수준이 아닌데."

"다시 옷을 짓는다고 할 만큼 거창한 일이 아니어서요. 이게 로즈월 님의 의상이었으면 정성 우선이지만, 스바루 군 것이었기에."

"지금, 언외로 대충 했다고 선언했어?"

침묵하며 대답하지 않는 렘에게서 웃옷을 받고 가볍게 펼쳐 본 다음 팔을 넣는다. 고치기 전에는 옆구리가 여며지지 않아 어깨 주변이 비참한 꼴이던 옷이지만.

"음, 분하지만 완벽한 만듦새. 팔이 시원하게 빙빙 도는군……. 어때, 어울려?"

"그 진기한 회색 옷과 합쳐져, 진기한 모습으로 따지면 나설 사람이 없겠어요."

"좋아, 칭찬은 아니군. 아무리 그래도 그 정도는 안다고!"

집사풍 상의 안쪽에다 셔츠를 입었으니 렘의 평가는 마땅한 것이다. 오히려 웃음을 노리고 고의로 한 구석이 있기에 무표정의 응수 쪽이 더 아프다.

"그런데 밑단 쪽은 어떻지요?"

"밑단……? 아아, 바지 쪽인가. 에구, 까먹었었다. 바늘이랑 실이 있으면 스스로 할 수 있는데."

"가지고 왔어요. 지금 해버릴까요?"

후의로 제안해주는 걸 보면 렘 쪽에 악의나 악감정은 없는 모양이다. 그건 그것대로 자연스럽게 가시를 품는 상황이 되므로 문제지만, 일종의 개성이라 수긍하고 흘려둔다.

어쨌든 스바루는 스바루대로 어디 두고 보라는 마음이 있다.

"좋아, 바늘이랑 실을 넘겨줘. 재봉 스킬로 오늘 하루의 내 평가를 일신해주지."

"오늘 점심 준비에서 야채 껍질 까는 데에 그만큼 고전한 사람의 손재주에 기대하라고요?"

"크크크, 깔볼 수 있는 것도 지금뿐이다. 열심히 놀라는 반응을 준비해두도록."

자신만만한 스바루에게 포기한 기색으로 렘이 품속에서 꺼낸 이세계풍 재봉 세트를 건넨다. 받아들어 내용이 원래 세계와 거의 다르지 않다는 사실을 확인. 손에 익은 몸짓으로 바늘에 실을 넣고, 부리나케 제복 바지를 무릎에 올린 다음 바짓단 줄이기에 착수한다.

"흥흥흐흥—."

"……놀랐어요. 정말로, 손에 익었네요."

콧노래를 섞으며 천에 바늘을 꿰는 스바루를 보고 렘이 감탄의 숨결을 내쉰다.

훌륭하다고 해도 될 손놀림으로 바늘을 재빠르게 왕복시키고 콧노래의 흥이 끝나기 전에.

"쪼아, 한쪽 종료. 옛다, 봐봐. 확실하게 꿰매놨지?"

자기가 한 일을 과시하듯이 바짓단을 쭉 당겨 보이자 렘도 끄덕이고 순순히 인정한다.

그 응답에 심기가 좋아진 스바루는 다른 한쪽 바짓단에도 착수. 그런 스바루에게 렘이 말을 건다.

"저…… 스바루 군. 점심때의, 이야기인데요……."

"응—, 점심? 점심에 무슨 일 있었던가."

"아…… 아뇨. 잊었으면 됐어요."

고개를 들지 않는 스바루 앞에서 렘이 작게 고개를 가로저었다. 그런 그녀의 반응에 눈을 가늘게 뜨고, 스바루는 점심 식사의 준비 중에 나눈 이발 이야기라고 생각이 미친다.

"머리카락 얘기인가. 그거, 그 자리에서만 나온 농담인 줄 알았지. 해주려고?"

"아뇨, 주제넘은 말을 해버렸다고 생각했을 뿐이어서요. 동료라 해도 스바루 군은 에밀리아 님의 은인이고 입장이 다른데."

"그렇게 자기를 낮추는 태도를 취해도 난처한데…… 아니, 그런 식으로 생각했었어?"

동료 취급은 할 수 없다고 서로의 입장에 격차를 두는 발언이 귓전에 남는다.

질문에 눈썹을 찡그리는 렘을 보고 스바루는 거칠게 자기 머리를 쥐어뜯었다.

"솔직하게 대하기 어려운 입장이란 자각이 모자랐나. 신경 쓰게 만들어서 미안해."

"아니요. 저야말로 대책 없는 말을 했어요. 잊어주세요."

"그렇게 간단히 나갈 수도 없는 게 인간의 까다로운 점이거든. 그래……."

턱에 손을 댄 스바루는 눈을 내리깔고 있는 렘을 보았다. 실언을 후회하고 있는 것처럼도, 스바루가 주의 주는 말을 기다리고 있는 것처럼도 보이는 조신한 모습이다. 그 모습에 할 말이 정해졌다.

"그럼 조건을 내지. 그걸 받아들여준다면, 지금 이야기는 깨끗하게 잊겠어."

"조건……인가요? 알겠습니다. 무엇이든 듣겠습니다."

스바루가 손가락을 하나 세우고서 제안하자, 렘은 한 번 눈을 감은 다음 각오한 표정으로 끄덕인다.

그렇게까지 대단한 내용을 제시할 생각이 없는 스바루는 쓰게 웃은 다음에 말했다.

"내 머리카락, 털끝 가지런히 다듬어서 가볍게 빗어주면 용서할게."

"……."

"침묵으로 빠져버리면 내가 자못 안쓰러운 처지가 되거든."

역제안에 렘은 말이 없다. 그 침묵에 금세 못 버티게 된 스바루가 항복하자, 렘은 그 옅은 청색 눈에 스바루를 비추고 작게 숨을 내뱉었다.

"에밀리아 님께서도 말씀하셨지만, 스바루 군은 욕심이 없는 사람이로군요."

"이상해라. 기가 막혀하기보다 새삼 반할 장면 연출일 텐데……."

"언니한테서 둘만 남으면 엉큼한 눈을 한다고 들었기에 지금 제안에 대해서도 렘은 솔직히 조금 각오하고 있었어요."

"뜬소문으로 사람 잡겠다!"

입이 험한 람의 발언이 조만간에 에밀리아에게까지 불똥이 튀어버릴 것만 같아서 무섭다. 그리되기 전에 에밀리아에게 직접 예방선을 쳐둘 필요가 있을 것이다.

스바루가 속으로 람에 대한 대항책을 가다듬고 있으려니, 렘은 치마 양쪽 끝자락을 손끝으로 잡았다.

"조건, 받아들였습니다. ──스바루 군의 노림수에 편승해드리지요."

정중한 인사와 함께 화해의 제안을 받아준다.

그 연극조의 행동에 스바루는 웃은 다음, 고개 숙여 손안을 바라본다.

"이거 봐, 이러니저러니 하는 새에 바짓단 다 줄었어. 똑바로 잘 됐지?"

"……네, 확실히. 재봉에 관해서는 만점이에요. 단지 스바루 군 자신과 똑같이 그다지 쓸데가 없지만요."

"어라?! 화해한 직후인 줄 알았는데?!"

작업 완료한 바지를 들고 수긍한 렘이 빙 둘러서 독설을 뱉는다. 스바루가 거기에 딴죽을 걸고, 조금 전까지의 어색한 분위기는 해소된다.

재봉 세트를 렘에게 반납한 스바루는 자기 머리를 쓰다듬는다.

"그래서 머리 말인데……. 언제 할래? 오늘은 역시 벌써 늦었으니 힘들겠지."

"그러게……요. 가능하면 일찍 해주고 싶은데, 며칠은 야간 업무가 들어차 있어서…… 유감이에요."

"그럼 기회를 봐서 하자. 남이 이발해주는 건 무지 오랜만이구만—."

중학교 도중 정도부터 해왔으니 벌써 꼬박 5년 가까이는 스스로 자르고 있던 게 된다. 얼마나 익숙하냐면, 손으로 만질 수만 있으면 거울이 없어도 자를 수 있는 실력이다.

"그럼 슬슬 시간도 시간이니 실례하겠습니다. 내일도 아침부터 작업인데, 제때 일어날 수 있나요?"

"솔직히 별로 자신 없는데. 자명종 시계가 있으면 일어날 수 있는 체질이라고 자부하지만 그런 편리한 도구는 아마 없을 듯하고. 닭이 아침에 우는 시스템은 있어?"

"……힘겨울 것 같으니까, 아침에는 렘이나 언니가 깨우러 오기로 하겠습니다."

미덥지 못한 스바루의 발언에 어쩔 수 없다는 듯이 렘이 도와준다.

"진짜로? 하지만 선배님을 자명종 대신 삼아 써먹다니 미안하단 느낌이……."

"그랬다가 일어나지 않아서, 저녁까지 잠으로 지새워버려도 난처하니까요."

"난 얼마나 잠꾸러기라고 여겨지고 있는 거야?!"

"일단, 꼬박 한나절은 깨지 않을 정도일까요."

그 말이 렘 딴의 농담임을 스바루는 꽤나 뒤늦게야 깨달았다.

그런 대화를 마지막으로, 렘은 제안을 받은 스바루에게 묵례하고 방을 나갔다.

　스바루는 문에 가로막혀 모습이 보이지 않는 소녀에게 손을 흔들면서 생각했다.

　"입으로는 이러쿵저러쿵 해도 역시 자매구만, 저 두 사람."

　정중함 속에 무례를 숨긴 렘과 오만불손한 람. 그런데도 배려가 지나치다 싶을 정도로 배려심이 있는 구석이, 동료로서 한없이 호감 가는 두 사람이라고 스바루는 생각했다.

　　　　　　　　10

　──그 뒤로.

　"그으—래서, 그 뒤의 스바루 군의 상태는 어떻지?"

　시간은 밤. 벌써 태양은 서쪽 하늘로 저물어 이지러진 상현달이 밤하늘에 내걸릴 즈음, 은밀한 보고가 이루어지고 있었다.

　넓은 방이다. 중앙에는 내객을 맞이하는 응접용 긴 의자와 테이블이 놓였고, 안쪽에는 방 주인이 집무를 보기 위한 책상과 의자가 배치되어 있다. 흑단 책상에는 서류와 깃털 펜이 굴러다니고, 그 옆에는 아직 김이 피어오르는 컵이 아련하게 부드러운 향을 풍기고 있었다.

　로즈월 저택 본동의 최상층, 주인인 로즈월 L. 메이더스의 집무실이다.

　의자에 앉아 첫 번째 물음을 입에 담은 쪽은 그 로즈월이다.

속삭이는 듯한 목소리였지만 상대에게는 틀림없이 목소리가 닿았다. 그도 그럴 것이다. 로즈월이 말을 나누는 상대는 그의 무릎 위에, 몸을 움츠리고 옆으로 앉아 있으니까.

"그 큰소리로부터 닷새—— 슬슬 보이기 시작하는 게 있을 무우—렵이 아닐까."

"그러네요. ——완전 글렀습니다."

귓가로 주인의 말을 들으며 분홍빛 머리카락을 어루만져지고 있는 건 람이다. 방에 있는 건 로즈월과 람 둘뿐으로, 람에게 반신(半身)이라고도 할 수 있는 쌍둥이 여동생의 모습은 그곳에 없다.

그건 단순히 오늘 보고의 본론이 스바루의 건이며, 람이 교육 담당이기 때문이다.

그 교육 담당의 명확한 꽝 판정에, 로즈월은 얼떨떨해하다가 웃음을 터트렸다.

"아하아—, 그래. 완전 글렀나."

"바루스는 정말로 아무것도 못해요. 요리도 빵점, 청소도 엉망, 세탁을 맡기려고 하면 콧김이 거칠지. 재봉만 묘하게 달인이지만, 그 외에는 어느 것도 맡길 수 없습니다."

"여자애가 많은 살림이니, 그것도 포함해 묵과할 수 없는 사태로오—구나."

그 나이라면 별수 없으려나. 그렇게 말하며 쓰게 웃는 주인을 쳐다보고 람은 스바루가 고용된 뒤의 사흘간을 돌아본다. 그 짧고 농밀한 시간이 극명하게 떠오를 때마다, 람의 단정한 얼굴에서 무표정의 가면이 벗겨져 일그러지는 걸 곁눈으로도 볼 수 있었다.

"네가 그런 얼굴을 하다니 벼—얼일이군. 그렇게 빵점이야?"

"완전 빵점이지요. 서투른 건 아니고, 모르는 눈치예요. 어지간히도 좋은 환경에서 자랐다고밖에 여겨지지 않습니다. 하오나 그런 것치고는 교양이 부족합니다."

"엄겨억—하구나."

숨죽이며 웃음을 참는 로즈월. 람은 작게 숨을 내뱉고는 주인의 팔 안에서 자세를 바꾸어 옆으로 앉은 몸을 더욱 안쪽으로 파고든다. 람의 분홍빛 머리카락을 커다란 손바닥이 부드럽게 어루만졌다.

"그럼 람, 중요한 이야기다. ——간자일 가능성은, 어떻지?"

음성의 가락은 그대로인 채, 로즈월은 웃음을 무너뜨리지 않고 묻는다. 주어가 없는 물음이지만 무엇을 질문받은 것인지는 알고 있었다. 람은 눈을 감고 잠시 생각에 잠긴 다음, 입을 열었다.

"부정은 할 수 없지만 그 가능성은 꽤 낮다고 생각합니다."

"흐—음, 그 의미는."

"좋든 나쁘든……이라기보다, 나쁜 의미로 특히 눈에 띄어요. 당가에 잠입하는 수단도 그 뒤도……. 애당초 바루스 자신이."

말을 우물거리면서도 거침없이 대답이 나온다.

질문을 부정하는 말이었으나 로즈월은 그 대답에 만족한 듯이 미소 짓는다. 내 뜻대로 되었다는 듯한 주인의 미소. 그 미소가 직접 향하는 것은 아닌데도 람은 자기 뺨이 달아오르는 것을 자각했다.

"오호라 납득. 그리되면, 그 친구는 정말로 선의의 제3자인가."

말과 함께 의자를 삐걱거리며 로즈월이 몸의 방향을 바꾼다. 책상 쪽을 보던 몸을 정반대──때마침 달빛이 들어오는 큰 창문 쪽으로.

좌우의 색이 다른 로즈월의 눈동자가 가늘어지고, 눈 아래의 광경에 입 끝으로 웃음을 띤다.

"그으─나저나, 저 친구도 차─암 꿋꿋하지."

집무실에서 밑에 펼쳐진 저택의 정원. 그 한쪽에서 은발 소녀와 흑발 소년이 담소하는 모습이 보였다. 변함없이 소년이 일방적으로 말을 거는 형국이지만, 소녀도 싫어하고 있지는 않다.

"흐뭇한 노오─릇이야. 저런 정열은 이미 내겐 없는 것이지."

"저 정도로 쫓아와주는 편이, 여자는 기쁜 법이랍니다."

독백 같은 말에 대답한 람은 지척에서 바라보는 로즈월의 두 눈을 마주 바라본다. 하지만 요염한 분위기에 반해 로즈월은 장난스럽게 눈을 가늘게 떴다.

"혹시, 의외로 스바루 군을 고평가하기라도?"

"……완전 꽝이지만, 나쁘다고는 생각하지 않습니다. 일에 관해서도 이해력이 나쁘지 않고, 그저 모르는 것뿐이니 가르치는 보람이 있어요."

람이 눈동자에 불만을 머금고 차가운 목소리로 응답하자, 로즈월은 람의 머릿결을 빗고 있던 손으로 그 뺨을 살그머니 어루

만진다. 람이 도취된 듯이 잠잠해지자 로즈월은 지금 대답을 생각한다.

람이 이렇게 타인을 평하는 예는 드물다.

배울 기회를 얻을 수 있으면 더욱 성장한다. 언외로 그렇게 진언하고 있는 것이다. 흑발 소년은 대단히 메이드 두 사람의 마음에 든 것이리라. 열심인 모습은 아름다운 법이라고 로즈월도 끄덕인다.

"내 입장으로선 훼방을 놓아야 하아──겠지마는."

로즈월은 노란 눈만으로 뜰을 내려다보고, 귀여운 랑데부에 그런 말을 읊는다.

"어느 쪽이나 어린애니까, 내버려두어도 아무 일도 일어나지 않아요."

"그건 맞는 소리야."

희미한 웃음소리가 집무실에 겹치고, 소년과 소녀의 밀회를 내려다보던 창문의 막이 닫힌다.

──그 뒤의 집무실 안은, 달조차 볼 수 없었다.

                              11

달이 하늘 중앙에 나 여기 있노라고 자리 잡는 시간. 스바루는 기합을 넣고 있었다.

걸쳐 입은 집사복의 주름을 펴고, 자기 자신의 몸가짐을 창문에 비추어 재확인. 슬슬 착용 나흘째에 돌입해 이 의복을 입는 데에도 익숙해졌다고 스스로도 생각한다.

"나쁘지 않아. 나쁘지 않다고, 나츠키 스바루. 괜찮아, 할 수 있어. 목욕하고 나온 나 자신은 거울로 보면 5할은 더 미남으로 보이지. 그 현상이 지금 발생한 느낌이야."

객관적으로 5할 더 늘었는지 의문이지만, 자기암시도 충분히 중요.

분위기만이라도 미남의 기운을 두른 채로 스바루는 가볍게 심호흡한 다음 발을 내디딘다. 짧게 가지런히 깎은 정원의 잔디를 짓밟으며 가는 곳은 풀밭 한쪽──키다리 나무들에 둘러싸여 한층 더 강하게 달의 은혜를 받고 있는 장소다.

그곳에 은발을 달빛으로 빛내며 옅은 빛을 두른 소녀가 앉아 있다.

파르스름한 광채──그 반딧불과도 비슷한 현상의 정체가 정령임을, 지금의 스바루는 알고 있다. 그 사실을 알고 있어도 저 환상적인 광경에는 보는 이의 마음을 붙잡고 놔주지 않는 악마적인 매력이 있었다. 무심코 발을 멈추고 숨을 집어삼킨다.

그 기척을 깨달았는지, 눈을 감고 속삭이던 소녀의 두 눈이 불현듯 뜨였다.

두 개의 자수정이 정면으로 걸어오는 스바루를 시야에 포착한다.

"어헛. 이, 이런 곳에서 우연이 다 있네?"

"매일 아침마다 일과에 끼어들어오면서. 그리고 우연이라니……. 같은 지붕 아래잖니?"

말을 걸기 전에 발견되는 바람에 첫마디부터 동요해버려서, 에밀리아가 한숨부터 쉬는 대화가 시작된다. 이젠 드물지도 않은 패턴이다. 첫수부터 실수해가면서도 스바루는 꿋꿋하게 에밀리아에게 웃어 보이고 말을 이었다.

"한 지붕 아래라니, 새삼 말로 하니 왠지 근질근질하다."

"그 근질근질이란 말. 등이 엄—청 오싹오싹해서 왠지 징그러워."

에밀리아가 게슴츠레한 눈으로 쳐다보자, 스바루는 뺨을 긁으며 당연한 듯이 그녀 옆에 주저앉는다. 거리는 주먹 세 개분, 미묘한 거리감이 한심함을 증거하고 있었다.

스바루가 옆에 앉는 것에 완전히 익숙해진 에밀리아도 새삼스럽게 지적하지 않는다. 매일 아침 일과와 식사 때마다 옆에 오니까 그도 당연한 노릇이리라.

말없는 허용에 체념과 수용 중 어느 쪽이 강한지는 불명이지만, 어느 쪽이어도 스바루는 이 거리가 마음에 든다.

"그래서, 그래서, 뭐 하고 있어?"

"응—? 아침 일과의 연장을 하고 있지. 대부분의 아이들과는 아침 내에 만날 수 있지만, 명일에만 만날 수 있는 아이들도 있으니까."

에밀리아의 대답에 스바루는 '옳거니' 하고 고개를 끄덕여 답했다.

양일이나 명일 같은 이 세계 특유의 표현도 간신히 몸에 익기 시작했다.

참고로 하루의 시간은 거의 24시간으로, 인간의 활동 시간도 대략 동일. 편의주의란 생각이 들면서도 체내 시계가 뒤틀리지 않고 끝나 다소 안심하지 않을 수 없다.

　그러한 이 세계의 상식도, 나흘간의 집사 연수 중에 함께 습득하고 있다. 하기야 면학보다는 사용인 업무의 습득이 우선이라 그쪽은 꽤 스파르타식 교육을 받고 있었지만.

　"놀토가 있는 저학력 교육 세대로서는, 더 장기적인 눈으로 봐주길 바란달지……."

　나흘간의 스파르타식 지도관에 대한 푸념이 삐져나온다. 스바루가 그렇게 혼잣말하는 사이에도 명일에만 만날 수 있는 친구들과 나누는 에밀리아의 대화는 진행 중이다.

　스바루는 지그시 입을 다물고 환상적인 광경에 홀린 것처럼 에밀리아의 옆모습을 보고 있다.

　"보고 있어도 재미있을 거 없잖니?"

　말없는 스바루가 별스러웠는지, 별안간 에밀리아가 그런 말을 주워섬겼다.

　왠지 미안해 보이는 에밀리아에게 스바루는 몸을 일으키며 "아니." 하고 고개를 저었다.

　"에밀리아땅과 함께 있으면 지루하단 생각은 안 드는데?"

　"뭣."

　너무나도 직설적인 말투 때문에 무심코 숨이 막혀 에밀리아가 얼굴이 붉어진다. 기습을 받은 에밀리아가 얼굴을 붉히는 것을 보는 스바루도 실은 귀까지 붉다.

노리고 한 말이라면 또 몰라도 지금 건 완전히 자연스럽게 나
온 대사였기 때문이다.

"아, 아―, 그 왜, 그리고 요 며칠간은 천천히 얘기할 기회도
없었잖아?"

쑥스러움을 얼버무리듯이 말이 빨라지는 스바루. 에밀리아도
그에 동조해 끄덕인다.

"그러, 그렇지. 스바루는 저택 일을 배우는 데 힘들었을 테고.
응, 열심히 해서…… 응, 열심……이었으니까."

"두둔해주려는 마음이 기쁘고 처량해서 울겠다."

분위기를 얼버무리기 위한 화제로 무덤을 파는 바람에 무심코
비탄을 트윗하고 말았다.

이 나흘간 해온 스바루의 업무 평가는, 편애와 덮어두기를 다
용하고 상층부에 뇌물과 사과박스를 수두룩하게 선물하더라도
'쓸모가 없음' 이라고 해야 할 지경이었다.

취사, 세탁, 청소 중 어느 가사 기능도 갖추지 못한 스바루는,
우선 저택의 사용인 스킬로서 필수인 그것들을 습득하는 데 쫓
기게 된다.

현 상황에서 앞선 세 가지 스킬은 어느 것이나 ALL 'C' 판정
이다.

"내 옷의 바짓단 줄일 때랑 앞치마 단추를 다시 달았을 때만
'S' 판정 받았어."

"정말로 일부만 돌출해서 손재주가 있구나."

"둥글고 평평한 재미없는 놈보다, 뾰족하고 예리한 남자가 되

라고 키워져서.”

　부모 교육방침의 산물이지만, 그렇다고 재봉 스킬을 키우는 스바루나 부모님이나 괴상하다.

　“그래, 그렇구나. 다행이다. 스바루도 자신감을 가질 수 있는 일이 있어서.”

　그런 스바루의 반성도 모르고, 에밀리아는 솔직하게 스바루가 자랑한 기능을 칭찬한다. 에밀리아가 자기 일처럼 기뻐해주지만 심중이 복잡한 스바루의 웃음은 뻣뻣하다.

　“그리고 다른 일도 꿋꿋하게 잘하고 장하잖니. 람과 렘도 조금이긴 하지만 몰래 스바루를 칭찬한 적도 있고 그래.”

　“진짜냐. 선배님들도 뒤에서 얄미운 시추에이션을 진행하는군. 내가 나이프로 손 베고, 양동이 엎고, 세탁에 실패해도 호감도는 쌓였었나!”

　“난 그건 좀 반성하는 편이 낫다고 보는데.”

　실패가 부각되는 스바루의 발언에 이번엔 에밀리아가 쓴웃음. 그 뒤에, 에밀리아는 남보랏빛 눈을 사악 가늘게 뜨고, 지척에 있는 스바루를 들여다보듯이 시선을 준다.

　“하지만, 매일 힘들지?”

　“무지 힘들고 진짜 괴로워. 에밀리아땅에게 팔과 가슴과 무릎을 빌려서 로테이션으로 힐링 받고 싶어.”

　“그래그래. 그런 식으로 넉살 부릴 수 있는 동안엔 괜찮겠다.”

　뻗어오는 에밀리아의 손끝이 스바루의 뺨을 가볍게 누른다. 눌린 힘은 약했지만, 스바루는 에밀리아의 손끝에 거스르지 않고 등부터 잔디에 성대하게 드러누웠다.

서늘한 풀의 감촉과, 온 하늘에 점점이 박힌 별들을 올려다보고 감탄이 흐른다. 거리의 불빛 같은 광원이 없는 세계에선 밤하늘에 떠오르는 별과 달의 아름다움이 스바루가 아는 하늘과 현격히 달랐다.

"──달이, 아름답네요."

"손이 닿지 않는 곳에 있으니 말이야."

"노리고 말한 게 아니었는데, 엄청 마음에 오는 코멘트가 돌아왔다?!"

"어, 뭔가 나쁜 말 했어?"

로맨틱의 대명사 같은 대사가 격추당해 *나츠메 소세키가 통하지 않는 이세계에 전율. 가슴을 부여잡고 문호(文豪)에게 사죄의 뜻을 표명하는 스바루. 그때, 별안간 에밀리아가 놀란다.

"아…….."

"어허, 이런. 폼 안 나게. 노력은 숨기는 법인데 말이야."

쑥스러움을 감추려 웃으면서, 스바루는 에밀리아가 바라보던 손을 등 뒤로 돌린다.

──업무에서의 실수가 쌓여, 결과적으로 반창고투성이가 된 왼손을.

스바루는 혀를 내밀며 얼버무리려 하지만, 에밀리아는 진지한 표정으로 눈을 내리깐다.

---

* 나츠메 소세키가 영어 교사 시절에 학생이 「I love you」를 "난 너를 사랑한다."라고 직역한 것을 듣고서, "일본인은 그런 말은 하지 않는다. '달이 아름답네요'라고나 해두거라."라고 말했다는 진위가 불투명한 일화가 있다.

"역시, 다들 힘든 거구나."

자기 자신을 훈계하듯이, 에밀리아가 그렇게 중얼거리는 말이 들렸다.

에밀리아의 독백을 주워듣고, 스바루는 그녀가 무슨 생각을 했는지 잔잔히 납득한다.

지금 이 로즈월 저택에서 처음부터 뭔가를 배우고 있는 건 스바루뿐만이 아니다. 에밀리아 또한 여왕 후보로서 배워야만 하는 다양한 사항을 한창 흡수하고 있는 중인 것이다.

스바루와 에밀리아 사이에는 요구받는 수준도 범위도 다르다. 비교하는 것이 실례일 만큼, 얹히는 중압에 차이가 날 것이다. 그렇게 무거운 걸 떠맡고 있으면 피곤해질 때도 있으리라. 아무에게도 말하지 못할 그런 고민을, 에밀리아도 품고 있었을지 모른다.

"……치료 마법, 걸어줄까?"

나직하게 물어오는 에밀리아.

반창고 밑에 갓 태어난 상처는 울음소리를 계속 지르고 있어서, 지금도 의식하면 지끈지끈 희미한 열을 호소한다. 그러나.

"아니, 됐어. 고쳐주지 않고 그냥 놔둬도."

"어째서?"

"음—, 왠지 말로 하기 어려운데…… 맞아. 이건, 내가 노력한 증거이기 때문이다."

스바루는 나답지도 않은 소리나 하고 있다고 생각하면서 상처 투성이 손을 힘주어 쥔다.

"난 의외로 노력 안 싫어하거든. 못하던 일을 할 수 있게 되는 거, 뭐랄까…… 나쁘지 않아. 힘들고 엄청 괴롭지만, 생각보다 즐거워. 람과 렘은 의외로 스파르타식에, 그 로리는 열 받고, 로즈찌는 생각했던 것보다 만나지를 않으니까 존재감 없지만."

"그거, 로즈월에게 말했다간 분명히 골낼 거야."

"골낸다니 요즘 못 듣는 말일세……."

말허리가 끊긴 것을 스바루가 허리를 굽혀서 표현한다. 그 뒤에 용수철 장치 인형처럼 일어나 오른손을 이마에 대며 깔끔한 경례를 에밀리아에게 보낸다.

"암튼, 그렇게 하나씩 문제를 클리어해나가는 건 좋지. 여기선 그러지 않으면 살아나갈 수 없고…… 기왕이면 즐거운 편이 낫잖아."

원래 세계에선 '안락(安樂)하게' 만 살 수 있으면 그걸로 족했다. 하지만 이 세계에서 그런 안온한 생활은 바랄 수 없다. 그렇다면 스바루는 '낙(樂)' 정도는 요구하고 싶다.

그건 부조리하게 이 세계에 내던져진 운명에 대한, 스바루의 오기라고도 할 수 있었다.

스바루의 결의 표명에 에밀리아는 시간이 멈춘 것처럼 표정을 굳힌다. 그저 눈꺼풀만을 몇 번씩 떴다가는 감더니, 불현듯 웃음을 흘렸다.

"그러게, 응. 그럴 거야. 아아, 참, 스바루는 바보."

"어라라라, 반응 이상하지 않아?! 이거 새삼 반해도 괜찮은 장면이잖아?!"

"애초에 반하지도 않았습니다─. 아유, 바보라니까…… 나도."

거창한 시늉으로 유감을 표현하는 스바루에게 에밀리아가 마지막에 흘린 중얼거림은 닿지 않는다.

웃음이 깊어지는 에밀리아. 미소는 조금 전까지의 중압으로부터 해방된 듯 부드러워져서, 무심결에 스바루가 넋 놓고 보도록 하는 마법이 걸린 것만 같았다.

에밀리아가 보이는 이 자태는, 예쁘다나 귀엽다 같은 말로 표현할 수 있는 게 아니다.

"E · M · Y(에밀리아땅 · 무지 · 여신)."

"고마워하고 있는데 또 그렇게 장난만 쳐."

아주 약간 화난 듯이 입술을 삐죽이며 에밀리아가 또다시 스바루의 이마를 손가락으로 찌른다.

이따금 이렇게 건드려질 때, 건드려진 그곳이 괜스레 열기를 띠는 느낌이 드는 건 필시 스바루의 기분 탓만은 아니다.

"그건 그렇고…… 노력하고 있는 건 알지만, 어떡하면 그렇게 손이 엉망이 되는 거야?"

"아아, 이건 간단해. 오늘 저녁, 저택 근처의 마을까지 렘이 장보는 데 따라갔을 때에, 어린애들이 장난치고 있던 개처럼 생긴 작은 동물에게 콱 깨물렸어."

"노력의 성과가 아니었던 거니?!"

"아니, 노력의 흔적은 더 큰 상처로 사라졌다고나 할까……. 난 그렇게 동물에게 미움 받을 만한 타입이 아닌 줄 알았었는데 참."

원래 세계에선 애들과 작은 동물에게 호감을 받는, 혹은 얕보이는 체질이었을 터인데. 오늘 결과를 보면 그것도 미심쩍을 지경이다. 단, 애들 쪽에 대한 효과는 건재했다.

"마을 꼬맹이들…… 가차 없이 때리지 발로 차지 콧물 닦지, 최악이었지 뭐냐. 빌어먹을."

"왠지 조그만 아이들 잘 돌볼 것 같으니 말이야, 스바루."

"그거 착각이라고, 에밀리아땅. 지금부터 괜찮게 길을 들여 놓아서, 이제 다 컸다 싶을 때에 수확할 속셈인 거지. 이야말로, 이 몸식 키잡 계획."

"그래그래. 그렇게 치졸한 오기 부리지 말고 순순히 인정하면 좋을 텐데."

에밀리아는 스바루의 흰소리를 익숙한 모습으로 받아 흘리고, 하늘을 보면서 등을 폈다.

"난 슬슬 방으로 돌아갈 건데, 스바루는?"

"나도 에밀리아땅 곁에서 자야 하니까 돌아가야지."

"그 일은 지금의 업무 실력을 더 갈고닦은 다음에 하자."

"말했겠다. 두고 보라고, 지금부터 시작되는 내 사용인 레전드 활약을……!"

에밀리아의 말을 참말로 받고 스바루는 의욕을 이글이글 불태운다. 그때, 쓴웃음을 띠는 에밀리아를 돌아보고 손가락을 하나 세웠다.

"맞아. 괜찮으면 내일이라도 나랑 함께 마을의 꼬맹이들에게 복수……가 아니라 러브러브 데이트……가 아니라 작고 귀여운 동물 견학하러 가지 않을래?"

"왜 몇 번이나 말을 고치고 그래? ……그리고, 응, 난."

머뭇거리며, 주저하는 기색과 함께 에밀리아가 눈을 내리깔았다.

"스바루와 함께 가는 건 싫지 않고, 그 자그만 동물도 궁금한데……."

"그럼 가자고!"

"하지만 내가 함께 있으면 스바루에게 폐가 될지도 몰라서……."

"좋아 알았어, 가자고!"

"……똑바로 들어주고 있니?"

"듣고 있어! 내가 에밀리아땅의 말 한마디 한 구절을 놓칠 리 없잖아!"

"스바루 따위 정말 싫어."

"아―! 아―! 갑자기 뭐지―?! 아무것도 안―들―려―!!"

귀를 막고 즉각 앞서 한 말을 싹 거두는 스바루의 빠른 단념에 에밀리아는 맥이 탁 풀린 듯이 웃음소리를 터트린다. 그 뒤 눈에 맺힌 눈물방울을 손가락으로 훔치고 스바루를 보았다.

"아유……. 내 공부가 일단락되고, 스바루 일이 똑바로 끝난 다음부터다."

"아싸! 접수했어! 초스피드로 끝내주지!"

데이트 언질을 받고 스바루는 승리의 포즈를 잡는다.

타산적인 스바루의 모습을 보고 에밀리아는 미소를 머금은 채로 자그맣게 한숨을 내쉬었다.

　"스바루를 보고 있으면 내 고민은 참 작다고, 그런 생각이 들어버려."

　"안 그렇거든?! 그런 여왕님이 될지도 모르는 등급의 고민을 품었다간, 스트레스 사회라 위장이 벌집된다고!"

　기어코 못 버텨 에밀리아는 빵 터지고, 그녀의 웃음소리를 따라 스바루도 웃기 시작한다.

　둘이서 한바탕 같이 웃고, 이날의 밀회는 끝을 고했다.

　"그러고 보니, 어째서 업무 끝난 다음인데 그런 복장이야?"

　"아니—, 그러고 보니 에밀리아땅한테 이 복장에 대한 감상을 제대로 못받았다 싶어서 말이야. 어때? 비교적 맵시 있지 않아?"

　"응, 그러네. 엄청 일 잘할 것처럼 보여."

　"기대가 무거워서 찌부러질 것 같다!"

　마지막으로 그런 대화가 있었음을 이곳에 기록해둔다.

12

　"헤이, 잠은 똑바로 잘 잤냐, 로리 소녀. 너무 늦게까지 깨어 있으면 성장 호르몬의 분비가 줄어서 조그만 채로 어른이 되어버린다."

　"……당연한 듯이 '징검문'을 깨트리게 됐어."

아무 문이나 찍고 안을 엿보며 아무렇게나 말을 건 스바루에게 원한이 담긴 목소리로 베아트리스가 대꾸했다. 서고 안쪽, 목제 접사다리에 앉아서 스바루를 노려보는 중이다.

"무슨, 용무라도 있어서 베티를 만나러 온 것이야?"

"아니 뭐 별로? 잘 거니까 인사하려고 생각했을 뿐이지. 문 세 군데쯤 열어서 없으면 포기하려고 생각했었는데, 한 방에 찍어서."

"너, 진짜로 무슨 감이 그래⋯⋯."

피곤한 듯이 롤 머리를 잡아당기는 베아트리스. 주욱 늘어난 롤이 손가락을 놓은 반동으로 팅팅 튕긴다. 보고 있자니 살짝 동심이 자극받는다.

"그거 해도 돼?"

"베티를 만져도 되는 건 빠냐뿐인 것이야. ⋯⋯그만 됐으니까 없어져버려."

"혼자만 즐기고 치사해. 핫, 뭐 상관없긴 해도. 나, 지금은 기분 좋으니까 용서하긴 해도."

데이트 약속 때문에 하늘에 오른 기쁨을 서고에 남겨, 베아트리스의 얼굴에 찡그린 표정을 새긴 다음 방을 나간다.

단지, 문이 닫히는 순간에.

"――베티와는 관계없는 일인 것이야."

그런, 쓸쓸한 목소리가 들린 느낌을 받은 게 조금 마음에 걸렸지만.

"해서 되물어보려고 문을 여니."

열린 문 너머에 금서고는 사라져서 단순한 객실 하나로 돌아와 있다.

그대로 눈앞의 문을 열었다가 닫기를 반복해, 우연한 타이밍에 금서고와 연결되지 않을까 시험해본다.

"……아까부터 뭘 하고 있어요? 문이 잘 닫히는지 확인 중인가요?"

"그래그래, 요즘 밤중에 삐걱거리는 소리가 복도에 울리는 건 이게 정체가 아닌가 싶어서……. 렘이냐."

스바루가 문을 열고 닫는 현장을 목격하고 렘이 어이없게 바라보고 있었다. 렘은 아무것도 올리지 않은 은색 쟁반을 한 손에 들고, 스바루가 건드리던 문을 쳐다보며 말했다.

"뭔가, 신경 쓰이는 점이라도?"

"아니, 바로 좀 전까지 여기에 로리 소녀의 금서고가 있었거든. 벌써 사라져버렸지만."

"베아트리스 님께 무슨 용무가? 괜찮다면 렘이 듣겠는데요."

"자기 전 인사했을 뿐. 특별히 용무는…… 없어."

문이 닫히기 직전, 베아트리스가 흘린 한마디가 마음에 걸리긴 했었지만, 스바루는 지금 당장 캐고 다닐 필요도 없다고 고개 저으며 잊는다.

"렘 쪽이야말로 아직도 일하고 있어? 내일도 일찍 일어나야 하니, 그만 자자."

"쟁반만 치우면 쉴 거예요. 지금, 로즈월 님과 언니에게 차를 드리고 온 참이니까요."

"둘이서 이런 시간에 뭘…… 아아, 역시 됐어."

시간은 슬슬 날짜가 넘어가려는 참이다. 이런 시간에 단둘이 밀회 중인 로즈월과 람에 대해 캐묻는 건, 그야말로 생생한 화제가 될 것 같아서 싫었다.

쓸데없는 말을 입에 담았다고 반성하는 스바루. 불현듯 그런 자신을 보고 있는 렘의 시선이 마음에 걸렸다. 옅은 파랑색 눈이 빤히 스바루의 머리 쪽을 응시하고 있다.

"좀체 약속할 찬스가 오지 않는데. 렘도 마음에 걸려 못 견디는 것 같고."

"……아뇨. 그만큼 그렇게까지 썩 다소 신경 쓰고 있지도 않아요."

"엄청 신경 써주고 있는 게 전해져서 미안함이 가속하는군!"

언어에 차질이 생길 정도로 꼼꼼한 렘의 시선이 예리함과 집중력을 더하고 있다.

스바루의 업무 정리가 늦으며 렘이 다망하다는 점도 있어 기회가 좀체 찾아오질 않는다. 스바루가 어떻게 해야 할지 얼굴을 찡그리고 있으려니 렘이 살그머니 손을 든다.

"만약 괜찮으면, 지금부터는 어떠세요?"

"지금부터…… 어, 이다음 바로? 하지만 벌써 시간이 이런데?"

"털끝만 다듬고 대강 씻어 버리면 그리 시간은 걸리지 않아요. 이렇게라도 하지 않으면 스바루 군은 말뿐이어서 렘이 숙원을 달성하게 해줄 것 같지 않으니까요."

"숙원이라고까지 단언해버리는구나!"

무표정한 얼굴 가운데 두 눈에만 의욕을 피워 올리고 있는 렘을 보고, 이 나흘 동안 어지간히 속을 태우게 만든 것이려니 싶어 스바루는 뺨을 긁는다.

가능하면, 그 마음을 달성하게 해주고 싶은 바이지만——.

"미안, 렘. 내일은 에밀리아와 약속이 있어서. 되도록 일찍 일어나 업무를 파파 정리할 필요가 있거든. 그러니까, 밤새우는 건 좀……."

"그렇……군요. ……아뇨. 렘 쪽이야말로 억지를 썼어요. 죄송합니다."

갓 나눈 약속을 이유로 선약인 렘의 제안을 물리치는 건 양심이 찔렸다. 하지만 렘은 말귀를 잘 알아들어 자기주장을 거두고 스바루의 사정을 참작해주었다.

스바루는 그런 렘의 자세에 죄책감과 말로 하기 어려운 감정이 떠올라 창졸간에 말해버린다.

"그러니까, 내일 밤은 어때?"

"……밤……이요?"

"에밀리아와의 약속을 마쳤다는 전제면 난 일을 착실하게 끝낸 상태. 모레에 딱히 용무가 있을 예정도 없고, 나머지는 렘이 어떻게 생각하느냐에 따르는데."

말을 하면서 같은 날에 여자애 두 명이랑 약속을 나누려 하는 자신의 적극성에 놀란다. 다만 에밀리아에게 보내는 감정과 렘에게 보내는 감정은 다른 종류다.

렘 쪽에는 호감 가는 동료 의식. 에밀리아 쪽에는 아직 스스로 도 모르고 있다.

그런 스바루의 제안에 눈을 감은 다음, 렘은 자그맣게 주억거 렸다.

"알겠습니다. 그럼 내일 밤에. ──이번에야말로 꼭 약속했 으니까요."

"뭐가 널 그렇게까지 부채질하는지 모르겠지만, 약속했다. 내일 밤에."

손가락이라도 걸어보려다가 이 세계에 그 풍습이 있는지 없는 지 머뭇거린다. 그사이에 렘은 스바루 앞에서 정중하게 인사하 고, 치마를 나부끼며 등을 돌려버린다.

그대로 사뿐사뿐 미끄러지는 듯한 발걸음으로 떠나는 자그마 한 모습을 배웅하고, 스바루는 과밀 스케줄이 되어가는 내일 예 정 생각에 하품을 억누르며 자기 방으로 간다.

"내일 데이트는 마을까지 가서, 적당하게 이유 꾸며가지고 꼬 맹이들 따돌려야겠군. 이크, 그 전에 전망 좋은 장소나, 꽃밭의 위치라도 조사해둬야……."

콧구멍을 벌름거리며, 내일에 대한 기대로 가슴을 벌름거리 며 방 안으로. 입고 있던 집사복을 벗어 던지고 체육복으로 모 델 체인지한 스바루는 침대로 뛰어들었다.

바로 이불을 뒤집어쓰고 내일 생각을 하지만, 눈이 예민해서 도통 졸음이 오질 않는다.

마음이 몸을 배신하는 사태를 앞에 둔 스바루. 그러나 즉각 사고방식을 전환해 비기에 의지한다. 그건 바로.

"팩이 한 마리, 팩이 두 마리…….."

머릿속에 회색 새끼고양이가 뛰어다니는 목가적인 광경을 띄우고, 숫자를 셀 때마다 늘어가는 망상. 가상 팩이 차츰차츰 현실을 침식하기 시작하고 둥실둥실한 감촉의 기억이 스바루를 망아의 경지로 이끈다. 천천히, 가라앉듯이, 의식은 꿈속에 빨려든다.

"팩이…… 백 한 마리…… 쿨."

도원향을 그린 채로 의식은 따뜻한 것에 휩싸이며── 이윽고, 사라졌다.

13

의식의 각성은 물 위로 고개를 내미는 감각과 비슷하다고, 스바루는 깨어날 때마다 생각한다.

숨이 막히는 감각에서 난데없이 해방되어, 벌어진 눈꺼풀이 세계를 인식할 때까지의 불과 몇 초. 그사이에만 깨어 있는 것과도 자고 있는 것과도 다른 감각 속에 살고 있다.

햇빛에 눈이 지져지는 감촉. 살짝 노곤함이 남은 몸을 일으켜, 스바루는 고개를 옆으로 흔든다.

조금 머리가 무겁다. 익숙하지 않은 생활을 시작한 직후다. 피로가 남아 있는지도 모른다.

그러나 오늘은 그런 약한 소리를 하고 있을 때가 아니다.

"그래, 나츠키 스바루—— 오늘, 비약의 때를 맞이합니다!"

오늘 하루의 행복한 미래를 그린다. 또렷하게 잠에서 깼다. 약속받은 승리의 하루다. 그런데.

"——."

힘준 얼굴의 스바루를 놀란 표정으로 보고 있는, 분홍 머리와 파란 머리의 쌍둥이 자매.

스바루는 얼굴을 가리고 귀까지 붉히며 이불에 얼굴을 내리누른다.

"뭐냐고! 있었냐고! 창피해, 나 창피해! 말 좀 걸지! 우—와!"

자명종 없는 기상에 관해선 그저께 시점에서 자매가 흔들어 깨워주는 걸 졸업했으므로 방심하고 말았다. 설마 하필 오늘 아침에. 그것도 두 분이 모여서 방문하시다니.

스바루가 이불 위에서 몸부림치지만 여전히 쌍둥이의 표정에는 변화가 부족하다. 삿대질하며 웃는 것도 뭐하지만, 그 반응도 썰렁한 말을 해버린 것 같아 왠지 부아가 치민다.

"아니, 잠깐 기다려, 너희들. 그래도 그렇지 그 반응은 상처받는다고. 남의 섬세한 부분을 건드렸으니까, 조금만 더 뭐랄까…… 그런 게 있잖아?!"

하다못해 평소처럼, 차갑든 심드렁하든 무슨 매도로 두 사람이 받아주기를 기대.

——매도받는 걸 대기하다니 그것도 참 지독한 얘기네. 스바루가 그렇게 생각한 직후였다.

"언니, 언니, 어쩐지 꽤 친한 듯한 인사를 받아버렸어요."

"렘, 렘. 어쩐지 쓸데없이 허물없는 인사를 받고 말았어."

위화감. 그것이 스바루의 뇌리를 스치는 듯한 두 사람의 속삭임이었다.

"응, 어? 뭔가, 이상하지 않아? 왜 그러는 거야, 선배님들. 일부러 아침 마중 나온 것도 그렇지만, 짜고 해서 그거라면 악취미랄까—."

확실히 매정한 거야 평소의 두 사람이지만── 어딘가, 이상한 느낌이 든다.

말을 하다가 스바루는 두 사람에게서 전해지는 위화감의 원인을 눈치채기 시작했다.

──눈이다.

두 사람이 스바루를 보는 시선. 그것이, 어젯밤까지의 친밀함을 잃고 어딘가 남을 대하는 서먹한 것으로 급변해 있는 것이다. 그리고 결정적인 말이 튀어나온다.

"언니, 언니. 아무래도 손님이 혼란에 빠졌나 봐요."

"렘, 렘. 아무래도 손님 머리가 이상해진 모양이야."

── '손님' 이라고, 그렇게 불려서 스바루는 무심코 말문을 잃는다.

그 단어는 담겨 있는 경의와 정반대로, 가공할 정도로 예리하게 스바루의 마음 안쪽을 도려내었다.

실제로 고통을 착각하고 스바루는 가슴을 움켜쥔다.

의미를, 알 수 없다. 두 사람의 저 반응은, 마치──.

"두 사람, 다…… 하하, 농담 심하다. 그, 릴, 리가……."

어디까지나 타인을 보는 두 사람의 눈을 차단하고 싶어서, 순간적으로 스바루는 왼손을 내걸어 자신의 시야를 가린다. 하지만 그 순간, 눈에 들어온 것을 보고 스바루는 자신의 행위를 후회했다.

──왼손에서, 반창고가, 사라졌다.

부엌일로 부르튼 손끝도, 익숙하지 않은 칼을 다루다 벤 손등도, 아이들과의 장난 도중에 작은 동물에게 물린 상처자국도, 깨끗하게 없어져 있었다.

──멀리서, 종이 치는 듯한 소리가 들린다.

세차게 밀어닥쳐 파도처럼 물러나고는 돌아오기를 반복하는 종소리. 고통이 수반된 그 소리가 이명임을, 길게 여운을 남기며 통곡을 지르고 있는 스바루는 깨닫지 못한다.

관자놀이 부근이 몹시 아프고 코 안쪽에서 뜨거운 게 치밀어 오르는 것을 느낀다. 하지만 입술을 깨물어 피 맛을 느낌으로써 스바루는 날카로운 통각에 의식을 집중한다.

가슴속을 도려내는 듯한 상실감을, 전부 눈앞의 피 맛으로 덧칠하겠다고.

이 마당에 이르러선, 스바루도 현실을 인정할 수밖에 없다.

눈시울이 뜨끈해지는 것을 느끼고, 스바루는 아까와 다른 이유로 이불에 머리를 눌렀다.

──지금 이 얼굴을 절대로, 절대 절대로, 아무에게도 보여주고 싶지 않다.

이, 정말 좋아하는 사람들에게.

정말 좋아할 수 있을 것 같던 사람들에게.

정말 좋아하게 되었을 터였던 사람들에게.

타인을 보는 것 같은 눈앞에서, 눈물 따위 절대로 흘리고 싶지
않다.

"어째서…… 돌아온 거야?!"

──그토록 스바루를 계속 괴롭혔던 루프가, 다시금 그를 그
소용돌이 속으로 빨아들이고 있었다.

두 번째의, 로즈월 저택 1일째가 시작된다──.

제3장 『사슬 소리』

1

"손님, 손님. 상태가 좋지 않은 것 같은데 괜찮으세요?"

"손님, 손님. 배가 안 좋아 보이는데 설마 지려버렸어?"

고개 숙인 스바루에게, 자매가 걱정스러운 어조로 말을 건다.

아직 짧은 시간이지만 귀에 익은 목소리다. 때로 번거롭고, 때로 안심하며, 신뢰를 보냈던 목소리.

──그것이 지금, 완전히 별개의 어감을 띠며 스바루의 고막을 잔혹하게 울리고 있었다.

"걱정 끼쳐서, 그, 미안했어. 그 뭐, 자다 깨서 조금 멍했다고나 할까."

시선을 느끼면서 응대하고, 스바루는 호흡을 가다듬은 다음 고개를 들었다.

치밀어 오르는 격정은 이불에 얼굴을 박은 사이에 어떻게든 물결 사이로 사라졌다. 최초의 충격에서 빠져나와, 지금도 모르는 척 따돌리며 은근히 괴롭히는 듯한 상실감이 가슴속에서 흐느끼는 울음을 터트리고 있다.

──전부 다 로즈월의 질 나쁜 장난이고 스바루를 속이려 하는 것뿐이란 생각은, 얼마나 멋지고 화가 치미는 구원일까.

자기 마음이 하는 변명에 약간 위안받은 기분이 들어 스바루는 눈꺼풀을 뜨고 앞을 보았다.

"──아, 그렇겠지."

그리고 한순간 뿌옇다가 펼쳐진 세계에서 현실을 맞닥뜨렸다.

침대 양옆에 서서 침대에 손을 짚고 스바루를 보고 있는 쌍둥이. 람과 렘, 낯익은 두 사람은 변함없는 무표정으로 스바루를 응시하고 있었다.

둘의 눈에는 스바루에 대한 아무 감정도 없다. 나흘간의 생활로, 그녀들과의 사이에 적지 않게 쌓았을 터인 뭔가는, 어딘가로 안개처럼 사라진 것이다.

"손님──?"

당혹한 목소리는 둘의 입술로부터 동시에 나오고 있었다.

둘의 시선은 침대에서 일어난 스바루를 좇고 있다. 하지만 그 스바루 본인은 마치 한기를 느낀 것처럼 좇기는 초조감에 따라 자매로부터 거리를 벌리고 있었다.

"손님, 갑자기 움직이시면 안 돼요. 아직 안정해야 해요."

"손님, 갑자기 움직이면 위험해. 아직 천천히 쉬어야 해."

스바루의 몸을 걱정하는 둘의 목소리와 손끝으로부터, 반사적으로 몸을 뒤틀어 달아나버린다. 쌀쌀맞은 반응에 둘의 눈이 애처롭게 가늘어졌지만, 스바루에게는 그 변화를 알아챌 여유가 없다.

자기는 잘 알던 상대에게, 상대편으로부터는 모르는 대상 취급을 받는다는 견디기 어려운 감각.

바로 전날, 스바루는 같은 감각을 혼잡한 대로에서, 뒷골목에서, 폐옥에서 맛본 직후다.

하지만 그때와는 결정적으로 다르다. 상황이 다르다. 시간이 다르다. 경험이 다르다.

거의 서로를 몰랐던, 에밀리아와 펠트 일행과의 리셋이 아니다.

확실하게 신뢰를 맺었을 상대와의 일방적인 리셋인 것이다. 알고 있는 인간이 다른 사람이 되고 만 듯한 위화감에, 정체 모를 공포가 스바루를 잡고 놓지 않는다.

스바루의 겁먹은 눈에 쌍둥이 메이드도 이변을 알아채기 시작했다.

실내에 침묵이 내려앉고, 서로 상대가 어떻게 나올지 살피는 바람에 움직일 수가 없다. 때문에.

"미안. ──지금은, 무리야."

문고리에 달라붙어, 구르듯이 복도로 뛰쳐나가는 스바루의 행동은 제지하려고 한 쌍둥이의 움직임보다도 딱 한순간 더 빨랐다.

서늘한 복도의 냉기를 맨발바닥으로 맛보며, 스바루는 크게 숨을 내뱉으면서 달리기 시작한다. 맹렬하게, 목적지도 정하지 않고 무작정.

도망치고 있다. 달아났다. 그런데도, 자신이 무엇으로부터 도망치고 있는지 모르겠다.

단지, 그 자리에 그대로 계속 남아있는 것만은 절대로 할 수 없었다.

비슷한 문이 늘어서는 복도를 달려나가, 스바루는 당장에라도 넘어질 듯 꼴사납게 정신없이 도망친다.

그리고 숨을 헐떡이며 인도받은 듯이 어느 문에 손을 얹었다.

──대량의 서가가 늘어선 금서고가, 굴러들어온 스바루를 맞이하고 있었다.

2

문을 완전히 닫으면 금서고는 외계와 완전히 격리된다.

그렇게 됐을 때 밖에서 이 방에 들어서려면 저택의 모든 문을 열어야만 한다.

쫓길 걱정이 사라졌다. 어깨를 축 떨어뜨린 스바루는 등을 문에 기대고 주저앉는다.

주저앉았음에도 불구하고 다리가 떨고 있다. 다리를 막으려고 뻗은 손가락도 다를 바 없다.

"종이씨름이라도 하면 잘 나갈지도 모르겠군. 하하."

자조하는 말도 밋밋하고 메마른 웃음은 허무감을 부각시킬 뿐이다.

고요한 서고의 공기는 낡은 종이 냄새를 풍겨 스바루의 심정에 약간이나마 잔잔한 여유를 쏟아준다. 한시적인 위안임은 알아도 지금의 스바루는 거기 매달릴 수밖에 없다.

거듭거듭, 깊고 큰 호흡을 반복한다.

"──노크도 없이 쳐들어오질 않나. 퍽이나 무례한 놈인 것이야."

뭍에 오른 물고기처럼 호흡에 허덕거리는 스바루에게 서가 안쪽으로부터 조롱하는 목소리가 전해졌다.

어두침침한 방 안쪽, 입구 정면의 막다른 곳에 비치된 접사다리. 그곳에 소녀가 걸터앉아 있다.

늘 변함없이, 흔들림 없이, 스바루와 거리를 계속 유지하던 금서고의 지킴이, 베아트리스다.

베아트리스는 그 자그마한 몸에는 지나치게 큰 책을 소리 내면서 덮고는 스바루를 쳐다본다.

"어떻게 '징검문'을 깨트린 것이야? ……아까도 그렇고, 지금도 그렇고."

"미안하다. 잠깐만이라도 좋아. 있게 해줘. 부탁한다."

두 손 모아 빈 다음, 상대의 대답도 듣지 않고 스바루는 눈을 감았다.

──조용하고, 훼방이 들어오지 않는 장소에서, 현실과 자신에 맞서야만 한다.

자신의 이름, 이곳이 어디고, 조금 전의 쌍둥이가 누구인가. 눈앞에 있는 소녀의 이름, 존재. 신기한 방. 나흘간. 나눈 약속.

내일, 누군가와, 함께, 어딘가로——

"그렇지, 에밀리아……."

달빛에 빛나는 은발과, 수줍어하는 듯한 미소가 떠올라버린다.

월광 아래면서도 여전히 온 하늘에 가득한 별빛이 무색할 만큼 빛나는 소녀, 에밀리아와의 약속을.

"베아트리스."

"……막 부르네."

"너, 나한테 '징검문'이 아까랑 지금 깨졌다고 말했었지?"

스스럼없이 이름을 부르고 거리낌 없이 질문을 던져대어서 베아트리스가 언짢은 표정을 짓는다. 그러나 질색한 기색이면서도 성실한 베아트리스는 어깨를 으쓱이고 말했다.

"바로 서너 시간 전에 무신경한 널 긇려준 직후지."

"짜놓은 판을 무시했다고 네가 속이 꼬였을 때의 일 말이지. 알지, 다 알아."

힘이 없어도 베아트리스를 비꼬는 것만은 잊지 않고, 소녀의 속을 재차 배배 꼬이게 만든다.

——서너 시간 전에 벌어진 스바루와 베아트리스의 조우.

방금 한 말이 의미하는 건, 로즈월 저택에서 최초에 눈을 떴을 때의 일이다. 루프하는 복도의 돌파구를, 스바루가 별생각도 없이 한 방에 당첨을 뽑았을 때의.

그 뒤, 이 금서고에서 스바루는 베아트리스의 손에 혼절당했던 것이다.

다음에 깨어났을 적에는 아침이었고, 침대 앞에는 람과 렘 두 사람이 있었다.

"즉, 지금의 내가 있는 상황은…… 저택에서 두 번째로 깨어났을 때……겠지."

기억에 걸리는 부분을 주워 모아서 스바루는 자신의 위치를 가늠한다.

쌍둥이가 함께 스바루를 깨우러 온 것은 그날 아침뿐이다. 그 뒤에는 교대로 한쪽씩. 게다가 스바루가 객실의 침대를 이용하는 신분이었던 것도 첫날뿐이었다.

"즉, 닷새 뒤에서 나흘 전까지 돌아왔다, 그런 뜻인가……?"

왕도 때와 똑같이, 스바루는 다시 시간을 역행한 것이다. 지금의 상태를 그렇게 정의한다.

하지만 그것을 이해하는 것과 납득하는 것은 다른 얘기다.

스바루는 머리를 움켜잡으며 이렇게 돌아오고 만 원인이 무엇인지 생각한다.

왕도에서 스바루가 시간 역행한 이유는 죽음이 계기인 '사망귀환'이다. 여태까지 세 번의 죽음을 양식으로 에밀리아를 구원하여 루프로부터 빠져나온 것이라고 판단했었다.

실제로 로즈월 저택에서의 닷새 동안은 아무 일도 없이 지극히 평화롭게 보내고 있었을 터.

그게 이 마당에 와서 난데없는 시간 역행——전조고 뭐고 하나도 없다.

"저번과는 조건이 다르다? 죽으면 돌아온다고 멋대로 생각했지만, 실은 1주일 전후해서 자동으로 되감긴다거나……. 아냐, 그렇다고 하면."

이렇게 이 로즈월 저택 첫날 아침으로 되감긴 이유가 설명되지 않는다.

시간 역행의 원리는 불명이지만, 왕도에서의 루프에는 어느 정도 규칙이 존재했었다.

그중 하나로 부활 장소의 문제가 있다. 만약 스바루가 그 루프로부터 해방되지 않았더라면, 스바루가 깨어나는 건 세 번 본 과일가게의 흉터 얼굴 주인장 앞이어야만 한다.

"하지만 현실은 흉터 얼굴의 중년에서 겉보기는 천사인 메이드 두 명이지. 싹 변했어."

느낀 심경은 천국과 지옥이 정반대였지만.

더듬더듬 자기 몸을 만지고 스바루는 무사함을 확인한다. 아무 일도 없다. 그렇게 생각한다.

지금까지의 조건에 따른다면 스바루가 돌아온 이유는 명확. 다시 말해──죽은 것이다.

"하지만 죽었다고 치면 왜 죽었지? 자기 전까지 죄다 멀쩡했었단 말이다. 잠든 다음에도, 적어도 '죽음' 을 느낄 만한 상황에는 빠지지 않았어."

즉사. 그렇다 쳐도 정말로 '죽음' 의 순간을 의식시키지 않는 경우가 있기는 할까.

독이나 가스로 잠든 채 살해당했을 가능성도 추정하지만, 그 말은 곧 암살을 의미한다. 암살당할 이유가 스바루에게 없기 때문에 전제 조건이 성립되지 않았다.

"그럼 어쩌면, 클리어 조건 미수에 따른 강제 루프."

게임이라고 간주해버리면 필요한 플래그를 켜지 못한 까닭의 결과(게임 오버)다. 하지만 누가 판을 짜놓은 플래그인지 모르는 데다가, 트리거조차도 불명한 망게임 사양.

"애초부터 난 금방 포기하고 공략 사이트에 기대는 저학력 게이머였건만……."

"중얼거리나 싶더니, 시시한 분위기가 되기 시작했네."

사색의 바다에 잠긴 스바루를 바라보며 베아트리스가 따분한 듯이 말하고 조소를 띤다.

"죽는다느니 산다느니, 인간의 척도라서 재미없는 시시한 것이야. 급기야 나오는 건 망언허언의 부류. 얘기도 안 된다는 건 이걸 두고 말하는 거지."

쌀쌀맞은, 어떻게 보자면 매몰찰 정도로 냉대하는 말투다. 하지만 베아트리스의 변함없는 태도에 스바루는 안도감을 느꼈다. 일어나서 엉덩이를 턴 다음 문을 다시 돌아본다.

"가는 것이야?"

"확인하고 싶은 게 있어서 말이지. 풀죽어 있는 건 그다음에 하겠어. 고마웠다."

"아무것도 안 했거든. ……냉큼 나가는 것이야. 문을 다시 옮겨야 한다고."

자상함과는 인연이 없는 말소리가 지금의 스바루에겐 왠지 편안하다.

베아트리스 본인에게 그럴 의도는 없겠지만, 스바루는 그 말이 등을 떠밀어준 것 같은 기분으로 발을 내디딘다. 문고리를 틀어 산들바람이 불어오는 밖으로 한 걸음.

바람에 짧은 앞머리가 흔들리고 희미하게 눈에 아픔을 느껴 얼굴을 팔로 가린다.

그리고 바람이 멎음과 함께 맨발바닥에는 잔디의 감촉——그 시야 속에.

"아아, 역시 반짝반짝 빛나고 있잖아."

뜰 앞에서 희미하게 숨을 헐떡거리는 은발 소녀를 발견해 심장이 뛰었다.

운치 있는 수작을 다 부리시는군. 내심으로 되바라진 서고의 지킴이에 대한 험담이 흘러나온다.

"——스바루!"

스바루를 알아챈 소녀가 남보랏빛 눈을 크게 뜨더니 당황한 기색으로 달려온다. 그 입술을 통해 은방울소리가 흘려낸 것은, 단 세 음절이 지어내는 최고의 곡조다.

자연히, 달려오는 소녀 쪽으로 스바루 또한 발길을 돌린다. 서로 마주해, 스바루의 온몸을 바라본 소녀의 눈꼬리가 안도감에 내려간다. 하지만 금세 마음을 다잡은 듯이 자세와 눈매를 바로잡았다.

"아유, 걱정하잖아. 깨어나자마자 없어졌다고, 람과 렘이 크게 당황해 온 저택을 뛰어다녔단 말이야."

"그 두 사람이 크게 당황했다니 도리어 별일이군. 그리고 미안. 잠깐 베아트리스한테 붙잡혀서."

"또? 깨기 전에도 한 번, 장난 당했다고 들었는데……."

걱정스럽게 얼굴을 가까이 대어오는 아리따운 얼굴――에밀리아의 무방비한 모습에 스바루는 무심코 손을 뻗어 매달려버릴 뻔했다가, 나약한 자신의 마음을 자제했다.

여기서 그 행동을 하면 너무나도 생각이 짧다. 그거야말로, 금서고에서 자신을 가라앉힐 시간을 받은 의미가 없어진다. 베아트리스에게 누명을 씌우는 것만이 목적이 아닌 것이다.

근심하는 얼굴의 에밀리아에게 애매한 표정으로 응답할 수밖에 없는 스바루. 스바루의 태도는 그답지 않지만, 에밀리아는 어딘가 서먹서먹해 깊이 캐고 들지 않는다.

당연한 노릇이다. 지금의 스바루가 '그답지 않은' 것 따위, 만나고 불과 약 한 시간밖에 같은 시간을 보내지 않은 에밀리아가 알 리 없다.

스바루와 에밀리아 사이에는 메워지지 않는 나흘간의 도랑이 있는 것이다.

스바루만이 알고 있으며, 에밀리아가 모르는 나흘간이 틀림없이 있었던 것이다.

"왜 그래? 내 얼굴, 뭐 묻었어?"

"귀여운 눈과 코와 귀와 입이 묻었어. ……그, 무사해서 다행이야."

처음의 꼬드기는 문구에 에밀리아의 얼굴이 붉어지려다가, 곧바로 이어진 말의 내용에 끄덕여준다.

"응, 내 쪽은 괜찮아. 스바루가 지켜줬는걸. 스바루 쪽이야말로, 몸 상태는?"

"아아, 좋아, 아주 좋아. 조금 피가 모자라고, 마나 탈탈 털리고, 기상시의 충격으로 체력 깎이고, 멘탈이 배트로 몰매 맞은 감이 있지만, 건강해!"

"그렇구나. 다행…… 어? 그거 만신창이라고 하는 게……."

"뭐, 멀쩡해. 보는 대로."

양손을 펼치고, 에밀리아에게 건재함을 과시하듯이 그 자리에서 턴.

조금씩이긴 하지만 상태가 평소의 것으로 돌아오고 있다. 기어의 회전을 올리고 입술을 혀로 적셔 나츠키 스바루를 시작해야만 한다.

"건강하다면 됐는데…… 저기, 음. 저택으로 돌아갈래? 난 조금 용무가 있지만."

"오, 정령 토크 타임이구나. 방해 안 할 테니 같이 있어도 돼? 그리고 팩 빌려줘."

"딱히 상관없지만, 정말로 방해하면 안 돼. 놀이가 아니니까."

고개를 갸우뚱하며 어린애를 타이르는 듯한 에밀리아의 말투. 누나인 체 하는 에밀리아의 그런 행동이 사랑스러워서——스바루의 마음에 결의의 불꽃을 지폈다.

"그럼, 가자 가자. 시간은 유한하고 세계는 웅대. 그리고 나와 에밀리아땅의 이야기는 이제 막 시작한 직후야."

"그러네……. 응? 방금, 뭐라고 했어? 땅은 어디서 나온 거야?"

"됐으니까 됐으니까."

애칭으로 부르는 데에 놀라는 에밀리아의 등을 밀면서, 정원의 지정석으로 둘이서 이동.

이 애칭도 계속 부르는 중에 정정할 기력을 싹 잃어서, 구렁이 담 넘어가듯 인정받는 건 이미 아는 바대로. 그것조차도 잃어버린 나흘간에 쌓아올린 유대 중 하나다.

"——되찾을 거야."

납득 못하는 얼굴의 에밀리아 뒤를 따라 걸으면서, 스바루는 자그맣게 읊조린다.

발을 멈추고 멀어지는 은발을 바라보다가, 하늘로 시선을 보냈다.

——아직 낮은 동쪽 하늘에, 태양이 밉살스럽게 오르는 것이 보인다.

앞으로 다섯 번만 그게 반복되고, 약속의 순간을 맞이할 수 있으면 된다.

달이 어울리는 소녀와 나눈 약속을, 태양이 맞이하러 오는 것을 지켜보면 된다.

——시간은 있다. 그리고 대답은 알고 있다.

"누구의 심술인지 모르겠는데, 전부 싸잡아 되찾아서 울상 짓게 해주지. 그날 밤의 미소에 뻑 간, 내 깊은 집념을 얕보지 말라고."

하늘로 향해 주먹을 움켜쥐고, 누구에게 한다고 할 것 없이 선전포고.

그것은 스바루가 이 세계에 와서 처음으로 자신에게 '소환'과 '루프'를 부과한 존재에 대한, 명확한 반역의 선언이었다.

두 번째 루프와의 투쟁이 시작된다.

로즈월 저택의 1주일을 극복해 그 나날의 뒤를 알기 위해서.

그날 밤의 약속을, 주고받은 약속을 지키기 위해서——.

3

떠오르는 태양에 큰소리를 치고, 두 번째의 로즈월 저택 첫날이 막을 열었다.

불과 닷새 동안, 태양이 떠오르고 저무는 것을 지켜보면 그만이다.

그사이를 보내는 동안은 '가능한 한 전 회차의 흐름을 따라간다' 라는 것이 스바루의 방침이다.

정원에서의 결의대로 최종적인 스바루의 목적은 최종일에 에밀리아와 주고받은 약속을 달성하는 것. 그러기 위해서는 그 달밤을 넘어, 한 번 더 약속을 주고받아야만 한다.

그리고 루프물의 정석으로서 어느 정도 확립된 한 가지 결론이 있다.

그것은 '같은 길을 지나면, 이야기는 같은 장소로 귀결한다'

라는 것이다.

전 회와 같은 흐름을 이어받는 것이니 당연한 이야기다. 그곳에 관련된 인물의 마음이나 행동은 겹치고, 같은 결말로 향할 것이다. 스바루에게 중요한 사항은 그 반복되는 결말만을 입맛에 맞게 변경해 그 과정에서 발생할 추억의 전량 회수.

즉, 루프를 구사해서 좋은 것만 따먹는 행위야말로 지상 목적이다.

세이브&로드를 구사해 결말을 자기 취향으로 유도하는, 고상하고도 삿된 스바루의 결의.

"그랬었는데, 어째선지, 야단났어."

수증기 자욱한 욕탕에 대자로 뜨면서, 스바루는 물거품을 뿜으며 1일째를 되돌아봤다.

결의의 아침으로부터 시작된 파죽지세의 대실패극을.

우선 에밀리아와의 아침 일과를 마치고, 로즈월의 귀가를 기다려 식당에서의 회담에 임했다.

솔직히 분위기 타서 떠들었던 세부까지 트레이스했으리란 자신감은 없지만, 대략적인 이야기의 흐름은 전회를 답습했음이 분명하다. 팩의 포상, 에밀리아의 호칭, 왕선의 개요와 에밀리아의 관계, 그리고 로즈월 저택에서 스바루의 입장 확립.

부양받는 입장에 대한 유혹을 뿌리치고, 스바루는 전 회와 같은 견습 사용인으로서 저택의 일원으로 가담했다. 그다음에는 교육 담당으로 붙은 람과 동행해 저택의 안내부터 시작되는 첫날의 근로 봉사로 넘어갔는데, 여기서부터 이상했다.

"어째선지 전 회와 전혀 달랐으니까. 꼼꼼하게 컨닝 페이퍼 준비했는데, 막상 문제지 봤더니 과목이 달랐던 정도의 허탈감……. 뭘 위한 재시도냐고."

탕에서 얼굴만 내민 스바루는 턱을 욕조 테두리에 얹으면서 풍하게 중얼거린다.

스바루는 방침대로 틀림없이 전 회의 흐름을 답습했지만, 교육 담당에 착임한 람이 부과한 업무 내용이 이전과 싹 바뀌어 있던 것이다. 잡무 레벨 1에서 레벨 4 정도로.

"변함없이 잡무는 잡무지만…… 내용물의 농도가 전 회와 현격하게 달랐단 말이다."

순수하게 맡기는 업무의 질과 양이 늘었다고 해야 할까.

"전 회도 전 회대로 녹초였었는데, 이번은 이번대로 하드했어……. 제길, 내용이 같다면 좀 편할 줄 알았는데."

예상과 다른 가혹함에 넋두리가 나오지만, 그러는 한편 스바루는 지금 상황이 그다지 좋지 않은 상황이라고 판단 중이었다.

전 회의 시간을 덧쓰려고 노력하고서 결과가 이 꼴이다. 첫날부터 이만큼 내용이 바뀌면 2일째 이후도 전 회와 맞추는 건 가능할 턱이 없다.

작은 차이를 무시함으로써, 머잖아 다가올 커다란 문제가 어긋날 가능성이 무서웠다.

"특히 이번 경우, 돌아온 이유를 모르니까……."

무난하게 자고 일어났더니 돌아온 게 이번의 패턴이다. 사망이 루프의 조건이었던 저번과 달리, 끝을 예상할 수 없는 이번의 대처법은 생각하는 것만으로도 애를 먹을 지경이다.

　"이만큼 달라졌다면, 기억은 더 이상 도움이 안 되려나……?"

　에밀리아와 만난 왕도에서의 첫날——그 농밀한 하루를 떠올린다.

　세세한 부분에선 매번 다른 길을 걸었지만, 큰 줄거리로서 일어난 사건은 어느 회차도 공통된 것이었다. 아직 커다란 이벤트를 놓치지 않았더라면 확실한 건 아니다. 이번 차례의 하루하루 속에서 스바루의 인상에 남는 이벤트라면, 첫날을 빼면 에밀리아와의 약속뿐.

　거기까지 다다르면, 나머지는 결과를 바꾸기만 해도 극복할 수 있을 게 틀림없다.

　탕에 몸을 담그고 무산소로 생각을 정리했다. 그리고 스바루는 탕에서 얼굴을 내밀고,

　"——여어, 함께 한번 어때애—?"

　허리에 손을 얹은 알몸의 귀족이 눈앞에 있어서 스바루는 힘껏 호흡한 것을 후회했다.

　팔만 뻗으면 닿을 거리에 알몸이 서 있고, 사타구니의 성검이 목욕탕의 온풍에 흔들리면서 스바루를 내려다보고 있다.

　"전세 냈어요. 거절하겠습니다."

　"내 저택의 시설이고, 내 소유물인데에—? 내 자유대로 해—애주겠다마다."

　"그렇담 묻지도 마. 목욕탕쯤 맘대로 들어가."

　"어어—이구, 호되군. 그리고 뭘 모르고 있어. 확실히 목욕탕

도 내 소유물이지만……."

로즈월은 한쪽 무릎을 꿇고, 손을 뻗어 저항 없는 스바루의 턱을 살그머니 들어올린다.

"사용인이라는 입장의 너도, 내 소유물이라고 할 수 있지이―않을까?"

"아그작."

"주우―저 없구만!"

턱을 잡은 불쾌한 손끝을 깨물어 물리치고, 배영으로 로즈월에게서 거리를 벌린다.

목욕탕의 크기는 무식하게 넓어, 탕의 넓이는 옛 시절 공중목욕탕의 탕급이다. 공간을 쓰는 데 낭비가 심한 점에선 귀족의 도락 취미가 훨훨 드러나지만, 독점한다는 만족감은 상당한 것이었다.

원래 업무를 마친 후의 입욕 타임은 전회에서도 스바루의 휴식 시간이었지만.

"또 예상한 것과 다른 전개다……."

──전 회의 나흘 동안, 로즈월과 함께 입욕할 기회는 한 번도 없었다.

그 이전에 전 회의 루프에선 로즈월은 다망하기 짝이 없어 거의 얼굴을 보지도 못했을 정도다. 신변 시중을 드는 쌍둥이와는 접촉하고 있었겠지만, 스바루와는 첫날의 만남을 빼면 식사 시외의 접촉은 거의 없었을 만큼.

"그렇건만, 전부 다 내 예상과는 다른 방향으로 공격을 해대는군……."

"뭘 고민하고 있는지는 모르으—겠지만, 세상은 잘 풀리지 않는 일투성이다아—마다."

살기 팍팍한 소리를 하면서 탕에 들어온 로즈월이 스바루 옆으로. 욕조 벽에 등을 기대어 길게 숨을 뱉는 모습은 어디에나 있는 평범한 남성으로, 목욕의 쾌감은 세계 공통이었다.

"지금 와서 눈치챘지만, 역시나 목욕탕에선 분장 지우고 있네."

"응? 아—, 그렇지. 이런, 혹시 내가 스바루 군 앞에서 맨 얼굴을 드러내는 건 이게 처음이기라도 한 걸까아—."

"그리되는군. 뭐야, 무난하게 잘생기고 그게 뭐냐—란 기분. 감출 필요 없잖아."

"그 분장은 취미고, 따—악히 얼굴을 감추고 싶단 건 아—니니까. 입이 찢어지거나 코가 삐뚤어지거나, 눈매가 절망적으로 사나운 것도…… 이크."

"나 보고 말하지 마라. 마음 약한 삼백안이라면 죽었을걸."

천성적인 사나운 눈매는, 첫 대면에서의 인상에 마이너스 보정이 어마어마하다. 이런 낯짝으로 낳은 부모에게 불평을 하고 싶어도, 어머니 눈매가 스바루 붕어빵이라서 뭐라 할 수 없다.

부모를 떠올리고 복잡한 얼굴이 된 스바루에게 로즈월이 다른 화제를 꺼낸다.

"람이랑 렘과는, 친하게 지낼 수 있겠어—? 그 두 사람은 이 저택에서 일한 지 오래니까, 후배를 대하는 법도 잘 알고 있을 터인데에—."

"렘과는 아직 별로지만, 람과는 친하게 지내고 있어. 오히려 람은 좀 너무 허물없단 느낌이. 선배 후배 이전에, 내가 손님인 시점부터 태도가 변함없다고, 그 애."

"뭐—얼, 부족한 몫은 렘이 채우는 거야. 자매니까 서로 도와야지. 그런 의미로는, 그 두 사람은 시—일로 잘 지내고 있다마다."

"듣고 본 바로는 렘이 엄호할 뿐이지 람은 여동생의 열화판이던데요."

자매 쌍방에게서 온갖 가사 기능에서의 우열 여부를 똑똑하게 단언을 들었다. 온갖 기능에서 동생에 한 걸음 및 두 걸음 못 미치는 언니. 보통이라면 언니 쪽이 열등감에 시달릴 법한 설정이지만.

"그런데 '언니니까 람 쪽이 잘났어.' 라고 나오시더라. 그 굵은 신경줄에는 쫄지."

"신경줄이 굵은 거라면 너도 제에—법이라고 생각하는데에—. 하지만 그런가. 그런 식으로 대답했었나. 팍팍 파고들고 사양하는 법이 없어. 실로 조오—은 일이야."

"의성어 포함이라 칭찬받고 있는 기분은 전혀 안 드는군."

분위기를 읽지 못하는 만큼, 스바루는 타인의 영역에 파고드는 데에 주저가 없다. 그런 만큼 고립되기 쉬운 고고한 성질이다. 타인의 신경을 긁고 싶어 하는 못된 버릇이라고도 할 수 있었다.

스바루의 대답에 로즈월은 한쪽 눈을 감고, 왼쪽의 노란색 눈으로만 천장을 쳐다보았다.

"비아냥이 아니다마다. 실제로 조오—은 일이라고 생각 중이야. 그 아이들은 지나치게 자신들로만 완결해버리고 있으니까아—. 그 부분을 스—을쩍 타인이 밖에서 헤집는다……. 그래서 변하는 것도 분명히 있지이— 않을까."

"그런 것일까요."

"그런 것이다마—다."

둘이서 욕조에 목까지 잠겨, 기분 좋게 온몸을 맡기면서 감탄을 주고받는다. 그러다가 스바루는 문득 떠오른 것처럼 눈썹을 쳐들었다.

"맞아, 로즈찌. 좀 묻고 싶은 게 있는데, 물어도 되겠사온지?"

"뭐어—, 나의 넓고 깊은 견식으로 대답할 수 있는 내용이라면 상관없다마—다."

"'저, 만물박사예요.' 라고 그렇게 에둘러 말하는 놈 처음으로 봤어. 그건 어쨌든지 간에, 이 목욕탕은 어떤 원리로 솟고 있는 거야?"

욕조 바닥을 콩콩 두드리며, 스바루는 줄곧 품고 있던 의문을 입에 올렸다.

스바루와 로즈월이 잠긴 욕조는 석재로 만들어져 있어, 만지는 감촉에서 대리석 같은 이미지가 떠오른다. 목욕탕은 저택 지하의 한구석에 있으며 역시 남녀 겸용이다. 다만 더운물의 교환은 사치스럽게 입욕자마다 이루어져서 에밀리아 다음에 들어가 봤자 충실감은 없다.

"별로 물 마시진 않지마는. 마시기 전에 깨달았으니."

"네 모험심에는 때때로 정말 놀라아—겠어. 이것이 젊음인가……. 그런데 내가 젊었을 적에 너 같은 발상을 했을까."

스바루의 앞뒤 생각 없는 젊음을 눈부시게 보다가, 로즈월은 끄덕인다.

"어쨌든, 그 답은 간다—안해. 욕조 밑에, 화(火) 속성의 마광석(魔鑛石)을 깔아 넣은 거어—야. 입욕 시간에는 마나로 시동 걸어 더운물을 끓이지. 조리장에서도 쓰고 있을 텐데."

"냄비는 그런 원리였구나. 가스 없는데 어떻게 하고 있는 거냐고는 생각했었지."

렘이 척척 그것들을 다루는 뒤편에서, 야채 껍질을 벗기면서 손을 베는 게 스바루의 역할이다. 하기야 '마나로 시동 건다' 라는 당연한 듯한 발언의 의미를 알 수 없는 이상, 셰프 스바루의 탄생은 먼 얘기일 것이다.

"뭔가 말이지, 마나가 뭐 어쩐다는 건 마법사가 아니면 어떻게 안 되나 봐?"

"그으—렇지는 않아. 게이트는 모든 생명에 갖춰져 있어. 동식물조차 예외가아— 아냐. 그렇지 않으면 마광석을 이용한 지금의 사회는 성립하지 않을 테고오—."

새로운 단어의 출현에 고개를 모로 꼬는 스바루. 그런 스바루의 모습을 보다 못해서인지, 로즈월이 손가락을 하나 세우고 헛

기침한다.

"좋아. 여기는 약간 수업을 해주우―도록 할까. 조금 무지몽매한 네게, 마법사란 무엇인지를 교수해주우―지."

"여러모로 말대꾸하고 싶은 마음을 무시하고, 여기선 순순히 받아들여주지."

강의해준다는 로즈월의 제의에 스바루는 욕조 안에서 정좌하고 로즈월 쪽으로 돌아선다. 단, 양쪽 모두 알몸인 데에 변함은 없다.

"그러어―면 초급부터. 스바루 군은 물론 '게이트'에 대해서는 알고 있지?"

"아니, 그렇게 아는 게 당연하단 투의 말을 들어도, 모르는 쪽은 벙찔 뿐이고요⋯⋯."

"아주 갑자기 목소리의 기세가 떨어졌군. 그리고 게이트에 대해서도 모르나⋯⋯. 사양하며 말해서, '어, 그거, 레알?'이라는 느으―낌. 사용법은 맞아?"

'레알'의 용법을 확인하는 로즈월. 스바루 때문에 원래 세계의 표현이 간간이 수입되고 있으며, 특히 '레알'은 사용 빈도가 높은 고로 친숙해지는 게 빠르다.

로즈월의 사용법을 만점이라고 평가하고, 서로 하이 터치한 다음 강의로 돌아온다.

"그래서, 그래서, 게이트란 까놓고 말해 대체 뭔데? 그게 있고 없고로 뭐가 어떻게 달라져?"

"간단히 말하자면 게이트란 건 자신의 몸 안과 밖에 마나를 통하는 문을 말하아—지. 게이트를 통해 마나를 빨아들이고, 게이트를 통해 마나를 방출하는, 생명선이야아—."

"옳아. MP 관련의 수도꼭지 말하는 거군……."

로즈월의 간결한 설명에 수긍이 간다.

여태 몇 번쯤 들은 게이트라는 단어. 대략 상상하고 있던 대로의 내용이다.

"게이트가 누구에게나 있다는 말은, 내게도 있다는 거 아냐?"

"뭐어—, 그야 있겠지이—. 인간이란 자신이 있으면. 너, 인간?"

"나만큼 참인간인 채로 이세계로 내던져진 남자는 일찍이 없어. 레알 보통사람, 레알 엑스트라."

싸울 힘이 없거니와 상황을 타개할 지혜도 없다. 학력도 평균 살짝 아래로, 신체 능력은 약간 높지만 지구력에 난점 있음. 습득 기능은 재봉과 베드 메이킹. 엑스트라 일직선.

하지만 이세계에 와서 두 번째로 기쁠지도 모르는 정보에 스바루는 그럴 경황이 아니다. 마법이라는 매혹의 단어에 가슴이 약동해 희망으로 눈이 반짝반짝 빛난다.

"기쁜 일 중 으뜸은 물론 에밀리아와 만난 거지만, 이것도 꽤 장난 아니네! 왔느냐, 드디어 나도 꿈의 마법사……. 아니, 이 야말로 내가 고대하던 찬스!"

"마법 이야기로 그렇게까지 기뻐해주우—면, 마법사 노릇 하는 보람이 있느—은 법이지. 다만 게이트가 있어도 소양 문제는 커. 자랑밖에 안 되니까 자랑하겠지만, 나처럼 재능에 복 받는 일은 우선 없는 버―업이라고?"

그런 로즈월의 서론에 스바루는 플래그가 세워지는 경쾌한 소리를 들었다.

자신만만한 로즈월은 모른다. 눈앞에서 알몸으로 탕을 떠돌고 있는 스바루가, 이세계로부터 소환된 '초대받은 자' 라는 사실을.

고래로부터 이세계에서 불린 소환자에겐 특수한 힘이 깃드는 법이다. 여태까지 무력 꽝, 지식 꽝, 행운 보정도 제로는커녕 약간 마이너스였지만, 그래. 마법이다.

"떴다고, 로즈찌. 내 새로운 희망이다! 마법, 마법, 마법 토크 하자. 지금 마법의 물결이 오고 있어. 내 빛나는 미래가, 파도 사이에 떠돌고 있어!"

"그으―래? 그럼 계속하지. 마법에는 기본이 되는 네 가지 속성이 있는데에―, 알고 있나아―?"

"모르지롱!"

"아하아―, 무의미하고 무목적에 무구할 정도로 무지해서 멋지군. 기분 좋으니까 설명해버릴래. 화(火) · 수(水) · 풍(風) · 토(土)의 네 가지 마나 속성이야. 이해했나아―?"

"오우, 기본이군. 이해해서 흡수했어. 다음 다음!"

스바루의 요구에 로즈월은 기분이 좋아진 눈치로 끄덕이면서 강연을 계속한다.

"열량 관계의 화 속성. 생명과 치유를 관장하는 수 속성. 생물의 몸 밖에 작용하는 풍 속성. 몸의 안쪽에 작용하는 토 속성. 주로 속성은 이 네 가지로 크게 분별되어서, 보통 사람은 그중의 하나에 적성이 있다아―는 말. 참고로 난 네 가지 속성 전부에 적성이 있다아―?"

"와오, 자랑 성질나지만 형식상 칭찬해둘게, 굉장하다! 속성은 어떻게 조사해?"

"무―울론, 나 정도의 마법사가 되면 그냥 만지기만 해도 알아버린다마다."

"진짜냐! 왔다고, 기다렸다고, 이 전개를. 봐줘, 그리고 가르쳐줘!"

로즈월은 훈련이 덜 된 개처럼 까부는 스바루를 뜨뜻미지근한 눈으로 보면서 손바닥을 스바루의 이마에 대었다. 알몸의 남자가 두 사람, 마주 보며 눈을 빛내는 광경이다.

"좋아, 그럼 스―을쩍 실례하겠습니다. 뽕뽕뽕뽕."

"으어어! 마법 티 나는 효과음이다! 지금, 판타직하고 있어!"

지금만은 온갖 불안 요소를 잊고, 스바루는 눈앞의 로망에 마음을 보낸다.

――마법. 틀림없이 그것이야말로 이세계로 소환된 자신의 이빨이 되는 것이다.

확신 같은 희망으로 눈을 빛내며, 스바루는 그저 진찰 결과만을 기다렸다.

"――조오―아, 알았어."

"왔다, 기다렸었습니다. 뭐지, 뭐가 될까. 역시 나의 불타오르는 듯한 정열적인 기질을 반영해 불? 아니면 실은 누구보다도 냉정침착한 쿨 가이인 부분이 나와서 물? 혹은 초원을 불며 지나가는 선선하고 상쾌한 천성이 본질이라는 양 바람? 아니 아니, 여기는 든든하게 여유작작 의지할 수 있는 나이스 가이인 형님뻘 소양을 내다보아 땅이 나오기라도 한다든가!"

"응, '음(陰)' 이야."

"ALL 기각?!"

귀를 의심할 진찰 결과가 튀어나와서 무심코 좋지 않은 병을 고지받은 반응이 되고 말았다. 그리고 실제로 왠지 그런 느낌의 분위기로 로즈월은 무겁게 입을 움직인다.

"벌써 완전히 다─암뿍 틀림없이 '음' 이야. 다른 네 가지 속 성과의 연결은 꽤애─ 약해. 오히려 이렇게까지 일점 특화는 드문 법이지마아─는."

"아니 근데, 음은 뭐야! 분류는 네 가지 아냐? 카테고리 에러 났다고."

"얘기하지 않았지이─만, 네 가지 기본 속성 외에 '음' 과 '양 (陽)' 이란 속성도 있기는 있어. 그으─러어─나, 해당자는 거 의 없어서 설명은 생략했는데에─."

지극히 몇 없는 예외를 뽑았다는 뜻 같다.

로즈월의 해명을 들어 스바루의 헛돌고 있던 마음도 가라앉는 다.

그렇다. 한없이 희귀한 속성이라는 것이다. 그건 즉, 특별한 힘.

"뭔가 사실은 끝내주는 속성인 거지? 5천 년에 한 번밖에 나오지 않고 다른 것보다 초강력하다 비슷하게!"

"그래, 어디. '음' 속성의 마법이면 유명한 건…… 상대의 시야를 가리거나, 소리를 차단하거나, 움직임을 늦춘다거나, 그런 걸 쓸 수 있을까."

"디버프 특화?!"

디버프는 적을 약체화시키는 스킬의 총칭이며, 보조 직업 일직선인 특화 성능이다.

전설급의 파괴 마법을 쓸 수 있다든가, 천재지변을 일으키는 강력무비한 마법을 기대했었지만, 나직나직 말하기 어렵다는 듯이 방해·능력 저하 계통의 효과를 주워섬기는 로즈월.

진심으로 미안해 보이므로 사실인 것이리라.

"이세계 소환되어 무력도 지력도 치트 없음……. 그리고 마법 속성은 디버프 특화……."

"참고오—로 마법의 재능은 전혀 없고. 내가 10이라면, 너는 3 정도가 한계치야."

"더욱더 듣고 싶지 않았던 사실이야! 이미 이 세상에는 신도 부처도 없어!"

소리를 내며 탕에 몸을 담그고, 대자로 뜨면서 스바루는 번민. 설마 싶던 용도에 방금까지 품던 희망이 시드는 걸 느끼면서도 막상 한번 싹튼 기대는 좀체 씻을 수 없다.

"쓸 수 있는 것만으로도 좋다고 생각을……. 아니 하지만, 디버프 특화한 나는 멋있나……?"

"멋 중시는 따로 치더라도, 배워서 손해 볼 건 없어어—. 쓰고 싶으면 가르쳐줘도 되다마다. 다행히 '음' 계통이라면 전문가가 확실하아―게 저택에 있으니까."

"그런가, 그거야! 이렇게 된 거, 마법 그 자체가 아니라 하나하나 자상하게 마법을 배운다는 시추에이션에 만족해야 하는 거야. 좋아, 목욕 끝내고 곧장!"

에밀리아에게 마법의 첫걸음을 가르침 받으며 더욱 깊이 친밀함을 나누겠다고 흥분하는 스바루. 이미 전 회의 내용을 덧쓴다는 당초의 목적을 잊기 직전이다.

"착각하고 있는 것 같은데에―, '음' 속성의 전문가는 에밀리아 님이 아―닌데?"

"뭐·냐·고! 아까부터 그렇게 남의 마음을 갖고 놀아서 재미있냐! 그럼 전문가 누군데, 너냐! 전 속성 적성을 보유한 엘리트 마법사님이시니 말이죠! 실망이야!"

"베아트리스야."

"더 실망했다!!"

첨버덩―. 성대하게 물보라를 튀겨 올리며 오늘밤 가장 큰 고함이 작렬했다.

4

"제길, 목욕 오래 하다 탈났어. 로즈월 놈, 들었다 났다 반복해대고, 부처님 손바닥이냐."

지급받은 예비 옷을 걸치면서, 탈의실에서 스바루는 익어버린 얼굴 그대로 투덜거리고 있었다.

목욕탕에서 실망이 함께하는 적성 진단을 마치고, 먼저 스바루가 목욕을 마친 참이다.

로즈월과의 대화에서 흥분한 것도 있지만, 장시간 목욕의 영향도 있어서 머리가 무겁다. 돌이켜 보면 아직 본래의 상처 치료를 받고 얼마 지나지 않은, 피가 모자란 시기인 것이다.

"덤으로 내일은 근육통이 될 것 같이 긴장한 몸뚱이. 제길, 람. 너 두고 봐라. 전 회보다 내가 유능하다고 혹사해댔겠다⋯⋯."

"바라는 대로, 두고 보겠어."

"후와아오오오우!"

세탁물을 넣은 바구니를 들고 탈의소를 나왔을 때에, 적시에 터진 대꾸를 받고 뛰어 오를 만큼 놀란다. 튕겨나간 바구니에서 뿌려진 속옷이 탈의실 앞 통로에 서 있는 람의 발밑에 떨어졌다.

"하아, 내 참."

람은 쭈그려서 스바루의 속옷을 집어 들고 바로 옆에 있던 쓰레기통에 때려 넣는다.

"눈앞에 세탁하려고 바구니 들고 있는 남자가 있는뎁쇼?!"

"미안해. 들어 올린 순간, 생리적 혐오감을 참다못해서. 1초라도 빨리 놓고 싶어서 저러고 말았어."

"그런 데 비해 자세가 깔끔하던데요!"

울며 겨자 먹기로 쓰레기통에서 속옷을 회수해 바구니에 담고 람 쪽으로 돌아선다. 가만히 복도에 대기하는 람을 보고, 그녀의 목적은 뭘까 싶어 고개를 갸웃한다. 람은 그 의문을 눈치챈 듯이 먼저 말한다. ′

"안됐지만, 람은 입욕을 마친 다음이니까 기다리고 있어봤자 옷 갈아입지는 않아."

"전혀 눈치 못 챘군?! 메이드로서 치명적이지 않아?!"

"농담이야. 로즈월 님께서 갈아입을 때 시중들려고 대기하고 있을 뿐."

"너무 어리광 받아주는 거 아니냐. 갈아입는 것 정도야 혼자서 다 하겠지."

세상에는 가사 도우미가 양말을 신겨주어서 스스로는 한 번도 양말을 신은 적이 없는 인간도 존재한다고 한다. 로즈월도 그런 패거리인 걸까.

"설마 그 야릇한 분장도 너희한테 시키고 있다면, 모자란 신뢰가 더욱 줄겠는데."

"람 앞에서 로즈월 님께 대한 불경은 용납할 수 없어. 다음부터는 실력 행사할 거야."

온정을 남겨둔 충고로 느껴지지만, 사실이므로 각골명심해둬야 한다.

실제로 람은 저택의 업무도 첫 번째는 그 나름대로 친절하고 정중하게 가르쳐주지만, 그 이후는 같은 질문을 하려 든다면 용서 없이 양돈장의 돼지를 보는 눈으로 본다.

"더하면 괜히 긁어 부스럼이겠군……. 그럼 선배님, 실례하겠심더. 내일 또 보자."

"바루스, 이다음에는 무슨 일 있어?"

"무슨 일이고 자시고 잘 뿐이야. 내일도 일찍 일어나야 하니 당연하잖아, 빌어먹을. 선배님, 진짜 아침만은 괴롭심더."

반골정신과 약한 소리가 하이브리드된 스바루의 대꾸에, 람은 살짝 끄덕이고 눈을 감는다.

입을 다문 람이 무슨 말을 하고 싶은 건지, 애가 탄 스바루가 말을 걸기 직전에 눈이 뜨였다.

"그럼 이따가 갈 테니 방에서 기다리고 있어."

"──뭐?"

얼이 빠진 스바루의 목소리가 불쑥 흘러나왔다.

5

몇 번이나 선언해두지만, 나츠키 스바루는 에밀리아 일편단심을 표방하고 있다.

이세계에 온 이후, 기회가 생겨 원래 세계라면 조우할 리도 없는 미형과 잇달아서 맞닥뜨리고 있지만, 에밀리아의 존재는 출중하다.

순수하게 용모가 아름다운 것도 있지만, 그게 뭐랄까, 행동거지 하나하나가 딱 꽂히는 것이다.

따라서 어떤 미모가 상대여도 스바루의 마음이 에밀리아 외에 쏠리는 일은 있을 수 없다.

"그러니까, 이 완벽한 상태의 침대도 내가 편안히 자기 위한 것 외의 이유라곤 없거든."

날카로운 기세로 손가락을 침대에 들이대고 기합이 들어간 변명을 누구에게랄 것 없이 단언한다.

목욕을 마치고 방에 돌아온 스바루의 눈앞에는, 돌아온 뒤의 시간 전부를 소비해 정리한 침대가 있다. 세탁물도 방치하고 일하는 모습은 목욕 끝내고 온 참인데도 땀을 흘릴 정도다.

"깊은 의미는 없어. 깊은 의미는 없다. 잡념을 버려라, 마음을 비워라. 진정해, 진정해. 에밀리아땅이 한 명, 에밀리아땅이 두 명, 에밀리아땅이 세 명……. 천국이냐!"

"야단스러워, 바루스. 벌써 밤이니까 조용히 해."

"으히익!"

크게 뛰어 벽에 격돌. 방 입구에 소리도 없이 문을 연 람이 서 있다.

"조용히 하라고 말한 직후에 이래? 이젠 글러먹었네."

"대체 뭐야, 너의 마이 룰! 듣다 보면 상식이 요동쳐서 조마조마하다! 넌 대체 나한테 뭘 어떻게 하기를 바라는 거야!"

스바루가 고함을 쳐대자 람은 "핫." 작게 코웃음 친다. 말로 표현하지도 않는 모멸의 의사가 날아와 스바루도 이미 두 손 들고 입을 다물 수밖에 없었다.

그리고 입을 다문 스바루의 앞을 가로질러 람은 방의 안쪽——

서류 작성용 책상으로 발길을 향했다.

일단은 각 방에 준비되어 있는 비품이지만, 이 세계의 읽고 쓰기를 할 수 없는 스바루에겐 무용지물이라서, 책상머리에 앉은 경험은 현재 없다.

"뭘 멍청히 있어. 바루스, 이리 와."

개 훈련이라도 하는 듯 되는 대로 던지는 말투에 뚱한 얼굴이 되지만, 스바루는 람의 페이스에 말려들지 않겠다고 결의를 새롭게 다진다. 애초에 그런 방식은 스바루의 영역이다.

무슨 깜짝 발언이 나오든 결코 동요하지 않는 강철의 마음가짐으로 마주 본다. 흡사 전장에 나서는 듯한 각오로, 스바루는 막아서고 있는 람 앞에서 가슴을 폈다.

"그래서? 이번엔 어떤 샌트집을 가지고 와주셨나."

"무슨 소리야? 읽고 쓰기를 가르칠 테니, 빨리 앉으라고 말하고 있잖아."

"금시초문인데?!"

강철의 마음, 즉각 붕괴.

굳혀 놓았던 마음이 일순에 꺾여 스바루는 동요를 감추지 못한다. 책상 위에는 새하얀 페이지가 펼쳐진 노트와 깃털 펜, 적갈색 책등의 책이 있어서 숨을 집어삼킨다.

농담도 장난도 아니고, 정말로 문자를 가르쳐주려는 모양이다.

"근데 왜 또, 갑자기……."

"바루스가 글을 못 읽는 건 오늘 일하는 걸 보고 알았어. 그러니까 그걸 가르칠 거야. 읽고 쓰기를 할 수 없으면 장보러 가는 일을 맡길 수 없고, 용건을 메모하지도 못해."

당혹하는 스바루의 물음을 람은 지극히 마땅한 대답으로 받았다.

놀라서 물고기처럼 입을 뻐끔거리는 스바루에게 람은 붉은 책 등의 책을 보인다.

"우선은 간단한 어린이용 동화집. 앞으로 매일 밤, 람이나 렘이 같이 공부할 거야."

고마운 제의임에는 틀림없지만, 지금은 감사보다 곤혹스러운 마음 쪽이 강하다.

이 전개도 아까 목욕탕에서 있었던 일처럼, 전 회에는 없었던 상황이다. 그리고 스바루 본인의 감각으로서는, 전 회의 4일째 등과 비교하면 아직 쌍둥이들과의 친밀도는 충분하지 않다.

"왜 그렇게 친절하게 대해주는 거야?"

"뻔하지. 람이…… 아니, 편하기 위해서야."

"말을 고쳤는데 말이 안 고쳐졌어. 진짜 굳건하다, 너."

"당연하잖아. 바루스가 할 수 있는 일이 늘면, 그만큼 람의 업무가 줄어. 람의 업무가 줄면, 필연적으로 렘의 업무도 줄어. 온통 좋은 일뿐이지."

"내가 그 대신에 무지무지 업무에 쫓기는데?!"

"……?"

발언의 의도를 알 수 없다는 양 갸웃하는 람의 반응에 말대꾸할 마음도 빼앗겼다.

그러나 그렇게 기가 막히는 한편으로, 람의 마음 씀씀이가 기뻤던 것 또한 사실이다.

"오케이, 알아들었어. 공부해 보자는 것 아닙니까."

"바루스의 경우, 회화의 문법은 괜찮으니 그렇게까지 어렵진 않아. 단어 선택에 품위가 없는 건 이제 와서 교정할 방법이 없으니까."

"두둔하는 척하는 매도가 있었지?"

말과 함께 책상머리에 앞에 앉으며 깃털 펜을 들고 준비 완료. 깃털 펜은 가벼워서 노트 위에서 제법 달필로 노닐었다. 이세계에서 기념할 만한 최초의 일필.

"나츠키 스바루 등장……. 음."

"그런 그림을 그리면서 놀 짬이라곤 없어. 내일도 일찍 일어나야 하고, 시간도 한정되어 있으니까."

"아니 이거 내 모국어인데…… 역시 전달되지 않겠구나."

대화가 성립하는 걸 보아 혹시 문자도 써보면 번역되기를 기대했지만, 그렇게 편리한 전개 덕을 보진 못했다. 스바루가 이쪽의 글씨를 읽지 못하는 사정과 똑같다.

"우선은 기본인 이 문자부터. 로 문자와 하 문자는 이 문자가 완벽해진 다음부터."

"세 종류나 있나. 듣기만 해도 기죽겠군."

새로운 언어 습득을 맞이해 벌써부터 꺾이려는 마음이 괴롭다. 히라가나·가타카나·한자가 모인 일본어를 배우는 외국인의 심정과 벽의 높이를 깨우친 기분이다.

"이 문자를 파악한 다음에 동화로 들어갈 거야. 시간은 명일 한 시까지가 한도겠지. 내일도 있고, 람도 졸리니."

"마지막에 속내를 노출 서비스하는 그런 면, 싫지가 않아. 선배님."

"람도 람의 솔직한 점은 장점이라고 생각 중이야."

머뭇거림 없는 반격이라서 본심인지 농담인지 알 수 없다. 꽤 고확률로 본심인 분위기를 느끼면서, 스바루의 문자 습득 레슨이 시작되었다.

새로운 언어의 습득의 기본은 문자를 파악하고 오로지 받아쓰기만 반복하는 것이다.

람이 써내준 기본적인 문자를, 페이지 한 장을 빼곡히 메우도록 따라 쓴다. 게슈탈트 붕괴를 일으킬 듯한 꾸준함이야말로 필요한 고생이라고 마음을 먹는 것이 중요하다.

피로와 졸음에 눈꺼풀의 무게를 느끼지만, 함께하는 람을 위해서도 꾸벅꾸벅 조는 것은 용납되지 않는다. 애당초 이렇게 두 번째의 첫날부터 우호적으로 접해주고 있는 것이 귀중한 기회다. 찬스라고 바꿔 말해도 된다.

"뭐랄까, 편하기 위해서라고 말했지만, 나는 그래도 기뻤어."

쑥스러운 마음을 참으면서, 솔직한 마음을 뒤에 있는 람에게 전한다.

노트 위를 깃털 펜이 내달리는 희미한 소리. 반복해 같은 글씨를 죽 써 내려가는 작업의 틈을 타서 스바루는 전 회의 나흘간을 회상한다.

떠올려보자니 시간만 나면 에밀리아를 쫓아다니던 나날이었지만, 그사이에 가장 오래 함께 지냈던 사람은 람이었을 것이다.

저택 관련의 온갖 업무에서 초짜나 다름없는 스바루. 그 교육은 이만저만한 고생이 아닐 게 분명하다. 물론 람의 업무는 그것뿐만이 아니고 통상 업무와 겸무하면서 하는 짓이었으니 더더욱 그렇다.

부담은 당연히 렘에게도 갔었을 것이다. 따라서 전 회의 나흘간에서 렘과 접한 시간은 그리 많지 않다. 우수한 렘이 람 몫의 업무 일부를 떠맡았다고 들어, 간접적으로 부담을 얹은 것은 스바루의 부채감도 되었다.

"솔직히 별로 호감 사고 있다고는 생각하지 못했었고."

안 그래도 바쁜 하루하루, 스바루처럼 못 써먹을 신인의 교육 따위 고통인 게 당연하다. 상대가 그렇게 여기는 것도 스바루에게는 친숙한 감각이었다.

때문에 이렇게 부정 당하지 않고 있는 현재가 스바루에겐 기뻤다.

"앞으로도 폐를 끼칠 거라고는 생각하는데, 될수록 빨리 전력이 될 테니 부탁 좀 하자."

의자를 삐걱거리며 고개만을 뒤로 돌려 스바루는 말없이 지켜보는 람에게 전한다.

스바루의 진심에서 나온 감사와 앞으로의 분발. 이에 대해 람은.

"쿨."

깨끗하게 베드 메이킹된 침대 안에서 귀엽게 고른 숨소리를 내고 있었다.

뚝 소리를 내며 깃털 펜이 부러졌다.

6

문득 치밀어 오른 충동에 져서 스바루는 크게 입을 벌리며 하품을 터트렸다.

눈꼬리에 눈물이 되어 맺힌 졸음기를 소매로 난폭하게 닦고, 등골을 쭉 편다. 저녁께의 하늘은 저무는 태양의 전별로 오렌지색으로 물들어, 흐르는 구름이 느긋하게 하루의 끝을 위로해주고 있었다.

구름을 배웅하면서 스바루는 손발과 목을 돌려 몸 상태를 확인. 중노동의 영향은 남아 있지만, 첫날 밤 수준의 피로감은 느껴지지 않는다.

"몸의 강도는 변하지 않았고, 좀 덜 피곤하게 몸을 움직이는 법을 배웠단 건가."

육체의 습관이 아니라 작업에 대한 습관에 따른 효율 개선이 피로의 경감으로 이어진 것이리라. '사망귀환'이 육체의 강화로 이어지지 않는 이상, 경험치를 쌓는 것은 필수다.

"스바루 군, 기다렸지요. ──괜찮아요?"

"음. 아아, 괜찮아 괜찮아. 레무링도 장은 다 봤고?"

"네, 순탄하게. 스바루 군은 꽤 인기더군요."

사 온 짐이 들어 있는 손가방을 들고, 스바루를 위로하는 것은 파란 머리의 소녀——램이다.

맵시 있게 입은 메이드 차림의 램은 바람에 찰랑이는 머리카락을 누르고, 살짝 누그러진 듯한 표정으로 스바루를 보고 있다. 진흙과 먼지, 그리고 콧물과 눈물로 집사복을 더럽힌 스바루 쪽을.

"옛날부터 어째선지 꼬맹이한테 괜스레 호감 받는 체질이라서 말이야. 역시 그건가? 내 안의 미처 억누르지 못한 모성적인 뭔가가 동심을 끌어들여 마지않는 것 같군."

"애들은 동물과 같아서 인간성에 순위를 달고 있으니까요. 본능적으로 얕잡아봐도 되는 상대인지 아닌지 알아요."

"이거 칭찬받는 거 아니지?!"

램이 던진 신랄한 코멘트에, 그런 점이 바로 람과 자매인 것이라고 납득이 된다.

직접적인 람과 에두르는 램. 두 사람과 어울리려면 정신적으로 터프하지 않으면 해먹을 수 없다. 물론 체력적으로도 터프하지 않으면 업무 자체를 꾸려나갈 수 없지만.

현재, 스바루와 램이 있는 곳은 저택에서 가장 가까이 있는 아람이라는 촌락이다.

저래도 변경백이라는 입장에 있는 로즈월은 몇 군데의 토지를 영지로 보유한 남 못지않은 귀족이다. 저택에서 제일 가까운 아람 마을도 예외가 아니어서 주민은 당연한 듯이 스바루 일행을 인식하면 친밀하게 말을 붙여준다.

물건 사는 일 등으로 접촉할 기회가 많은 쌍둥이는 물론, 스바루도 존재만은 주지되어 있는 모양이다. 시골의 소문 전달 속도에 놀라는 와중에도, 환영받는 건 근질근질하면서도 기분이 좋다.

"그래도 그렇지 저 꼬마들의 허물없는 태도는 도대체……. 섣불리 만지면 화상 입을지도 모르는 나의 하드보일드한 분위기를 이해할 수 없는 건가."

"모성이라고 했다가 어른인 체 했다가, 스바루 군은 혼자서 바쁘네요."

"혼자서라는 부분에서 살짝 가시를 느끼는데, 오히려 바쁜 쪽이 엉겨 붙지 않고 끝나서 평온했을 감도 드누만. 역시 레무링이 장보는 데 동행할 걸 그랬어."

식재료의 구별도 못하는 스바루는 무용지물이므로, 렘이 장을 보는 중에는 마을에서 시간이나 죽이도록 분부 받고 있었다. 그 틈을 애들에게 발견되어 납치된 것이다.

"공경의 마음이 부족하다고. 그래서 꼬맹이란 것들은 좋아할 수가 없어."

"스바루 군은 공경받을 만한 애들에게 똑바로 보여줬나요?"

"지당한 정론이셔! 그렇다고 초장부터 얄보이는 것도 어딘가 좀 다르다 싶은데……. 람 같으면 그 부분에서 잘해낼 것 같더라."

"언니는 근사하시죠."

미묘하게 대화가 맞물리지 않는다. 언니를 자랑하는 렘은 기고만장한 기색으로, 그곳에 딴 마음 같은 태도는 보이지 않기에 본심이겠거니 추측한다.

"솔직히 말해, 람의 성격이면 상당한 빈도로 알력을 낳을 것 같은 느낌이지만."

"주눅 들지 않는 점도 언니의 매력이에요. 렘에게는 도저히 무리니까요."

덧붙인 말이 어딘가 서글퍼서, 스바루는 눈썹을 찡그리지만 추궁하지 못한다.

"그러고 보니 스바루 군의 공부 진도는 어떻죠?"

순간적으로 말을 잃어버린 스바루에게 렘이 기분을 새로이 하듯 화제를 바꾼다.

"착착 나아가고 있다……고 대답하고 싶지만, 그리 간단히는 되지 않더라. 역시 무슨 일이든 시간을 들여서 천천히 길러야 하는 거지. 애정과 똑같게!"

"도중에 시들지 않으면 좋겠네요."

"지금 레무링이 던진 코멘트에는 사랑이 시들어 있어!"

소리친 다음, 렘의 표정에 살짝 미소가 뜨는 것을 보고 스바루도 안도해 웃는다.

──람이 밤의 개인 레슨을 제의하고 벌써 나흘째가 된다. 교대로 스바루의 교육을 맡는다고 얘기했었지만, 아직 렘에게는 강사역이 돌아오지 않았다.

그만큼 렘이 바빴다는 뜻이지만, 렘에게는 반대로 그게 부채감이 되었던 듯하다.

드물게도 망설이는 듯한 낌새의 렘에게 스바루는 웃고 있는 얼굴 그대로 손을 흔들었다.

"걱정하지 말라고. 딱히 방치당한 것도 아니고, 람에게도 불만 없어. 아니, 한창 가르치는 중에 아무렇지도 않게 침대에서 자는 건 의욕이 꺾이니까 참아줬으면 하지만."

"언니는 스바루 군의 의욕을 분발시키려고, 일부러 그렇게 행동하고 있는 거예요."

"뭐야 그 언니에 대한 절대적인 숭배, 이만저만한 게 아니라고. 진짜 *오니들렸구만."

"오니(鬼), 들렸다……?"

조어로서, 최근 스바루의 마이 붐인 말에 렘이 갸웃한다.

"신들린다의 오니 버전이야. 오니들린다, 왠지 좋지 않아?"

"오니, 좋아하세요?"

"신보다 더 좋아할지 모르지. 왜냐면 신님은 기본적으로 아무것도 해주지 않지만, 오니는 미래의 전망을 얘기하면 함께 웃어준다는 모양이더라."

내년의 이야기를 하면 특히 떠들썩해지는 모양이다. 어깨동무하고 빨간 오니(赤鬼)랑 파란 오니(靑鬼)와 함께 폭소하는 광경을 떠올리던 스바루는 문득 렘이 그 표정에 뚜렷하게 웃음을

---

* 오니: 뿔이 달리고 사람을 잡아먹는 사나운 일본 요괴로, 한자로 표기할 때는 「귀신 귀鬼」 자를 사용한다. 우리
  말로는 '귀신'이나 '도깨비' 등으로 번역되기도 한다.

새기고 있는 모습을 보았다.

"오……."

여태까지도 몇 번쯤 미소 짓는 모습은 봐왔지만, 이렇게 확실히 웃음을 보여준 건 처음 있는 일이다. 무엇이 렘의 마음을 풀었는지는 알 수 없지만, 스바루는 손가락을 튀기며 말했다.

"그 웃음, 백만 볼트의 야경에 필적하는걸."

"에밀리아 님께 이를 거예요."

"꼬시는 말이 아니거든?!"

자세를 바로잡고 얌전하게 용서를 구걸하는 스바루. 그러자 렘은 그런 스바루의 모습에 가볍게 눈썹을 치켜들었다.

"그 손, 어떻게 된 거죠?"

"응? 아아, 꼬마들이 데려온 개 비슷한 녀석에게 콱 물렸어."

선명하게 이빨 모양이 떠오른 왼손에는 벌써 멎었지만 피가 조금 배어 있다. 참고로 집사복의 등짝은 콧물로 더럽혀져 있지만, 그 사실을 깨닫는 건 저택으로 돌아간 다음이다.

"상처, 낫게 해드릴까요?"

"응? 뭐야, 레무링도 회복 마법 같은 걸 쓰는 계열?"

"간단한 것이지만, 응급 처치 정도라면. 에밀리아 님 쪽이 낫겠어요?"

"으, 부정할 수 없는 매력적인 제안이군. 하지만…… 양쪽 다 사양해둘게."

왼손 손등에 두드러진 개 이빨의 흔적을 바라보면서 스바루는 그 제의를 사양했다.

상처자국은 어떻게 보면 표식으로써 쓸 만할 거라고 판단했기 때문이다. 이번 루프의 시작을 스바루가 의식할 수 있었던 것도, 전 회의 루프 전에 얻은 상처의 소실이 컸다.

상처의 유무는 '사망귀환'의 판단 재료로서 유효하다. 우연히도 개에게 물리지 않았으면 적당한 날붙이나 깃털 펜 따위로 자해해야 할 처지였다.

"뭐, 명예로운 부상이란 것이지. 누구나 다 태어났을 때의 깨끗한 모습으로는 살아갈 수 없는 거야."

"상처자국은 남자분의 훈장이라고 말하니까요. 그냥 전장에서 실수를 저질렀을 뿐이지만."

"진실의 일단일지도 모르지만 드라이한 발언 그만두자!"

담박하게 독설가인 렘이지만, 갸웃거리는 모습을 보자니 자각이 없는 듯하다. 도리어 더 무섭다.

"그건 그렇고, 여태까지도 레무링 앞에서 손을 벤 장면은 이따금 있었다고 생각하는데, 왜 방금은 갑자기 치료하겠냐고 말을 꺼낸 거야? 아니 오히려 왜 지금까지는 말을 꺼내주지 않았어?"

"아프지 않으면 배우지 못하고, 훈계는 남기는 편이 좋다고 생각하니까요."

"서슴없는 스파르타식 교육 방침이군……. 그래서, 방금 한 제의의 이유는?"

지금까지 못 본 체한 이유는 별개로, 이번에는 못 본 체하지 않았던 이유를 알고 싶다.

그런 스바루의 물음에 렘은 잠시 침묵을 지켰다.

입을 다무는 옆모습을 보면서, 방금 떠올린 미소와 관계되어 있는 건가 스바루는 생각한다.

그래서.

"고양이 고향이 어디니. 거북이 속이 거북하대. 말장난하다가 낙마한다!"

"갑자기 머리가 이상해진 건가요?"

"결론 한번 빠르네. 그게 아니라, 방금 레무링이 지은 웃음의 이유를 확인해 보려는 생각에."

'오니들렸다' 에 반응한 것처럼 느껴서 혹시 모른다고 생각했지만.

"굴지의 아저씨 개그 애호가 의혹. 그걸로 심기가 좋아져서, 자상하게 되어주지 않을까 싶었거든."

"두 번 다시 렘이 스바루 군의 상처를 치료해줄 기회는 오지 않는다고 생각해주세요."

"그렇게나 화났어?!"

"이렇게나 화난 건, 스바루 군이 언니의 험담을 몰래 말했을 때 이후예요."

"비교적 최근이고 빈번하다!"

쓸데없는 한마디를 덧붙인 탓에, 스바루를 보는 렘의 시선에 예리함이 더해졌다.

덜덜 떨면서 스바루는 변명하기를 포기하고 입을 다물더니, 하늘을 쳐다보았다. 땅거미 저편에서 천천히 밤이 밀려온다.

그 사실에, 손발이 긴장으로 굳는 것을 느꼈다.

──누가 뭐래도, 2회째 세계도 오늘로 딱 4일을 맞이하고 있으므로.

"내일 아침을 무사히 맞이할 수 있을지가 승부로군. ──그 전에."

에밀리아와 애초에 데이트의 약속을 할 수 있는지 없는지도, 중요한 승부지만.

7

나츠키 스바루 두 번째의 로즈월 저택 1주일, 그 국면은 지금 최대의 위기를 맞이하고 있었다.

예습했던 전 회의 루프를 그다지 정확히 덧쓰고 있지 않은 시점에서, 애당초 만범순풍(滿帆順風)이라고는 말하기 어려운 전개이긴 했지만, 여기에 와서 최대의 위기 발생이다.

"그래서, 람도 렘도 오늘 밤에는 스바루 쪽에 얼굴을 내밀 수 없다고 하는 바람에 내가 대신 공부의 감독을 받아들인 거야. 대단한 일은 못하지만."

말한 다음, 귀엽게 혀를 내밀고 쑥스러운 표정을 짓는 에밀리아. 침대에 걸터앉아 책상머리에 앉은 스바루를 지켜보고 있는 에밀리아 때문에 스바루의 내구도는 거침없이 죽죽 깎이고 있었다.

──이렇게 야심한 밤, 사춘기 남자의 방에서, 귀여운 여자애와 단둘.

집중력을 잃고 짐승의 본능에 저항하는 스바루를 누가 탓할 수 있겠는가.

"헤에. 스바루는 생각했던 것보다 착실하게 집중하며 공부할 줄 아는구나."

무심(無心)이라고 뇌내에서 계속 읊조리는 데 필사적이어서 전혀 무심이 되지 못하고 있는 스바루에게 일어난 에밀리아가 감탄한 듯 말을 걸어온다. 아무래도 목욕하고 나온 모양인지 희미하게 감도는 따스한 향과 에밀리아의 향이 어우러지는 바람에 스바루의 이성이 난타 당하는 상태다.

공부의 진도를 눈짓으로 물어보는 에밀리아에게 스바루는 허둥지둥 노트를 펼쳤다.

"지, 지금은 기본인 '이 문자'라는 걸 쓰면서 외우는 중. 이 동화집이 어린이용이라 대부분 이 문자라고 하니까, 이걸 읽을 수 있게 되는 게 현재 목표야."

"흐응, 동화집이 목표구나……. 아."

"뭐 신경 쓰이는 동화라도 있었어?"

교과서 대용인 동화집을 넘겨보던 손을 멈춘 에밀리아가 스바루에게 살짝 고개를 젓는다.

"음──, 그 정도까지는 아니지만, 조금. 스바루도 읽을 수 있게 되면, 응."

소리 내며 책을 덮더니, 에밀리아는 다시금 침대 위에 엉덩이를 붙인다. 행동거지에 품위가 있는데 괜스레 무방비한 에밀리아에, 스바루는 내심의 당황을 감출 수 없었다.

"사실은 명일에만 만날 수 있는 아이들과 얘기할 생각이었지만 오늘은 스바루를 우선해줄게. 감사하고, 힘내 봐."

"당빠. 에밀리아땅에게는 암만 감사해도 모자라. 감사의 증거로 마사지라도 해줄까. 평소의 감사를 담아, 정성껏 곳곳의 피로를 달래서 녹여주겠어. 께헤헤."

"왠지 손놀림이 징그러우니까 싫어. 그리고 중단하지 말고. 계속해, 계속."

손을 때리는 에밀리아의 질타를 받고 스바루는 번뇌와 싸우면서 다시 책상 쪽으로 돌아선다.

'무심, 무심.' 하고 읊조리면서 노트에 문자를 써 내리자, 차츰 집중하는 머리가 스바루에게서 잡념을 거두어간다.

"역시 성실하게 하면 탈선은 안 하잖니. 아유."

"나는 한번 빠지면 주위가 안 보이거든. 그러니까 좋아하는 사람에게도 일직선이야!"

"흐응, 그렇구나. 상대도 스바루의 그 일편단심을 빨리 깨달아주면 좋겠다."

경박하다고 하면 경박한 스바루의 말을 에밀리아는 어디까지나 자기하고 무관계한 사항이라는 양 피한다. 스바루 본인부터 에밀리아에게 보내는 호의의 감정이, 뚜렷한 남녀 간의 것이라고는 여기고 있지 않기 때문에 추궁하려고도 하지 않지만.

"있지, 스바루. ……어째서 일은 공부처럼 성실하게 못 해?"

"성실하게 불성실한 게 내 콘셉트……란 분위기 아니네. 음, 어?"

"맞아, 진지한 이야기. ──람도 조금 투덜거렸거든. 스바루는 일하는 중에, 중간 중간 대충 하는 느낌이 든대."

역시 고자질 같은 모양새가 되기 때문인지, 말을 고르는 에밀리아의 표정도 씁쓸하다. 하지만 그 말을 들은 스바루는 정곡을 찔린 아픔에 얼굴을 찡그릴 수밖에 없었다.

스바루가 업무를 대충 하고 있다는 람의 인식은 옳다.

사실 스바루는 업무에 진심으로 몰두하고 있지 않다.

그렇다기보다 의도해서 전 회와 같은 결과가 되도록 조절하고 있다.

전 회, 아직 사용인으로서 아무런 기능을 배우지 못했을 때와 비교해, 지금의 스바루는 아주 약간이지만 나아져 있는 것이다. 선배 메이드는 그 미묘한 조절을 놓치지 않았다.

"……죄책감이 전무하단 건 아니겠지. 스바루, 그런 이상한 곳에서 의리 있는 느낌이 드는걸. 공부도 땡땡이치진 않고."

"사소한 사정이 있어서…… 아니 변명도 안 되겠군. 내일부터는 마음을 바로 먹어 제대로 하겠사오니, 통촉해주시옵소서 여왕님."

"음, 그만 되었느니라. ……좀 틀릴지도?"

거들먹거려 본 자기 자신에게 위화감이 있었는지 에밀리아가 귀엽게 갸웃한다.

스바루는 에밀리아의 태도가 부드러워진 것에 안도하면서, 지금 에밀리아에게 한 맹세를 내일부터는 진짜로 하자고 굳게 결심한다.

적어도 오늘 밤이면 전 회를 덧쓸 필요는 없어지는 것이다.

요 나흘 동안 람과 렘에게서 받은 은의를, 두 사람에게 갚을 노력을 할 수 있게 된다.

하긴 대충 하는 것을 그만둔다고 즉각 전력이 될 수 있느냐면 그렇지만도 않지만.

"이런 건 마음이 중요. 내 한결같은 마음을 두 사람이 사주길 바란다."

"또 좋은 상황에 엄—청 엉망인 분위기. ……공부, 끝났니?"

"오늘 몫은 어떻게든! 맞아, 에밀리아땅에게 부탁이 있는데 들어줄래? 내일부터 노력하기 위해서 상을 받고 싶은데—."

"상이라니? 말해두겠지만, 내가 자유롭게 쓸 수 있는 돈은 조금뿐이거든."

"왠지 억지 써서 밀어붙이면 먹여 살려 줄 것 같네. 뭐, 뭐, 뭐, 그건 어쨌든 말만 좀 들어봐. 그래, 내일부터 성실하게 일할 테니까…… 데이트하자!"

엄지를 세우고 이를 빛내며, 스바루는 늘 하는 포즈로 에밀리아에게 권유한다.

스바루 입장에선 최고의 멋진 얼굴을 앞에 두고, 에밀리아는 그 커다란 눈동자를 휘둥그렇게 뜰 뿐이었다.

"데트……면 뭘 하는 거야?"

"홋. 남자랑 여자가 단둘이서 외출하면 그건 이미 데이트. 그 사이에 무슨 일이 일어날지는, 사랑의 여신만이 알고 있는 것이지."

"그럼, 오늘은 스바루는 램이랑 데트 했었구나."

"끄흐음, 예상 외의 반격! 노 카운트! 노 카운트로 부탁합니다!"

말마따나 미소녀와의 외출이긴 했지만, 스바루는 식품 구매 같이 생활 때가 묻은 것이 아니라 더 서로 멋을 부리고 나가는 종류를 희망한다.

"함께 외출하고 싶다는 건 알았는데, 어디로 가려고?"

"실은 바로 근처 마을에 완전 러블리한 개짐승이 있거든. 그리고 꽃밭 같은 데도 있어. 에밀리아땅과 흐드러지게 핀 꽃의 동시 출연, 그걸 내 '미티어'로 꼭 영원히 남기고 싶어."

스바루의 방 한구석에 가만히 놓여 있는 편의점 봉투는 원래 세계로부터 가지고 온 몇 없는 재산이다. 장물 창고의 격투를 넘어선 휴대전화 및 컵라면도 고스란히 봉지에 남아 있다.

"충전만 할 수 있으면, 메모리 용량 가득하게 에밀리아땅의 사진으로 싹 메울 야망이, 음."

"으음, 저…… 마을이라아."

날마다 에밀리아의 대기 화면 사진을 변경하는 망상 중인 스바루 앞에서, 에밀리아는 뺨에 손을 얹고 고민하는 표정이다. 그리고 보면 전 회도 데이트 권유에 망설였었다고 스바루는 기억해낸다.

전 회는 어떻게 OK를 받았지만, 기억을 재현하기 위해서 스바루는 이를 빛냈다.

　"개짐승 완전 귀여워, 가자고!"

　"하지만 스바루에게 폐를 끼칠지도 몰라. 마을 사람도……."

　"애들도 천진해서 진짜 천사의 군세, 가자고!"

　"……아유, 알겠어요. 어쩔 수 없다니까. 함께 가줄게."

　"꽃밭도 진짜 컬러풀하고 원더풀…… 진짜로?"

　전 회보다도 에밀리아의 저항이 적은 느낌이 들어, 무심결에 생으로 놀라고 말았다.

　기대가 엇나간 스바루를 보고 에밀리아는 입술을 삐죽이더니, 가녀린 어깨를 움츠려 보였다.

　"그런 것 가지고 스바루가 내일부터 의욕을 내준다면, 맞춰줄게. 아유, 너무 어정어정 새버리면 안 된다."

　"안 해, 안 해, 전혀 안 해! 벌써부터 어떡하면 업무를 완벽하게 끝낼 수 있을지 영혼을 싹 불사르고 있을 정도야!"

　"이런 걸로 영혼이 다 타버려?!"

　스바루의 불타는 의욕에 에밀리아의 놀람이 겹치고, 이어서 둘이 함께 웃기 시작한다.

　한바탕 그렇게 웃은 다음, 살짝 끄덕인 에밀리아가 침대에서 엉덩이를 뗐다. 그녀는 스바루 옆을 지나쳐 창밖의 하늘을 쳐다보고 엷게 미소 지었다.

　"응, 오늘 밤도 별이 예뻐. 분명히 내일은 좋은 날씨일 거야."

　"──그래. 그리고 잊을 수 없는 날이 될 거야."

"또, 또 스바루는 그런 식으로……."

창틀에 등을 기대고 돌아보면서 에밀리아는 스바루의 너스레에 한마디 하려 했다. 하지만 에밀리아의 입술 움직임은 스바루의 표정을 보고 멈춘다.

──스바루의 표정이, 여느 때와 달리 진지한 것이 보였기 때문일 것이다.

"너무 느긋하게 있으면, 졸린 내가 에밀리아땅을 아침까지 안는 베개랑 착각해버릴걸."

"방금, 스바루가…… 으응, 아무것도 아냐."

"그렇게 여자애가 하던 말을 중단하면 남자 마음은 무지 불안해지는데."

의미심장한 태도를 추궁하지만, 에밀리아는 창문에서 떨어져 "아무것도 아─냐." 하고 스바루 옆을 귀엽게 통과. 그대로 문고리를 잡고 돌아본다.

"그럼 집사 스바루 군. 내일부터 똑바로 일할 것. 상은 노력한 아이만 받을 수 있으니까 상이랍니다."

가볍게 든 손으로 경례 비슷한 시늉을 하고, 미소를 남기면서 은발이 휘날린다.

스바루의 대답을 기다리지 않고 문밖으로 사라지는 은빛 그림자.

이미 손을 뻗어도 닿지 않는다. 방에는 사랑스러운 소녀의 잔향이 희미하게 맴돌 뿐이다.

그러나──.

"야, 야야야. 진짜냐. 나 참. 나 완전 의욕이 살아버렸군, 진짜로."

약속을 다시 주고받았다. 그리고 스바루는 다시 이날 밤에 도전할 수 있다.

4일째 밤을 넘어서, 5일째의 약속한 아침을 맞이하러 가기 위한, 아침까지의 여섯 시간.

"자, 승부해 보자고. 운명님아———."

8

바닥에 앉아 침대에 등을 기대고서, 스바루는 시시각각 날이 밝기를 학수고대하고 있었다.

차가운 바닥의 감촉도 두 시간 이상 앉아 있는 지금에는 거의 느껴지지 않는다. 다만 그 냉기가 필요하지 않을 만큼, 스바루의 몸은 각성의 극치에 있었다. 이유는 간단하다.

"이만큼 심장이 펄떡펄떡 뛰는 판에 잘 수 있는 놈이 어디 있겠냐."

심장 고동은 빠르고 높아 소리가 마치 귓전에서 울려대고 있는 것처럼 크고 날카롭다. 온몸에 피가 도는 감각이 예민하게 느껴져, 손끝이 저리는 아픔을 줄기차게 호소하고 있었다.

"에밀리아와의 약속이 이제나저제나 기다려져서 이 모양인가. 이봐, 이봐. 나란 놈은 소풍 가기 전에 잠 못 드는 초등학생이냐. 수학여행에서 늦잠 잔 기억이 나는군."

추억으로 기분을 풀려 하면서, 스바루는 몇 시간씩 쳐다본 하늘을 질리지도 않고 노려본다.

——긴 시간이다. 절실하게 느낀다.

아침까지는 네 시간가량. 졸음기는 눈곱만큼도 없지만, 무슨 일이 일어날지 마냥 경계 중인 상태면 신경이 못 버틴다. 습격 가능성을 감안하면 심심풀이를 하다가 집중을 흐트러뜨리는 건 당치도 않다.

따라서 계속 사고하는 것, 그것만이 스바루가 할 수 있는 행위였다.

이 나흘간. 다시 말해, 두 번째의 나흘간을 다시 되돌아본다.

맨 처음의 컨디션 불량과, 몇 가지 1주차와의 차이. 그것들이 오늘 밤까지의 노정에 준 영향은 크다. 하지만 한편으로 스바루의 기억에 남은 이벤트 태반은 통과했을 것이다.

단, 이는 루프의 원인을 회피하는 데 짚이는 데가 없다는 불안 요소를 남기고 있다.

에밀리아와의 관계는 양호. 람과 렘과의 관계도 좋아진 느낌은 들지만.

"그리고, 미련이 있다고 하면……."

오늘 밤, 베아트리스와 조우할 수가 없었다는 점이다.

전 회의 마지막 밤, 스바루는 아주 짧은 시간이지만 베아트리스와 만날 시간을 가졌다. 그것이 이번 회에는 빠졌고, 이를 제외하더라도 이번에는 베아트리스와 접촉한 시간이 적다. 혹독한 시간 관리에 쫓겨 이 나흘간은 거의 말을 나누지 못했다.

"전 회도, 얼굴만 보면 얄미운 말이나 주고받았을 뿐이지만……. 찜찜한 노릇이군."

베아트리스와 별다른 이야기를 한 기억은 없지만, 이 2회째 세계의 첫날. 루프 사실에 기력을 잃은 스바루의 마음이 구해진 것은 틀림없이 베아트리스가 있었기 때문이다.

내치는 것과 같은 평소의 태도에서야 스바루는 안도감을 느껴 회복할 수 있었던 것이다.

"인사라도 한 번 말해둬야 했을지도 모르겠어."

이 세계의 베아트리스에겐 짚이는 바도 없을 일이고, 말하면 말한 대로 싫은 티를 낼 거야 눈에 선했다. 하지만 그런데도 베아트리스 생각을 하는 스바루의 입술은 슬그머니 웃음을 띠고 있었다.

바뀌어봤자 그게 그거인 베아트리스와의 말다툼조차도, 머릿속에 떠올리면 웃음이 나는 기억이다.

내일을, 아침을 맞이할 수 있다면, 더더욱 하고 싶은 일들이 생긴다.

베아트리스뿐만이 아니라 람에게도 렘에게도, 로즈월에게마저 하고 싶은 말이 있다.

물론, 에밀리아에게 수없는 말을 다한 다음이 되는 건 용납해 주길 바라지만.

돌이켜보자니 웃음이 나온다. 전 회와 이번 회, 합쳐서 여드레 동안. 내심 해이해진 게 겉으로 나온 것인지, 아침까지 아직 세

시간 이상이나 있는데 눈꺼풀이 살짝 무거워지기 시작한 걸 느낀다.

"여기서 쳐잔다니 진짜로 농담거리도 안 돼. 온라인 게임 하고 있을 때랑은 다르니까……."

눈을 비벼 갑자기 솟구친 졸음기를 쫓는다. 하지만 수마(睡魔)가 한기까지 데리고 와서 무심코 몸서리치며 쓰게 웃고 만다. 양쪽 어깨를 그러안으며 체온을 높이고자 몸을 문지른다. 그러나 해도 해도 한기가 가시질 않는다. 그러기는커녕 졸음기는 점점 더하고 있다.

——낙관적으로 여기던 상황. 그 변화를 스바루도 눈치챘다.

시선을 주니 체육복 소매 안의 피부에는 우수수 닭살이 돋았고, 중심부로부터 퍼지는 냉기에 몸의 떨림이 멈추질 않는다. 비정상이다. 이 세계의 기후는, 현재는 원래 세계의 늦봄에서 여름 직전에 가깝다. 옷소매를 걷지 않으면 더운 날마저 있을 정도다. 그런데 어째서 지금 이가 덜덜 떨린다는 말인가.

"위험해. 설마 이거……!"

떨림에 한기가 아니라 공포를 느껴 스바루는 허둥지둥 바닥에 손을 짚는다.

하지만 떨림은 온몸으로 전파되어 팔이 몸을 지탱하지 못한다. 스바루는 당장에라도 무너질 듯한 무릎을 다그쳐서 일어났지만 오싹할 정도의 권태감에 구역질이 일었다.

"누, 누가……."

그토록 시끄러웠던 박동이 약해지고, 스바루는 힘겹게 호흡하며 방 밖으로 나간다.

　도움을 청하지만 목이 막힌 듯이 쉰 소리밖에 나지 않는다.

　어둑한 복도에 메마른 공기가 감돌고 폐가 산소를 거부하듯이 경련하며 발을 늦춘다.

　야단났다. 그 생각만이 스바루의 뇌리를 지배했다.

　자신의 몸에 무슨 일이 벌어지고 있는가. 구체적으로는 아무 것도 알 수 없다.

　그저 한 가지 알고 있는 것은, 지금 자신이 생명의 위협을 받고 있다는 사실뿐이다.

　스바루는 신음하며 뒤뚱거리는 발걸음으로 걷기 시작한다. 향하는 곳은 계단, 위층이다.

　한 걸음마다 영혼을 깎는 듯한 고통을 남기면서 익숙하게 지나다니던 통로를 나아간다.

　"하아…… 하아…… ."

　도착한 계단의 한 단, 한 단을 손발을 전부 사용해 오른다. 위층에 도착할 때까지 시간을 얼마나 들였을까. 그 생각을 할 기력조차 아끼며 기어가는 스바루는 복도의 최심부를 목표한다.

　몸의 내용물이 흐물흐물 녹아, 전부 한데 뭉쳐 뒤섞인 것 같은 불쾌감. 치밀어 오른 토사물이 입 끝에서 복도로 뚝뚝 떨어지고 눈물이 스바루의 안면을 더럽힌다.

　그런 추한 몰골로 기어가는 스바루의 뇌리에 있는 건 단 한 사람.

　——에밀리아. 에밀리아. 에밀리아. 에밀리아가 있는 곳에,

가야만 한다.

사명감이, 의무감이, 말로 할 수 없는 감정이 스바루를 떠밀어 움직이고 있었다.

자기 생명을 고집하는, 일종의 당연한 자기보신조차도 지금의 스바루에겐 없었다.

에밀리아가 거처하는 방을 목표로 기는 스바루의 숨소리는 이미 다 죽어가고 있었다.

팔로 몸을 끄는 힘이 부족해 벽에 몸무게를 실어서 몸을 미끄러뜨리면서 나아간다. 서서 걷는 일도, 인간으로서의 존엄도 잃은 모습은 보는 사람에게 연민 이상으로 혐오감을 품게 한다.

"——."

온몸이 나른하다. 호흡은 가쁘고, 쨍하고 날카로운 이명이 계속 울리고 있다.

때문에 스바루가 그 기묘한 소리를 깨달은 것은 아무 이유도 없이 단순한 우연이다.

——마치, 사슬이 우짖는 듯한 소리였던 느낌이 들었다.

"——으?"

다음 순간, 충격이 스바루를 튕겨 날렸다.

온몸이 세차게 흔들리고 바닥에 쓰러지려던 몸이 날아간다. 몇 번이나 지면에 바운드해 안면으로 바닥 청소를 하며 스바루는 자신이 뭔가 터무니없는 충격을 받았음을 깨달았다.

고통은, 없다.

그저 손발의 말단부터 배의 내용물까지, 모조리 다 셰이크된 것 같은 불쾌감이 있다.

"무슨, 일이……."

있었지? 라고 말하며 어떻게든 몸을 일으키려 지면에 손을 짚는다. 하지만 떨리는 팔은 지면을 잡아도 힘이 들어가지 않는다. 이상하다. 힘이, 밸런스가 잡히지 않는다. 오른팔이 이만큼 노력하고 있는데 왼팔은 뭘 하고 있나. 어디로 갔어.

영문 모를 짜증에 스바루는 제 구실을 못 하고 있는 왼팔을 노려본다.

──자신의 왼쪽 몸 절반이, 어깨부터 날아가 있는 것을 깨달았다.

"──아?"

스바루는 옆으로 쓰러지면서 결손된 왼쪽 몸 절반을 응시하고 멍청해진다.

왼팔은 어깨부터 날아가, 도려나간 상처로부터 대량의 피가 뿜어져 나와서 복도를 붉게 물들이고 있었다.

상처의 존재를 깨달은 직후, 고통이 번개처럼 스바루의 온몸에 내달린다.

이미 아프다고도 뜨겁다고도 표현할 수 없는 그것들은, 뭍에 오른 물고기처럼 펄떡이는 스바루의 목을 막고 절규할 여유조차 빼앗아 몸부림치며 뒹굴게 했다.

시야가 명멸한다. 붉고 노란 색의 빛이 교대로 깜빡이고 스바루의 의식은 저택에서 사라져버린다.

죽고 싶다. 죽고 싶다. 죽고 싶다. 죽고싶다죽고싶다죽고싶다

죽고싶다죽고싶다죽고싶다. 살아 있지 않다. 죽지 않았을 뿐. 이제 곧 죽는다. 이제 죽는다. 아무것도 모른다. 모든 게 다 멀다. 아무것도 떠올릴 수 없다. 전부 다 아무래도 좋다. 아무래도 좋으니까 죽고 싶다.

스바루였던 존재가 온 마음을 쏟은 그 소원은──.

"사슬, 소리가……."

또다시 희미하게 들린 소리를 마지막으로, 두개골이 바수어짐으로써 이루어졌다.

9

"──!!"

자신의 절규에 눈을 뜬다는 경험은 더할 나위 없이 심장에 나쁜 법이다.

이불을 내치며 각성한 스바루도 가쁘게 숨 쉬면서 그런 충동을 맛보고 있었다.

"외, 왼손…… 있어, 있구나."

뭔가를 잡으려고 하는 것처럼 왼손을 허공에 뻗고 있다.

뜯겨져 날아간 왼쪽 몸 절반은 건재하다. 오른팔로 껴안으며 그 사실을 확인하고, 스바루는 짧은 사이에 맛본 장절한 상실감에, 텅 빈 위장을 구토감으로 떨었다.

내장이 경련하는 감각에 휩쓸리면서 스바루는 부활한 왼손을 보았다.

손등에 상처자국은 물론 없다. 날아간 흔적도, 개에 물린 상처 자국도.

"또, 돌아와버렸어⋯⋯. 아니, 돌아올 수 있었다고 해야 하나⋯⋯."

상처자국의 소실은 스바루가 운명에 패배한 것을 의미한다.

시간을 역행해 온 것이다. 혹은, 설욕의 기회를 선사받았다고 해도 될까.

고개를 들어 스바루는 자기가 지금 몇 시의 어디에 있는지를 의식했다.

'사망귀환'의 경험을 통해 배운 바로는, 돌아온다면 '로즈월 저택의 첫날'이 예상한 세이브 포인트지만 확신은 없다. 또 다른 시간축일 가능성도 있을 만한 얘기다.

좌우지간, 우선은 시간의 확인을——그렇게 생각이 미쳤을 때다.

"아, 미안, 좋은 아침."

그제야 방 한구석에서 서로 부둥켜안고 스바루를 보고 있는 쌍둥이의 모습을 알아챘다.

의식불명이던 남자가 절규하면서 눈을 뜨면 그야 놀랄 만도 하리라.

분위기를 읽지 못하는 스바루의 인사에도 마치 작은 동물이 그렇듯 몸을 기대고 있는 두 사람은 대답하지 않는다. 스바루는 머리를 긁으며 어떡해야 할지 고심한다.

람과 렘, 두 사람은 스바루를 잊고 있을 것이다. 그것은 스바루의 가슴에 희미한 아픔을 불렀지만 그 아픔을 무시하고 스바루는 웃음을 꾸몄다.

우호적으로, 성의를 담아서.

그녀들이 전부 다 잊어버렸어도 스바루는 기억하고 있으니까.

"폐를 끼치고 말았습니다. 나츠키 스바루, 재시동합니다!"

침대에서 힘차게 바닥에 내려와 스바루는 손가락을 하늘로 쳐들며 포즈를 잡는다.

갑작스러운 기행에 쌍둥이가 놀라는 것도 개의치 않고 스바루는 포즈를 취한 그대로 묻는다.

"그런데 지금은 며칠 몇 시?"

──로즈월 저택, 세 번째의 첫날이 막을 열었다.

제4장 『어스름 질 때의 술래잡기』

1

──다시금 기억에 남아 있는 4일째 상황을 떠올리고 스바루는 결론짓는다.

"첫 회의 사인은, 자고 있는 동안의 쇠약사가 되겠군……."

아침을 기다리던 스바루의 몸을 덮친 것은 돌연 찾아온 견디기 어려운 졸음기와 한기였다. 온몸에서 체력과 정력을 빼앗은 그 감각은, 단기간에 스바루를 쇠약사시키기에 충분한 힘을 발휘했다.

잠들어서 무방비한 채로 같은 상태에 빠지면, 그야말로 영원히 잠에서 깨어날 수 있을 리 없다.

"단지, 사슬 소리가…… 좀."

쇠약에 관해서는 추측도 할 수 있지만 사슬 소리에 관해서는 완전히 항복이었다.

긴 사슬이 덧걸리는 특유의 금속음. 아마도 그것이 흉기이고, 스바루는 몸 절반이 도려져 나갔다.

상처 자국을 떠올리기만 해도 잃어버린 몸 절반이 저리듯이 아프다. 육체는 그 체험을 기억하고 있지 않은데도 영혼이 그 기억을 거절하고 있는 것이다.

"습격자가 있었다……라는 뜻인가. 쇠약과 사슬이 동일 인물인지는 모르겠지만."

이번 수확을 꼽자면 하수인이 있었다는 사실이 판명된 점뿐이다.

4일째 밤에 벌어진 로즈월 저택의 습격. 그 가엾은 희생자 리스트 중에 스바루의 이름도 포함된 것이다. 저택에 있는 다른 사람들의 이름은 어떤지 알 수 없지만.

"내가 실릴 정도라면 전원이겠지. 아마 장물 창고랑 똑같이 에밀리아의 왕선 관련일 테니."

그러나. 스바루는 거기까지 생각하고 머리를 움켜쥔다. 습격이 있으며, 노리는 게 에밀리아 일행이라는 건 간파할 수 있었다. 거기까지는 성공적이라 할 수 있다.

"하지만 그걸 안다한들 내 수중에는 설명할 수 있는 증거도, 미연에 막을 수단도 없어."

'사망귀환'의 까다로운 점은 죽기 전에 겪은 세계의 정보를 설명할 수 없다는 데에 있다 해도 좋다.

하물며 이번은 저택에 대한 습격의 예견이다. 로즈월에게 대책을 호소하는 거야 가능하지만, 그래서 습격자의 대응이 바뀌면 그 변화에는 대응할 수 없다.

그리고 습격자를 격퇴한다는 수단도 있기는 있지만, 스바루의 낮은 전투력과 상대의 전력을 알 수 없다는 점을 보면 선택지로서 아웃이다.

토하고 엉엉 울고 있더니 맞아죽었다는 게 전 회차의 간단한 줄거리다.

"스스로 생각해도 참담하기 짝이 없군. 덤으로 상대의 얼굴도 무기도 못 보고. 대놓고 개죽음이잖아……."

상대의 정체도 감을 잡을 수 없어서야 격퇴할 계획조차 꾸밀 수 없다.

팔짱을 끼고, 고개를 모로 꼬며, 스바루는 빙글빙글 방을 오락 가락한다. 그때.

"──죽도록 거추장스러우니까, 냉큼 그만두든지 날아가든지 선택해."

방 중앙. 스바루가 하는 원 운동의 중심이던 베아트리스가 진정 언짢은 듯 그렇게 말했다.

스바루는 험악한 표정의 베아트리스를 돌아보고 악의 없는 얼굴로 혀를 내민다.

"미안, 미안. 하지만 이렇게 머리 외의 부위도 회전시키면 신기하게도 머리 쪽도 핑핑 돌거든. 그러니까 너그럽게 봐줘. 나랑 네 사이잖아."

"베티하고 너하고 무슨 관계가 있는 것이야. 아직 두 번밖에 만나지도 않았어."

"그런 말 해도 마음은 정직하다고. 날 선뜻 방에 들여보내줬으면서."

"네가 맘대로 '징검문'을 깨트려댄 것이야. 정말로 믿을 수 없어."

변함없이 스바루에 대한 적의를 감추려고도 하지 않는 베아트리스. 그런 소녀의 태도에 또다시 위안을 받은 기분이다. 스바루는 아침에 깨자마자 금서고로 발길을 옮기고 있었다.

분간은 할 생각이지만, 역시 람과 렘 두 사람에게 초면 취급 받기는 괴롭다.

전 회와 달리 둘에게 양해를 구하고 방을 나왔지만, 매달릴 장소는 이곳밖에 있을 수 없었다.

"뭐 너한테 폐는 안 끼친다. 차라도 내놓고 느긋하게 있도록 해줘."

"그런 걸 내놓을 리 없는 것이야. 아아 진짜, 거추장스러워."

베아트리스는 자신의 롤 머리를 만지면서 짜증난 듯 입 끝을 일그러뜨린다.

그런 베아트리스를 보고 문득 생각난 점이 있었다.

"그러고 보니, 넌 겉보기는 그래도 마법사지?"

"마음에 들지 않는 말투인데. 어디에나 있는 2류랑 같이 취급 받으면 곤란한 것이야."

"······너, 친구 적지?"

"어째서 지금 얘기에서 그런 화제로 넘어가는 것이야!"

"아니, 나도 친구 없으니까 아는데, 너 그거 안 좋다. 그 나이부터 고자세 캐릭터 잡고 있다가는 나중에 고생한다고. 교정할 수 있는 동안에 교정해둬."

얼굴을 붉히는 베아트리스를 부추기면서, 스바루는 헛기침으로 자리의 분위기를 고친다. 수긍 못하는 표정의 마법사 베아트리스에게 스바루가 긴히 듣고 싶은 이야기. 그것은.

"상대를 쇠약하게 만들어서, 잠든 것처럼 죽이는 마법……같은 건 있어?"

스바루가 빠진 쇠약──그것이 독이나 병에 의한 것인가, 마법에 의한 것인가 확정하고 싶다.

그날 밤, 온몸을 덮친 오싹함과 권태감의 정체는 현재 마법이라고 의심 중이다.

돌발적인 전염병에 걸릴 계기가 눈에 띄지 않는 데다가, 발병하고 나서 몇 시간 만에 쇠약사시킬 정도의 병이다. 이세계라고는 해도, 그리 흔하게 있을 만한 일이라는 생각은 들지 않는다.

다음으로 독물에 의한 암살의 가능성도 고려했지만, 확실성이 지나치게 부족할 터. 스바루를 때려죽인 하수인이 있던 점도 포함하면 독과 직접 공격이 겹치는 건 명백히 부자연스럽다.

질문에 베아트리스는 눈썹을 찡그렸지만, 스바루의 태도에 슬쩍 어깨를 으쓱하고 대답했다.

"있는지 없는지로 따지면, 있어."

"있나."

"마법이라기보다 저주 쪽에 가까운 것이야. 주술사가 특기로 하는 술법에 그런 것이 많아. 음험한 주술사다운 방식인 것이야."

주술사라는 새로운 잡(job)에 스바루가 곤혹해하고 있으려니, 베아트리스는 손가락을 하나 세우고 강의한다.

"저주사──이 말이 변해서 주술사는, 북방의 구스테코라는 나라가 발상인 마법 및 정령술의 아종이야. 하기야 덜 되어먹은 것뿐이라 도저히 정상적으로 다룰 수 있는 것은 아닌 것이야."

"하지만 실제로 타인을 저주해 죽일 수 있는 거지? 어디가 덜 되어먹은 건데?"

"그게 덜 되어먹은 거지. ──용도가 타자를 해치는 것밖에 없어. 마나를 마주하는 법으로서, 이만큼 부아가 치미는 술사 놈들이 달리 또 있는 것이야?"

이 세계에는 주술에 대한 기피감이 뿌리 깊은지 베아트리스는 혐오를 감추려고도 하지 않는다. 스바루도 저주를 두둔할 이유라곤 없다. 지금은 더 정보를 원한다고 몸을 내밀며 뒷말을 재촉한다.

"그래서, 그 주술이란 거라면 방금 말한 것 같은 방법도?"

"가능하다고는 봐. 하지만 저주를 거는 것보다 더 간단한 방법도 있는 것이야."

"간단한?"

"넌 그걸, 몸으로 체험했을 텐데."

스바루가 고개를 갸우뚱하자 베아트리스가 여봐란 듯이 손바닥을 겨누며 매몰차게 웃는다. 어울리지 않는 소녀의 흉흉한 웃음과, 말의 참뜻으로 스바루는 대답에 도달했다.

"설마, 너…… 그 강제적인 마나 드레인이란 거, 죽을 가능성이 있었냐?!"

"마나는 생명력 그 자체이기도 한 것이야. 그걸 강제로 계속 빨아내면, 쇠약사시키는 것도 가능하지. 주술사 같은 놈들에게 기대기보다 훨씬 편하고 확실해."

"맨 처음…… 아니, 첫날이니 아까인가! 아까도 자칫하면 죽일 생각이었냐!"

"여기서 송장이 되면, 네 송장을 넘어가는 게 귀찮으니까 조절한 것이야."

"송장이라고 하지 마. 무슨 벌레인 것 같이 들리잖아!"

정말로 그런 정도로밖에 생각하고 있지 않은 듯한 눈으로 봐서, 스바루는 어째서 이곳을 안주의 땅으로 느꼈느냐고 자기 자신에게 의문.

"설마, 네가 날 죽인 거 아니겠지……."

"죽었더라면 이렇게 얘기하는 번거로움도 사라져 편했을 테지. 유감이지만 베티는 바빠서, 널 죽일 수고도 아까운 것이야."

두 손을 뒤로 돌려 뒷짐을 지고 스바루 옆을 빠져나가 서가 앞에 서는 베아트리스. 고스로리한 의상의 옷자락을 팔락이며 까치발로 선 소녀의 손은 그 키보다 약간 더 높은 장소를 노린다. 그때.

"이거면 돼?"

"……그 옆인 것이야. 냉큼 넘겨."

"예이, 예이."

뜻밖에 두꺼운 책을 서가로부터 뽑아 뾰로통한 얼굴의 베아트리스에게 건넨다. 받아든 베아트리스는 불만스러운 표정 그대로, 답례의 말도 하지 않고 방 안쪽의 접사다리에 앉았다.

　의자를 사용하는 것보다 편한 걸까. 몇 번이나 금서고에서 본 모습이다.

　"그건 무슨 책을 읽는 거야?"

　"방에 들어간 벌레를 쫓아내는 방법이 적혀 있어."

　"서고에 벌레 꼬이고 있나……. 최악이라고 그거. 어떤 놈이야."

　"검고 크고 눈매와 입이 나빠. 그리고 태도도 건방진 것이야."

　"그놈 참 특징 있는 벌레로군……."

　주변을 둘러보고, 가능하면 냉큼 퇴치해줬으면 좋겠다고 생각한다.

　스바루가 고개를 모로 꼬고 있으려니, 책을 내려다보고 있는 베아트리스가 한숨을 내쉬었다.

　"아직 무슨 용무가 있는 것이야? 아무것도 없으면 나갔으면 해."

　"아아, 어, 응…… 그래, 아까 말한 마나 쪽쪽 빠는 그건 아무나 다 할 수 있어?"

　"그 표현은 어처구니없다는 소리밖에 못하겠어. ……저택에선, 할 수 있는 건 베티랑 빠냐 정도지. 로즈월도 못하는 것이야."

　"헤에, 본인은 만능인 것처럼 말을 하던데."

　로즈월도 허세를 부리고 있었다는 뜻일까. 아니면 효과가 밋밋한 것에 비해, 마나 드레인이 뜻밖에 레어한 스킬이기라도 한 걸까.

"어쨌든, 너무 줄기차게 쪽쪽거리지 마라. 특히 나라든가. 진지하게 지금은 피가 모자라니까 덜컥 쇠약사한다고."

"아아, 배 속은 전부 되돌렸지만 피까지는 돌아오지 않았던 것이야? 하긴 베티도 그렇게까지 해줄 의리는 없어."

어깨를 으쓱여 보이는 베아트리스의 발언에, 스바루는 "응?" 하고 갸우뚱한다.

지금 문법이면, 아무래도 이상한 사실이 부상해버리는데.

"지금 말투면 왠지 내 상처 막은 게 너라는 느낌으로 들리는데, 에밀리아의 공을 가로채다니 성격 나쁘잖아?"

"그 반편이 계집애한테 치명상까지 다스릴 힘은 아직 없어. 빠냐와 계집애가 상처를 소강상태로 만들고, 베티가 치료했…… . 왜 그러는 것이야."

"아니, 레알로 무지 복잡."

생각지 못한 곳에서 밝혀진 스바루 생환의 뒷사정.

영락없이 뒷골목에서 상처를 치료받았을 때와 비슷하게, 스바루의 상처를 치료해준 사람은 에밀리아라고만 생각하고 있었는데.

의심스러움에 눈을 가늘게 떠봐도 알기 어려운 표정의 베아트리스에게 동요는 없다. 어지간히 배짱 두둑한 왕거짓말쟁이가 아닌 한, 사실을 말하고 있다고 봐도 될 것이다.

즉, 베아트리스는.

"배짱 두둑한 왕거짓말쟁이냐. 너 진짜 성격 최악이다!"

"남의 후의를 순순히 받아들이지 못하는 너도 어지간해!"

무례한 스바루의 말투에 베아트리스는 고함으로 받아치고, 드잡이질 직전으로 돌입한다.

하기야 최종적으로는 마법력에 나가떨어진 스바루가 거꾸로 뒤집혀 벽에 내동댕이쳐지는 결말이다.

벽에 부딪혀 상하반전된 스바루 앞에서 베아트리스가 긴 롤머리를 매만지며 말했다.

"슬슬 나가주실까. 이만하면 손의 떨림도 멎었고, 무서운 것도 덮을 수 있게 되었겠지."

"……들켰었어?"

"감추려고 했었던 것이야? 그렇게 편리하게 취급받는 것도 본의가 아냐."

베아트리스는 심드렁하게 코웃음 치며, 벌레를 쫓듯이 스바루에게 손을 설레설레 흔든다.

소녀의 말에 스바루는 얼굴 앞에 손을 들어 올린다. ──손끝은, 떨림을 잊고 있었다.

죽는 것도 통산해 다섯 번째가 되지만 결코 익숙해질 게 아니다. 오히려 횟수가 늘 때마다 죽음의 경험이 쌓여서, 죽음의 공포를 다시 맛보는 걸 상상하기만 해도 발이 얼어붙는다.

하물며 이번은 죽는 방법이 죽는 방법, 참살(慘殺)이다. 돌아온 스바루의 마음이 절망으로 삐걱거리는 바람에 손끝과 발에 용기가 미치지 않는 걸 두고 누가 책망할 수 있을까.

"라는 변명 타임도 종료인가. 나한테 착하지가 않아, 정말."

탄식을 마지막으로 남기고 일어선 스바루는 금서고의 문을 잡았다.

고개를 돌려 스바루 쪽을 보고 있지도 않은 베아트리스에게 쓴웃음 짓는다.

"신세 졌다. 하지만 고마워. 또 부탁하마."

"다음은 더 뭉텅 마나를 받을 것이야. 그러니까 더 이상 오지 마."

고개 숙여 책을 보며 쌀쌀맞은 어조로 내친다. 베아트리스의 그 자세에 떠밀리는 기분이 들어 스바루는 문고리를 비틀고 '징검문'을 빠져나간다. 그리고——.

"그 전에 너, 아까 말한 벌레 혹시 나 말하는 거야?!"

"냉큼 나가버려, 확 날아가고 싶은 것이야?!"

확 날아가고 '징검문'이 시행되었다.

2

"어, 저, 괜찮으냐고 물어도 돼?"

"그 다정한 마음씨만이 내 힐링이야. 이거 진짜. 아무 거짓 없이."

정원에서, 스바루는 내려다보고 있는 은발 소녀에게 그렇게 말하고 어깨를 축 늘어뜨렸다.

베아트리스의 마법력에 튕겨 '징검문'으로 강제적으로 전이

된 스바루는 정원의 2층 테라스의 창문에서 사출되어 화단으로 전락했다. 하마터면 사인 · 말다툼이다.

"계속해서, 나를 죽인 게 저 녀석일 거라는 설이 유력해져 가는군……."

"그 화단, 어제 램이 동물의 분변을 비료로 뿌렸었는데……."

"으어어와아아, 3초 룰——!!"

3초는커녕 족히 30초는 박혀 있던 화단으로부터 뛰쳐나와, 미묘하게 거리를 벌린 에밀리아 앞에서 스바루가 진흙과 어쩌면 진흙 말고 다른 걸로 더럽혀진 옷을 필사적으로 털었다.

"노 카운트! 노 카운트 맞지! 어제 얘기고, 정화되었겠지?!"

"저기 말이야, 모르고 밟는다면 운이 좋다는 속설이 있는데."

"벌써 에밀리아땅이 위로 모드로 이행하고 있어!"

울상 지으며 소매를 터는 스바루를 불쌍하게 여겼는지, 에밀리아가 그 단정한 얼굴에 쓴웃음을 새기더니 가슴의 펜던트를 손가락으로 살짝 건드렸다.

"——팩, 일어나봐."

녹색의 결정이 에밀리아의 부름을 빌미로 옅게 빛나기 시작한다. 빛은 차츰 자그마한 윤곽을 맺고, 이윽고 작은 고양이의 형상을 맺어 에밀리아의 손바닥 위에 출현시킨다.

새끼고양이는 자그마한 몸을 힘껏 뻗어, 마치 하품이라도 하는 듯한 시늉을 했다.

"으음——, 안녕, 리아. 아, 그리고 스바루도 일어났구나."

"안녕, 팩. 깨자마자 느닷없지만, 스바루의 몸 좀 씻어줄래?"

한쪽 눈을 감으며 조르는 에밀리아의 모습에, 무심코 스바루 쪽이 넋을 잃고 본다. 딸의 부탁에 팩은 고개를 돌려 스바루의 진흙투성이 모습을 보고는 납득한 듯이 끄덕였다.

"그럼 씻는다ㅡ. 얍!"

"씻는다ㅡ라고 가볍게 말해도…… 으에익?!"

내지른 팩의 양손을 기점으로 푸른 광채가 펼쳐지고ㅡㅡ그 직후, 빛이 대량의 물이 되어 어마어마한 기세로 스바루의 몸 절반을 직격, 이 세상의 부정을 한 번에 떠내려 보낸다.

"홍수 터졌냐ㅡㅡ!"

"이크크, 밸런스가 안 좋아."

몸 절반에 물을 뒤집어서 빙글빙글 도는 스바루의 몸을, 쓸데 없는 신경을 써준 팩이 물의 각도를 조정해 역회전으로 만든다. 오른쪽, 왼쪽. 저항도 못하며 돌리고 돌려진다.

"자, 깨끗해졌네. 잘됐다."

"노, 농락당한 나의…… 이, 마음은…… 어떠거러러러럽."

눈이 핑핑 돌아 물에 잠긴 잔디 위에서 그로기인 스바루. 젖은 소매로 얼굴을 닦으면서 쭈글쭈글한 상태로 어떻게든 일어섰다.

"지나친 서슬에 팔이 떨어지는 줄……. 야, 설마 진짜로 너희 가 범인인 건 아니겠지?"

"뭘 의심하고 있는지 모르겠지만 나 유감스럽네. 툴툴……. 우냥!"

공중에서 둥실둥실 뜨면서 화난 시늉의 새끼고양이. 그 조막만 한 얼굴에 딱밤을 때려 넣어 비명을 지르게 한 다음 스바루는 에밀리아를 다시 돌아보았다.

　어쩐지 여태까지 중에서 제일 별 보람 없는 재회가 되고 말았다. 사실은 결사의 상태에서 부활한 스바루를 에밀리아가 눈물 지으면서 맞이하는 감동의 장면이었을 터였건만.

　이 상황을 타개하기 위해선 우선 무슨 말을 해야 할까——.

　"풋."

　"흐잉?"

　"아하하! 참, 미안, 못 참아. 아하, 후후후후! 아유, 둘이서 뭐 하는 거니…… . 아아, 배 아파. 세상에, 나 죽어."

　느닷없이, 견디지 못하고 웃기 시작한 에밀리아 앞에서, 불안이 싹 날아가버렸다.

　젖은 생쥐가 된 스바루를 가리키며, 에밀리아는 고운 얼굴 가득 희색을 새기며 웃고 있다. 예상외의 반응에, 스바루는 자기 머리 옆에 떠 있는 팩과 얼굴을 마주 보았다.

　"일단, 처음의 나쁜 인상은 만회! 어시스트 감사합니다, 아버님!"

　"누가 아버님이냐. 그렇게 간단히 딸은 못 줘!"

　스바루의 넉살 좋은 발언에 가슴을 떡 젖힌 팩이 거들먹거리며 단언한다.

　그 소리를 듣고 다시 에밀리아가 크게 웃는 소리가 정원에 터졌다.

3

"람과 렘이 정원에 갔다고 했는데, 좀 늦는다~라고 생각 중이었어."

에밀리아는 웃음을 그치고 정원 끝에서 스바루를 바라보며 그렇게 얘기했다.

에밀리아의 눈에는 아직도 눈물이 웃음의 잔재로 남아 있기에 이를 훔치면서 하는 대화다. 폭소를 들은 스바루는 약삭빠르게 손안의 팩을 갖고 놀면서 말했다.

"헤에. 늦는다~라고 생각해주었단 말은, 기다리고 있어주었다고 생각해도 되남?"

"어, 응, 아닌데? 확실히 답례를 해야겠다는 생각은 했고, 섣불리 내가 움직였다가 엇갈리긴 싫기도 했지만, 이곳에 남은 이유는 우연이야."

"그래. 우연이야, 스바루. 이것저것 이유를 달아 내 털 고르기를 오래 끌기도 하고, 미정령 상대로 같은 얘기를 몇 번이나 해서 녹초로 만들기도 하고…… 그것들도 다 우연이래."

변함없이 얼버무리는 데 젬병인 에밀리아의 자폭을 팩이 한층 더 유폭시킨다.

"아유! 팩?"

"솔직해지면 좋을 텐데. 리아는 그 부분이 귀엽지만……. 스바루도 그렇게 생각하지?"

"완전 생각해! 에밀리아땅의 모든 게 다, 내게는 빛나는 일등성이야!"

"스바루까지 놀려먹는다니까……. 그리고 그 땅은 뭐야? 어디서 나온 거야?"

슬슬 정기적인 대화가 되어가고 있는 호칭에 대한 의문.

전 회까지는 구렁이 담 넘어가듯 에밀리아가 받아들일 때까지 방치해왔던 화제지만, 스바루는 턱에 손을 대고서 못된 웃음을 지으며 구슬려 보기로 했다.

"이건 이른바 애칭이라는 거지. 팩이 에밀리아땅을 리아라고 부르는 것과 비슷하게, 친한 두 사람의 관계를 나타내는 일종의 애정 표현이야."

"……나, 스바루와 그렇게 친해졌단 기억은 없는데."

"은근슬쩍 상처 받을 발언이지만 꺾이지 않는 나. 선불이라고 생각해줘. 나는 이렇게 에밀리아땅을 애칭으로 부를 수 있는 관계가 될 만큼 친해지고 싶다는 뜻. 오케이?"

적어도 며칠 뒤의 밤에는 그 호칭을 용납해줄 만큼 관계가 깊어지고 싶다.

스바루의 막무가내식 주장에 에밀리아는 놀란 표정을 짓더니, 살짝 뺨을 붉혔다.

"응……. 알았어. 그걸로 납득해드리겠습니다. 아이, 잠깐 이쪽 보지 마."

"어라? 뚱할 줄 알았더니 반응 나쁘지 않네? 어찌 된 일이야? 해설을 맡은 팩 씨."

"우리 딸 친구 적으니까. 별명 같은 것에 굶주려 있거든. 쉬운 여자지."

"내 메인 히로인 쉬운 여자구나!"

얼굴을 돌린 에밀리아 어깨 위에서 수염을 손질하고 있는 팩의 대답에 스바루가 놀랐다. 오르기에 험준한 벽인 줄 알았는데 뜻밖에 발 디딜 곳이 많다고 깨달은 기분이다.

"하지만 신분 차이는 여전하고 말이지…… . 귀족 제도 같은 걸 좀만 더 자세하게 조사해야겠군."

"우…… 어쩐지 엄―청 나한테 본의 아닌 얘기 중이지 않았어?"

"E · M · P(에밀리아땅 · 무지 · 프리티)라고 합의에 이르렀을 뿐이야. 오?"

에밀리아의 추궁을 허튼소리로 피하고, 문득 저택을 돌아본 스바루의 눈이 가늘어진다.

"람과 렘……이네. 아침 식사 시간에는 아직 좀 남았을 텐데……."

에밀리아가 스바루의 시선을 좇아 저택에서 나온 쌍둥이를 발견하고 고개를 갸우뚱한다. 은발이 햇빛을 받는 것을 눈에 새겨 두면서, 스바루는 이벤트의 진행을 확인.

로즈월 귀환의 타이밍이다. 스바루 일행 앞으로 온 쌍둥이가, 동시에 머리를 숙인다.

"당주, 로즈월 님께서 돌아오셨습니다. 모쪼록 저택으로."

몇 번 들어도 홀딱 반할 스테레오 음성이다.

에밀리아가 두 사람에게 끄덕이는 모습을 보면서, 스바루는 그 자리에서 몸을 굽혔다 편 다음 쌍둥이 쪽으로 돌아선다. 그러자 람과 렘 두 사람은 현재 스바루의 모습을 위에서 아래까지 바라보고 얼굴을 기댄다.

"언니, 언니. 잠깐 보지 못한 새에, 손님이 진흙 범벅의 젖은 생쥐가 되었어요."

"렘, 렘. 잠깐 보지 못한 새에, 손님이 오물로 뒤범벅이 되어서 더러운 걸레야."

"그 소리 안 들어도 시궁창 쥐가 된 거 다 알아. 내 체육복, 어디 있어?"

스바루는 신랄한 두 사람의 코멘트에 쓰게 웃으며 대꾸하고, 저택의 경관을 올려다보았다.

갈아입고 몸가짐을 정돈해서, 다시금 로즈월과 마주 보기로 하자.

──이번 회는, 전 회까지와 다른 방식으로 접근해볼 작정이니까.

4

──실질적으로 세 번째가 되는 로즈월 저택의 1주일.

그 세 번째 루프인 이번 회차에서 스바루가 중시한 점은 오직 정보 수집이었다.

"키워드는 마법과 사슬이지만……. 이걸로는 아직 아무것도 몰라."

알고 있는 건 4일째 심야에 누군가의 습격이 있다는 사실뿐.

현시점에서 이 정보를 로즈월과 다른 사람들에게 공개해도 무턱대고 무시하진 않을 것이다. 다만 스바루는 정보의 출처를 설명할 수 없다. 까닥하면 스바루 또한 적대하는 자객의 한 패거리라며 의심할 수도 있다. 하다못해, 습격자의 키와 몸집만이라도 알면 얘기는 달랐겠지만.

"그러니까 이번에는 아예 정보 수집이라고 구분 짓는다. '사망귀환'의 조건이 저번과 같다면……."

왕도의 루프에서는 세 번 사망해, 네 번째에 돌파할 수 있었다. 그 전제가 맞는다면, 앞으로 한 번은 돌아올 수 있을 것이다. 이번 회차의 정보를 살려서, 네 번째에 세계의 돌파를 달성한다.

"솔직히 처음부터 포기하고 있는 것 같아서 택하고 싶진 않은 작전이지만……."

그러나 취할 수 있는 수단이 한정된 이상, 이러한 희생을 치를 각오는 필요하다. 그리고 애초에 버리는 회차라고 내던질 작정은 털끝만큼도 없다. 재시도할 각오와 처음부터 포기하고 도전하는 것하고는 사정이 다르다. 가능하다면 이번 회차에서 루프를 벗어나는 것도 염두에 두고 있다.

"그러기 위해서, 팩에겐 넌지시 에밀리아를 지키도록 전달해 두었고 말이지."

정원에서 한창 노닥거리는 중에, 스바루는 슬쩍 팩에게 에밀리아의 신변에 주의하라고 귀띔하고 있었다. 상대의 감정을 읽을 수 있는 새끼고양이는 스바루의 진지한 말에 거짓은 없다고 생각해준 듯하다.

"여러모로 애매한 얘기지만, 리아를 적정하고 있는 건 확실한 모양이니까."

스바루가 억지스럽게 얘기를 진행해도 그렇게 관용적인 태도로 받아주었다.

이걸로 에밀리아의 안전은 어느 정도 확보할 수 있다고 봐도 될 것이다.

깊은 추궁도 없었고 어깨의 짐을 내릴 수 있어 한시름 놓는다.

"나머지는 로즈월과 그 로리에게 넌지시…… 넌지시라니, 무슨 수로."

벅벅 난폭하게 머리를 쥐어뜯고, 깃털 펜을 코 밑에 끼우며 등줄기를 편다.

버티고 있는 난제가 많아서 머리가 아프다. 그런데도 가능한 한 있는 수단을 다 쓰는 것이다. 가능하다면 람도 렘도, 물론 로즈월과 베아트리스도 무사히 4일째를 극복할 수 있기를 바란다. 산봉우리의 높이가 도전하지 않을 이유가 되지는 않으니까.

"집중력이 모자란데. 어떻게 해야 할까…… 음."

"실례할게, 손님."

의자 등받이에 몸무게를 실어 삐걱거리는 소리를 울리고 있을 때, 밖에서 말이 들렸다.

스바루의 대꾸보다 먼저 문을 열고 모습을 보인 것은, 분홍 머리의 메이드——람이다.

　람은 손에 김이 오르는 컵을 실은 쟁반을 들고, 책상 앞의 스바루를 보자 눈썹을 치켜들었다.

　"어머. 정말로 공부하고 있구나, 손님."

　"너, 완전 실례로군. 나 명색이 현재 저택의 손님이라고요."

　"식객이라는 이름의 더부살이. 그렇게 인식 중이야, 손님."

　람은 주눅 든 기색도 없이 방으로 밀고 들어와 찻잔을 나누기 시작한다.

　스바루는 그 작업을 옆에서 바라보면서 람의 말투에 쓴웃음을 감추지 못했다.

　식객, 아니 더부살이——그 표현이 너무나도 정확하게 여겨졌기 때문이다.

　"드셔 봐, 손님."

　"오, 고마워. 아뜨아뜨아뜨."

　받아든 컵 안을 내려다보자, 호박색 액체가 김을 피우며 파랑을 일으키고 있다. 이 세계의 차는 겉보기와 맛 모두가 홍차에 가깝다. 좋은 향기를 즐기는 점도 같다.

　람의 태도는 쌀쌀맞지만 이렇게 차를 타는 예법은 묘하게 모양이 나고 있었다.

　스바루는 람의 세련된 몸짓을 지켜보고, 내준 차를 천천히 맛보고서 끄덕인다.

　"응……. 역시 맛없어."

"저택에서 내놓은 최고급 찻잎에다 벌 받을 만한 감상이네."

"쓴 건 쓴 거지. 안 되겠어. 역시 난 홍차는 풀잎이라고밖에 안 여겨져. 식물 맛이 나."

람은 얼굴을 찡그리는 스바루를 차가운 눈으로 보고, 당연한 듯이 들고 온 자기 몫의 컵을 들고 스스럼없이 침대에 앉아 발을 뻗는다.

"손님 앞에서 당당히 땡땡이라니, 네 똥배짱에는 할 말도 없군."

"더 편하게 대하라고 처음 자리에서 말한 건 손님 쪽이잖아? 람도 요망에 응하고자 일부러 이렇게 행동하고 있는 거야. 감사해주길 바랄 정도로."

"이렇게까지 시원시원하게 적반하장이니 반대로 신선하다."

서로 밉살스러운 소리를 주고받으면서, 스바루는 만세하며 의자의 등받이를 크게 삐걱거린다. 그 소리를 들으면서 홍차로 입술을 축인 람이 휙 곁눈질로 스바루를 보았다.

"그래서, 이틀 뒤에 나가는 손님은 진도를 좀 봤어?"

참 직설적으로 다 묻는다고, 스바루는 무심코 작은 쓴웃음을 띠었다.

──이 3회째의 루프가 시작되고, 벌써 사태는 2일째 밤에 들어가 있다.

이번 3회째 루프에서 스바루의 저택 내 입장은, 여태까지와는 돌변해 빈객 대우다. 그도 그럴 것이다. 맨 처음의 아침 식사 자리에서 스바루가 그러기를 바랐으니까.

빈객 대우를 요구한 이번 회차. 스바루는 객실을 받고 렘과 람의 시중을 받으면서 전 회에 시작한 문자 습득 공부를 계속하고 있다.

──그것도 모두 다 뒤탈 없이 한 번 저택에서 떨어질 이유를 만들기 위해서.

내심으로 앞날의 구상을 가다듬으면서, 손끝에는 다른 의식이 작용하는 것처럼 '이 문자'를 계속 베껴 쓰고 있다. 기분 나쁠 만큼 기계적인 움직임이라 머릿속에 도통 들어오지 않고 있지만.

"그 넋 나간 얼굴은 집중하고 있어서 그래? 아니면 평소부터 챙기고 있는 자기 소유물?"

"문학청년 일직선인 지금의 나를 보고서 용케도 그런 말을. 딴 데 눈 돌리지 않고 책상 앞에 앉은 내 등을 보고, 저도 모르게 뀨웅하지는 않아?"

"성품이 모자란 발언, 그리고 이 지저분한 글씨. ──문학청년이 듣고 기가 막히겠어, 손님."

"난 이제껏 너만큼 손님이란 단어를 그냥 갖다 붙이기만 하는 메이드는 본 적이 없어."

스바루의 원망스러운 의견을 상쾌하게 무시하고, 람은 문자로 채워진 페이지를 팔락팔락 흥미 없는 듯한 표정으로 넘기고 있다. 표정이 변하지 않는 람의 옆모습을 노려보면서, 이렇게 거리를 좁혀오는 태도에 납득이 가지 않는 느낌을 받지 않을 수 없었다.

사용인 대우였던 전 회까지와 다르게, 이번에 람과 렘과의 접점은 적다. 정말 에밀리아를 쫓아다니는 시간 말고는 이렇게 방에 틀어박혀 문자의 받아쓰기에 쫓기고 있다. 가끔 착실하게 베아트리스를 놀려먹으러 가고는 있지만.

　그러니까 람과 렘 두 명과는 사용인과 손님의 거리감으로밖에 접촉하고 있지 않다. 그런데도 람은 이따금 이렇게 짬을 내서는 스바루의 방을 찾아와 스바루와 마음을 터놓을 수 있는 친구 같은 말을 나누고선, 시간을 보내고 간다. 그것이 이상하기 짝이 없었다.

　"람을 빤히 쳐다보며 능욕하는 건 그만둬줘. 따귀를 때릴 거야, 손님."

　"내가 머릿속에서 핑크빛 망상하는 건 에밀리아뿐이야. ……어, 그렇지."

　어색한 기분을 얼버무리듯이 눈을 피한 방향에 적갈색 책등의 책이 놓여 있다. 주워든 그 책은 참고서로 취급하는 동화집으로, 점점이 박힌 문자들도 슬슬 이해가 된다.

　"즉, 때는 무르익었다는 뜻이지. 슬슬 면학의 성과도 실감하고 싶고."

　"알지 못하면 망신을 당할 만한, 그런 상식적인 이야기들뿐이야. 문학청년인 체할 거면, 이 정도의 이 문자는 파악해뒀으면 좋겠네."

　"내가 문학청년인 체했던 게 그렇게나 거슬렸어?"

　람은 스바루의 그 물음에는 반응하지 않고, 책상 위에 남아 있던 컵을 기울여 목으로 넘긴다. 그것은 스바루가 마시던 것이었지만.

"이보셔, 급사가 날라 온 차를 다 마신다는 소리는 들은 적도 없다."

"어차피 맛없다는 얼굴로 마실 거니까 필요 없잖아. 차 입장에서도 기왕이면 멀쩡한 혀를 갖고 있는 상대 쪽이 기쁠 테고."

"그러니까 풀잎 맛이 난다고 감상 말했었잖아……. 아아, 그냥 됐어. 난 책에 몰두할 테니 돌아가든 대충 시간 죽이든 맘대로 하고 있어."

아무렇게나 손을 내저은 다음, 스바루는 의자에 기대고 동화집을 펼쳤다. 맨 처음에 작가 서문과 목차 페이지가 있고 본문으로 들어가는 흐름은 낯익은 책의 서식을 따르고 있다.

"어어, 음, 어디어디……. 옛날 옛적에."

역시 어느 세계에서도 옛날이야기를 시작하는 법은 이게 딱이란 느낌이라며 묘한 수긍을 하면서 이야기를 읽어나간다. 동화 아니랄까 봐 이야기의 기승전결은 매우 명쾌하고 간결. 아이들이 알기 쉬운 것을 우선하고 상상의 여지가 많은 점 등 딱 동화다.

"교훈 같은 전개가 많은 것도 똑같군. 고스란히 울어버린 빨간 오니(赤鬼) 비슷한 동화도 있고."

참고로 스바루가 옛날이야기 가운데 제일 좋아하는 것이 '울어버린 빨간 오니'다. 제일 싫어하는 옛날이야기를 물어도 '울어버린 빨간 오니'라고 대답한다.

제일 좋아하고 제일 싫어하는 이야기가, '울어버린 빨간 오니'다.

"배드 엔딩도 비터 엔딩도 엿 먹어라 이거야. 전부 행복한 거면 뭐 어떻다고."

"감흥 있는 감상을 말하고 있을 때 미안한데, 다 읽은 거야?"

"다 읽었어. 상식의 미묘한 감각 차이를 즐길 수 있어서 뜻밖에 재미있더라. 뭐랄까, 그야말로 이문화 교류한 느낌. 나도 고향의 옛날이야기 몇 가지 수입해볼까. 울어버린 빨간 오니라거나."

"울어버린 빨간 오니……?"

이세계의 저작권 문제를 고려하는 스바루의 중얼거림에 람이 동요한 듯 눈꺼풀을 떠는 반응. 보기 드문 람의 반응에 스바루는 "헤에." 하고 눈썹을 치켜들면서 말했다.

"고향에 그런 제목의 옛날이야기가 있거든. 뭐하면 얘기 들려줄까?"

손가락을 세운 스바루의 제안에 람은 말이 없다. 다만, 침대에 앉은 채로 무릎에 손을 올리고 시선을 스바루에게 돌리는 몸짓이, 이야기 뒤를 재촉하는 마음을 표명하고 있다.

"그럼 경청해주시길. '울어버린 빨간 오니'. 옛날 옛적, 어느 나라에……."

상투적일 대로 상투적인 문구로부터 시작된 옛날이야기 '울어버린 빨간 오니'는 인간과 친해지고 싶은 빨간 오니와 그 친구인 파란 오니가 엮어내는 우정 이야기──그렇게 말해도 문제없는 얘기다.

산에 사는 오니 두 명은 마을 사람과 빨간 오니가 친해지기 위해서 여러모로 시행착오한 결과, 마을에서 나쁜 짓을 저지르고 있는 파란 오니를 빨간 오니가 응징해 빨간 오니와 마을 사람과의 도랑이 없어져 친해진다는 결말을 맞이한다. 이야기 마지막에 파란 오니는 없어지고 빨간 오니는 없어진 파란 오니가 보여준 우정에 허물어져, 파란 오니를 위해 눈물을 흘린다. 그런 이야기다.

"빨간 오니는 파란 오니의 집 앞에 남은 편지를 몇 번이나 읽고, 눈물을 흘렸습니다…… 끝."

간략하기는 하지만, 스바루는 그런 옛날이야기를 람에게 끝까지 들려주었다. 스바루 본인이 몇 번이나 거듭해 읽은 이야기다. 사견이 들어가지 않도록 주의해서 이해가 잘되도록 들려줬다고 생각한다.

이야기를 듣던 람은 눈을 내리깔고 있었다. 스바루는 얘기를 마쳤을 때와 같은 자세로 그런 그녀가 입을 열기를 기다리고 있다. 이윽고, 람은 자그맣게 숨을 내뱉었다.

"……슬픈, 이야기야."

나직하게 꺼낸 람의 말에 스바루는 끄덕였다.

"그렇지. 하지만 나는 다정한 이야기라고도 생각해."

"람은 등장인물들이 순 바보뿐이지 않느냐고 생각해. 빨간 오니나 파란 오니나, 마을 사람이나."

"그건 또 뭐랄까, 혹독한 감상인데. 아니, 나도 부정은 할 수 없다마는."

삼자 모두 다 생각이 모자란 건 사실이라고 생각한다. 속고 있었을 뿐인 마을 사람은 또 몰라도, 오니 두 명은 대화를 더 나누었으면 더 나은 타협점을 바랄 수 있었을 것이다. 적어도 이 두 명 사이에 영원한 이별이 방문할 필요라곤 없을 미래가 틀림없이 있었을 터인데.

　　"그래서 난 이 이야기가 아주 좋고 아주 싫더라고. 파란 오니의 자기희생은 끝내주게 멋지만, 끝내주게 보답받지 못해서 바보지. 난 노력한 몫만큼 보답받고 싶다는 타입이라."

　　"손님은 파란 오니 쪽을 그렇게 생각해? ……하지만 람은, 빨간 오니 쪽이 구제불능이라고 봐."

　　람의 대답에 스바루는 얼굴을 든다. 람은 스바루 쪽에는 눈길을 주지 않고 입술을 깨물며 말했다.

　　"자기 소망에 파란 오니를 끌어들이고, 그 결과 자신은 아무것도 잃지 않고 파란 오니가 잃게 만들었을 뿐. 이런 지독한 결과가 없어. 적어도 람 생각은 그래."

　　"그럼 넌 오니 두 명은 어떡하면 좋았을 것 같은데?"

　　"……빨간 오니는 진심으로 인간과 친해지고 싶었다면, 뿔이라도 부러뜨리고 인간 마을에 내려갔으면 됐지. 파란 오니를 만나지 못하게 되기 전에 제 살을 깎아야 했어."

　　"건 또 꽤나 극단적인 의견이군, 어이!"

　　너무한 의견이 나오는 바람에 스바루는 소리를 질렀지만, 람은 "그래?" 하고 동요한 기색도 없이 자신의 짧은 머리카락을 살그머니 어루만지고, 머리고정용 리본을 만지작거리면서 말을 이었다.

"뭔가를 얻기 위한 대가를 파란 오니더러 지불하게 만들다니 논외야. 소망한 쪽이 빨간 오니라면, 상처 입는 것도 의당 빨간 오니여야 해. 그 기회를 빼앗은 파란 오니 역시 문제가 있다고 는 해도."

"엄격하신 견해셔. 너, 오니한테 무슨 원망이라도 있는 거냐."

"──손님은, 오니 두 명 중 어느 쪽이랑 친해지고 싶어?"

"오니, 두 명 중?"

람의 물음에 스바루는 눈을 깜빡인다. 그 질문은 생각해본 적이 별로 없다.

람은 끄덕이고 두 손을 스바루 쪽으로 뻗어 각각의 손가락을 하나씩 세워 보인다.

"소망하기만 하지 뒤치다꺼리는 남에게 맡기는 빨간 오니와, 자기희생에 빠져드는 바보 같은 파란 오니, 어느 쪽?"

"참 또 뭐랄까, 아 다르고 어 다른 투로 이지선다를…… 게다 가 난 마을 사람이라는 참신한 설정이냐."

'울어버린 빨간 오니'로 토론한 적도 없지만, 마을 사람 입장에서 사물을 따져보는 건 더 드물다. 어쨌든 스바루는 내밀고 있는 람의 양손을 응시하고 잠시 망설이다가, 움직였다.

"……재미없는 답."

"그렇게 말하지 마라. 내가 '울어버린 빨간 오니'를 읽은 적이 있는 이상, 양쪽 손 모두 잡고 싶다고 생각해버리는 게 인정이란 법이잖아."

뻗은 스바루의 양손이 람의 양손을 슬쩍 누른다. 스바루의 답변에 람은 한탄하듯이 숨을 내쉬고, 손이 닿는 거리에 있는 스바루를 노려보며 말했다.

"한쪽은 자기본위고, 한쪽은 타인본위. 과도하면 양쪽 다 옆에 두고 싶지 않은 부류야."

"과도하면 말이지. 그건 가까이 있는 녀석이 가르쳐주면 되지 않아? 친해지고 싶다고 생각한 빨간 오니도, 그걸 도와주고 싶다고 생각한 파란 오니도 나쁜 녀석들은 아닐 테니. 난 섬에 틀어박혀 있는 오니를 다짜고짜 무찌르는 정의보다 이런 오니 쪽을 좋아했더랬지."

스바루가 뺨을 말아 올리자, 람은 탄식하며 잡힌 손가락을 풀고 자기 양손을 본다. 손이 뿌리쳐진 스바루는 어깨를 으쓱이고 의자에 도로 앉아 다시 람 쪽으로 돌았다.

"그래서, 람 씨 입장에선 마음에 드셨습니까? '울어버린 빨간 오니'는."

"양쪽 모두와 친해지고 싶다니, 손님은 바람둥이 기질에 우유부단해. 언젠가 후회할 거야."

"그런 이야기가 아니었다고 기억하는데요?! 오니 이야기랑 스리슬쩍 바뀌지 않았어?"

스바루의 외침에 람은 고개를 가로젓고, 작게 손뼉을 쳐서 그 이야기를 끝내려 든다. 이상하게 성급한 태도가 마음에 걸렸지만, 그걸 말로 하기 전에 람이 책상 위의 책을 가리키고 선수를 쳤다.

"손님 고향의 옛날이야기는 차치하고……. 이쪽 이야기 중에, 인상에 남은 것은?"

"그래, 보자……. 신경 쓰이던 건 역시 이 한중간에 있던 드래곤의 이야기랑, 권말의 마녀 이야기겠지. 암만 생각해도 이 두 가지만 특별 기준이고."

팔락팔락 동화집을 넘기고서 스바루가 대답한다. 이 책 안에서 스바루의 인상에 가장 강하게 남은 게 그 두 편이다. 한쪽은 그야말로 격이 다른 취급. 그리고 또 한쪽은 마치.

"마녀 이야기는 뭐랄까, 싣지 않을 수는 없으니까 실었다 정도의 무책임감이 장난 아니지만. 기승전결 ALL 무시하고 개요뿐이라고."

"……마녀 이야기는 어쩔 수 없는 일이야. 용의 이야기가 격이 다른 취급인 건, 여기가 루그니카인 이상은 당연한 일이고."

"그래, '친룡왕국 루그니카'였지? 이름의 유래를 겨우 알았어."

스바루는 동화집을 책상 위에 놓고, 그 표지에 손을 얹으면서 끄덕인다.

현재 스바루가 체재하고 있는 대국은 '친룡왕국 루그니카'라 불린다고 한다.

세계지도에서 보면 세계의 가장 동쪽에 위치한 이 나라가 '친룡왕국'이라며 불리는 데에는 이유가 있었다.

간단한 이야기다. 이 나라는 까마득한 옛날부터, 용과 맺은 맹약으로 지켜져 왔다고 한다.

"기근, 역병, 타국와의 전쟁——용은 그 갖가지 궁지에서, 루그니카를 지키기 위해서 힘을 빌려주었다고 해."

"그래서 붙은 이름이 '친룡왕국'이고. 동화에 따르면 왕족과 용의 맹약이라 적혀 있었지. 이건 동화라기보다 옛이야기로군."

"그러네, 사실이니까. 지금도 존귀한 드래곤은 이 나라의 안녕을 아득히 저 먼 곳——대폭포의 저편에서 지켜보고 있어. 왕가와 나눈 약속, 그 성취의 순간까지."

준엄하게 람이 그렇게 이르는 목소리를 스바루는 목울대를 울리며 듣고 있었다.

아득한 옛날에 드래곤과 나눈 약속. ——동화에서 그 내용은 묘사하고 있지 않지만, 왕국의 위기를 몇 번이나 구원할 정도의 약속이다.

거기까지 생각했다가 스바루는 문득 깨달았다. 용의 맹약, 그 상대가 루그니카의 왕족이라면.

"어라, 드래곤과 약속한 일족이라니…… 바로 전번에 망하지 않았어?"

"그러네. 생각보다 싱겁게."

"그거 큰일 아냐? 아니, 뭐가 어떻게 큰일인지는 전혀 모르겠지만."

약속을 위해 이만큼 헌신해준 드래곤이다. 약속의 대가도 상당할 것이다. 그런데도 그것을 지불할 왕족이 멋대로 멸망했다면, 여태까지의 부채는 어디로 가는 것인가.

"용이 무엇을 바라고 있는지, 그건 동화에 실리지 않았고 실제로도 알지 못해. 지금의 상황에서 용이 어떻게 움직일지는, 신만이……."

거기까지 말하다, 람은 한 호흡을 쉬고 마저 이었다.

"아니——용만이 안다는 것이지, 손님."

숨을 집어삼킨 스바루는 덥지도 않은데 이마에 땀이 흐르는 것을 느꼈다.

지금 람이 한 말을 곱씹고, 삼키고, 위 안에서 휘저어 흡수한 다음 숨을 내뱉는다. 강대한 힘을 가진 용과의 교섭, 그것을 행하는 것은 왕국의 정점. 다시 말해, 스바루도 아는 소녀다.

"에밀리아에게 얹히는 압박감은 예사 것이 아니군."

"그래. 한 나라를 짊어지고, 그 명운을 두 어깨에 싣고, 나라를 지키는 것도 멸망시키는 것도 마음대로인 드래곤과 마주한다——생각만 해봐도 벌써 동화의 한 편이 되네."

에밀리아가 이 동화집을 보고, 복잡한 얼굴을 한 것은 전 회차 루프의 마지막 밤이다. 페이지를 넘기는 에밀리아의 손이 멎은 이유를 스바루는 이제야 겨우 깨닫는다.

에밀리아가 떠안고 있는 것의 크기, 무게는 스바루의 상상을 크게 넘고 있다. 그 가녀린 두 어깨에 얼마나 되는 중책을 지고 있느냐고, 그 생각을 하기만 해도 마음이 비명을 지를 만큼.

"어쩔 수 없는 일이야."

"——엉?"

"누구에게나 타고난 자질이 있고, 그에 수반하는 책임이 있어. 에밀리아 님께선 달리 없는 자질을 타고 태어나셨어. 그러니까 그 길이 얼마나 험준하더라도 걸어야만 해."

"여자애 한 명한테 그런 걸 전부 지게 해서 말이냐."

"짐을 함께 들어주는 사람이 있어도 괜찮다고는 생각해. 하지만 언젠가 도착할 정상에는, 반드시 에밀리아 님 본인의 모습이 없으면 안 돼."

발생원을 알 수 없는 분노가 스바루의 목소리를 떨게 만든다. 그리고 그에 응수하는 람의 목소리는 차갑고 이성적이다. 그것이 스바루의 분노를 자극하지 않기 위한 배려라고 깨달아 어깨를 축 늘어뜨린다.

람에게 아무리 노기를 발산해봤자 얼토당토않은 짓이다. 에밀리아가 지고 있는 중책은 람의 책임이 아니고 애당초 스바루가 화낼 자격도 없다. 그것이 공연히 분했다.

"그렇지, 라무찌. 또 하나의 얘기인데……."

사과하기도 왠지 마땅치 않다는 느낌에, 스바루는 화제를 바꾸려고 동화집을 가리킨다.

책 중앙에서 명백히 격이 다른 취급을 받고 있던 드래곤의 이야기와 쌍을 이루듯이, 권말에 불과 몇 페이지로만 묘사된 그 이야기가 있었다.

제목은 '질투의 마녀'라고 되어 있다.

"이 마녀의 이야기는……."

"그 얘기는 하고 싶지 않아."

차갑게, 그야말로 드래곤의 이야기 이상으로 내리 끊듯이 내뱉는 말을 들었다.

무심코 눈을 크게 뜬 스바루 앞에서 람은 재빠르게 컵과 쟁반을 정리하고 일어선다.

"너무 오래 있었어. 렘한테 너무 폐를 끼칠 수 없으니 그만 돌아갈게. 손님, 저녁 식사 때에 또 부르러 들르겠습니다."

"어, 어어……."

람은 말도 못 붙일 태도로 뒤돌아서 냉큼 방을 나가려고 한다. 하지만 문을 열기 직전에 발을 멈추고 방치된 스바루를 돌아보더니 말했다.

"아까 그 이야기…… 오니 거 말인데."

"응, 아아. '울어버린 빨간 오니'에 무슨 문제 있어?"

"렘에겐 들려주지 말아줘. 그 아이는 분명히 싫어할 이야기니까."

들려주고 자시고 화제가 동화로 굴러갈 일은 별로 있지도 않다. 그럼에도 다짐을 받는 듯한 람의 말에 스바루는 압박감조차 느껴 살짝 끄덕일 수밖에 없었다.

그 수긍을 지켜보고 이번에야말로 람이 방을 나갔다. 스바루는 진이 빠져 침대에 쓰러졌다.

마지막에 보인 람의 태도. 렘에게 동화 들려주기를 금지한 것도 그렇지만, 그 이상으로 걸리는 것이 있었다.

"대체 뭐냐고, 저 태도……."

천장에 험담을 토해내면서 스바루는 동화집을 주워 페이지를 넘긴다.

마지막 한 편, '질투의 마녀'는 4페이지뿐인 짧은 이야기다.

"무서운 마녀, 끔찍한 마녀. 그 이름을 부르는 것조차 끔찍하다. 누구나 그 마녀를 이렇게 불렀다. '질투의 마녀'라고……."

기승전결이고 뭐고 없는, 그저 오로지 마녀의 무시무시함만을 전하려고 하는 내용. 아이들도 읽을 수 있는 문자로 그려져 있는 만큼, 보다 담백하고 직설적인 으스스함이 있었다.

"모처럼 공부해서 읽을 수 있게 된 책이건만……."

달성감과 만족감, 끝내는 상쾌한 독후감까지 깡그리 잡쳐버린 기분이다.

스바루는 침대 위에서 뒤척이며 한 번 동화의 내용을 머리로부터 떼어낸다. 그 뒤에 생각하는 사항은 앞으로 이틀만을 남긴 이번 루프에서의 시행착오다.

내일 하루를 들여 준비를 마치고, 이틀 뒤의 아침부터 행동으로 옮긴다.

다하지 않는 불안을 하나씩 뭉개가다가, 어느덧 스바루의 의식은 잠 속으로 떨어졌다.

5

"어─음, 그럼 짧은 시간이었지만 신세 졌습니다."

현관 홀에서 온 저택 사람들(단 네 명인 데다가 베아트리스 제외)에게 배웅받으면서, 스바루는 작별 인사를 수월하게 마치고 있었다.

스바루가 요구한 사흘의 체류. 그 약속한 기한이 지나 여행을 떠날 아침이 온 것이다.

체육복에 편의점 봉지를 내건 초기 장비의 스바루지만, 등에는 로즈월이 후의로 들려준 연장주머니를 지고 있다. 묵직한 연장주머니에는 그 나름의 금전이 들어가 있는지, 로즈월이 말하길 '에밀리아 님 건의 사례' 라고 한다.

"정말로 괜찮아? 용차(龍車)를 불러와서, 왕도까지는 타고 가도……."

배웅하는 얼굴들 가운데, 마지막까지 스바루에게 말을 건 에밀리아의 표정에는 걱정의 빛깔이 진하다. 스바루는 자신을 걱정해주는 에밀리아의 태도에 기쁨을 느끼며 힘주어 가슴을 두드렸다.

"괜찮다니까. 천천히, 느긋하게 가고 싶어. 언젠가 에밀리아 땅에게 어울리는, 강하고 똑똑하고 부자인 남자가 됐을 때에는, 백마에 타서 너를 납치하러 올게."

"손수건 괜찮니? 마실 물이랑 라그마이트 광석이랑, 그리고 그리고……."

"완전히 어무이 시선?!"

이것저것 걱정하는 에밀리아. 급기야 "혼자서 외로워하지 않고 잘 수 있니?" 라고 나오기까지 했으니, 얼마나 사람을 그리워한다고 여기는지 모를 노릇이다. 혹은 직감적으로 불안을 애써 감추고 있는 스바루의 본심을 느꼈을지도 모르지만.

"그으—럼, 스바루 군, 건강하도록. 짧은 기이—간이었지만, 즐거웠어. 선물도 잃어버리지 않도록. 너와의 사흘간의 추억 몫만큼 조오—금 더 얹어놓았으니."

악수를 요구하면서 윙크하는 로즈월. 그 의도를 알아챈 스바루는 악수에 응하면서 짊어진 연장주머니를 흔들어 소리를 낸다.

"입막음료잖아. 안다니까. 쓸데없는 말은 안 해. 드래곤에게 맹세하지."

"너를 대하고 있으면 흉계 꾸미는 보람을 잃어버릴 것만 같아져. 그리고 이 나라에서 드래곤에게 맹세한다는 말은 최상급의 맹세야. 의심하는 건 아니지만, 추호도 그걸 잊지 말도오—록."

로즈월의 다짐에 손을 들어 응하고, 이어서 들어 올린 손을 이번엔 광대 차림의 배후에 서 있는 쌍둥이에게 향한다. 말없이 서 있는 두 사람의 어깨를 스바루가 뻗은 손으로 두드렸다.

"두 사람한테도 무지 신세 졌다. 특히 레무링은 언제나 맛있는 밥 고마워. 라무찌는…… 응, 뭐냐, 화장실 청소 잘 하지?"

"언니, 언니. 손님도 참 아첨이 절망적으로 엉망이에요."

"렘, 렘. 손님도 참 아첨에 치명적으로 센스가 안 보여."

"시끄러워, 진짜로 생각나지 않았단 말이야. 하지만, 고맙다."

전원에게 작별의 말을 전하고, 미련이 남기 전에 현관을 밀어

젖힌다.

저택의 입구, 앞뜰을 빠져나가 철문을 넘어가자 아람 마을까지 일직선인 숲길이 이어진다. 기본은 길가다가 가도를 목표로 하고, 도중에 용차를 잡아타서 왕도로——그것이 스바루의 위장 계획이다.

"스바루, 여러 가지로 고마워. 무슨 일이 있으면 언제든 들러줘."

마지막의 마지막까지 다정한 말을 걸어준 에밀리아에게 이별을 고하고, 배웅받은 스바루는 아람 마을로 가는 길을 밟는다. 저택 쪽에서 스바루가 안 보일 때까지 손을 흔드는 은발 소녀. 그 몸짓이 한없이 사랑스러워, 불안으로 오므라들었던 사명감이 다시 타오른다.

——숲길을 한동안 나아갔을 즈음해서 발을 멈춘 스바루는 주위에 경계의 눈을 돌린다. 인기척 및 시선이 없는 것을 확인한 다음, 길을 벗어나 숲으로 들어갔다. 야생동물이 많으니까 숲으로 들어가면 위험하다고, 람과 다른 사람에게 주의받았음에도 불구하고.

충고를 무시하고 스바루는 초목을 헤치면서 숲 안쪽으로 들어간다. 몇 군데 비탈을 오르고 때때로 나뭇가지와 뻣뻣한 잎 때문에 생채기 나면서도 페이스는 떨어뜨리지 않는다.

그대로 15분가량이나 산속을 나아갔을까.

"좋아, 여기다."

시야에서 녹색이 걷히자, 높은 하늘이 스바루를 맞이한다. 숲의 비탈을 몇 군데나 넘은 다음, 산간의 높직한 언덕에 이른 스바루는 눈앞의 낭떠러지로부터 눈 아래의 저택을 내려다보고 있었다.

낯익은 대저택, 로즈월 저택의 전경을 산속에서 내려다볼 수 있는 위치다.

숲길을 돌아, 숲과 산을 경유해 도착한 절호의 엿보기 포인트.

"특히 에밀리아의 방이 잘 보여. 뭔가 이변이 있으면 금방 알겠지."

멀찍하게, 에밀리아가 있는 방의 창문이 확인된다. 안에까지는 엿볼 수 없지만 소동이나 이변이 있으면 확실하게 징후를 육안으로 확인할 수 있는 위치다. 4일째 밤, 이상사태는 그 타이밍에 반드시 찾아온다.

"즉, 오늘 밤이지. 나머지는 일이 벌어지기를 기다릴 뿐."

지금이 아침이고, 스바루가 살해당할 시간까지는 열여섯 시간쯤——집중력은, 버틸 것이다.

사용인으로서 일한 적도 없고, 이번에는 휴양에 전념한 결과 기력 체력 모두 충실하다.

로즈월 저택의 이변을 사전에 알아차리고 무슨 일이 일어나든 바로 저택에 뛰어 들어갈 수 있는 조건을 만든다. 그것이 스바루가 이번에 준비한, 기습 전제의 작전이다.

저택에 남았을 경우 습격자는 저주의 대상으로서 스바루를 포함한다.

영격 수단이 결여되고 전투력도 낮은 스바루는 습격자에게 대항할 역할을 감당할 수 없다. 자객의 정보를 한 점이라도 더 원하는 지금, 그건 치명적인 사항이다.

그렇다면 어떡할까——스바루가 내놓은 답은, 지극히 심플한 것이었다.

"이번은 죽은 거라고 생각하고, 습격자의 판별과 습격 상황의 파악……. 거기에 전념한다."

여태까지 겪은 두 번의 케이스로부터, 스바루는 이번 습격은 왕선 관련의 암살이라고 판단 중이다. 표적에 주인공인 에밀리아를 포함하고 있는지, 경고를 위해 관계자를 노리고 있는지는 불명. 하지만 두 번이나 스바루가 살해당한 이상, 관계자는 몰살당할 가능성이 높다.

"대책이 통할지는 별개로 치고, 로즈월도 경계는 하고 있는 티가 났단 말이지……."

뇌리에 떠오르는 광대 차림의 귀족, 로즈월. 스바루는 그가 에밀리아라는 킹을 무방비하게 방치해둘 만한 얼간이는 아니라고 예상 중이다.

저택에 배치된, 람과 렘이라는 단 두 명의 사용인의 존재가 그 예상을 뒷받침하고 있다.

"처음에는 솔직히 이런 규모의 저택을 유지하는 데 사용인 두 명이라니 정신 나갔나 싶었지만……."

충성심이 탄탄해 오랜 관계로 쌓아올린 신뢰 관계로 맺어진 주종이다. 람의 과도한 충애(忠愛)와 렘의 경의를 보면 그건 전해진다.

로즈월은 아마도 배신할 우려가 없는 존재만으로 에밀리아의 주위를 굳게 다지고 있는 것이다.

　그게 사실이라면 수개월 전에 한 명의 메이드가 그만두었다는 것이나, 사용인을 늘릴 수 없다는 내용에 말끝을 흐린 람의 참뜻도 수긍할 수 있다.

　"문제는 그 경계가 기능하고 있는지 못하고 있는지, 실제로 습격이 일어났을 때에 죽어 있는 나는 알 수 없다는 점이지. 나만 죽었을 뿐이라면 그나마 낫지만…… 아니, 낫진 않지만."

　로즈월의 대책이, 불규칙 요소인 스바루까지는 미처 지키지 못한 거라면 좋다. 그렇지 않다면 에밀리아에게도 피해가 미친다는 뜻이 된다.

　그리고 스바루는 왕도에서 세 번, 저택에서 두 번의 죽음으로 대비에 대비를 거듭한 다음부터 현실이 찬찬히 손길을 뻗어온다는 것을 경험했다.

　상황은 최악에서, 그보다 더 못한 쪽을 예상해야 마땅한 것이다.

　"이 경우의 최악은, 로즈월의 경계가 무색하게 에밀리아는 암살당한다. 당연히 로즈월이나 람과 렘, 하는 김에 베아트리스도 한꺼번에 몰살……이지, 제길."

　상상하기만 해도 가슴에 염증이 나는 최악의 시나리오다.

　그 사태를 저지하기 위해서라고 해도, 이렇게 사태를 바깥쪽에서 부감하겠다고 결단한 자기 자신의 훌륭하신 합리성이라는 데에도 구역질을 느낀다.

물론 철저하게 비정해질 수 없는 스바루는 예방선을 몇 개씩 치고, 무슨 일이 일어나면 즉각 저택으로 달려 들어가 적습을 알리며 뛰어다닐 작정이지만.

"상대가 내 외침에 쫄아서 도망쳐주는 신중파라면 살겠군."

스바루는 희망적인 관측을 입에 담으면서 연장주머니로부터 로프를 꺼낸다. 저택 창고에서 빌려왔지만 꽤 긴 물건으로, 가까운 나무줄기와 자신의 허리춤에 단단히 얽맨다.

이대로 구명삭처럼 써먹었다간 무게가 쏠려 죽으므로, 중간에 매듭을 여럿 만들었다.

"나머지는 로프 절단용의 나이프…… . 이렇게 쓰면, 혼나겠지."

말하면서 꺼낸 나이프는 완전히 손에 익은 감촉의 애도 '별똥별'이다.

이번 루프에선 입장이 입장이었던 만큼 손에 잡을 수 있던 건 오늘이 처음이지만.

"실제로는 재시도한 나흘과 나흘 중에 몇 번이나 사용하고 있었으니까."

사용인으로서 잡무에 쫓기는 가운데, 주방에서 스바루의 주요 역할은 야채 껍질을 벗기는 것과 설거지였다. '별똥별'은 감자 비슷한 입장의 야채와 삼과, 그리고 이따금 스바루의 손을 베어준 애도다. 이번 계획에 나이프가 필요해졌을 때, 자연히 이 나이프를 들고 나오고 있었다.

"로프 자를 뿐이라면 또 몰라도, 최악의 경우에는…… 응."

나이프는 탈출용뿐만이 아니라, 여차할 때 자해하는 용도도 맡고 있다.

저주에 대한 대항 수단으로, 자해해 통각을 자극하면 저항하기 어려운 졸음기는 쫓을 수 있을 터다.

최악의 경우, 이 칼날은 적에게 겨눌 가능성도 있다. 그리고 정말로 최악의 경우에는——

"자살용……인가. 하…… 나한테 가능하긴 하냐. 그런 살 떨리는 짓…….."

겁쟁이에, 담이 작은 자기한테 그런 결단이 가능하다는 생각이 들지 않는다.

스바루는 나이프의 칼날에 얼굴을 비추고, 목을 푸들거리며 자조의 웃음을 띤다.

수중의 작은 날붙이를 보고서 뇌리를 스친 건 람과 렘과 함께한 기억이다.

나이프를 엉망진창으로 다루는 스바루를 매도하는 람과, 나이프로 손을 벤 스바루를 기가 막힌 기색으로 흘겨보던 렘. 이상한 것을 자르지 말라며 그때마다 혼나고.

"……혼, 나겠지. 또 이렇게, 진짜 용도와 다른 용도로 쓰면."

람이 업신여기고, 렘이 기막혀 하며, 혼나는 자신의 모습을 뚜렷하게 환시할 수 있다.

아아, 그 광경은 어찌나——.

"그래, 혼나겠지. ……혼나고 싶어."

소망이 입에서 새어 나온다. 아무 일도 없이, 또 그 나날로 파묻혀버리고 싶다는 본심이.

"죽고 싶지 않아. ──죽게 하고 싶지, 않아."

자기 자신에게 들려주듯이 말하고, 스바루는 헤어진 지 얼마 안 된 모두의 얼굴을 떠올린다.

스바루는 다음 루프에 대비해 에밀리아 일행을 버림돌로 삼으려 하고 있다. 이번에도 전회까지와 똑같이, 확실한 정을 주고받았음이 분명한 그녀들을.

욱신거리는 가슴을 움켜잡는다. 이건 벌이다. 당연한 보답, 받아 마땅한 필벌인 것이다.

잃는 것을 전제로 작전을 세운 스바루가, 반드시 받아야 하는 부류의 단죄다.

쓰라리다고, 그렇게 생각하면서 대해왔다. 사랑스럽다고, 그렇게 생각하면서 대해왔다.

생긴 상처를 손가락으로 벌리고, 살점을 파내어 뼈를 쪼개는 듯한 고통에 견디면서, 스바루는 이 잃어버린 나흘을 지내왔다. 모든 것을 잊지 않기 위해서.

"말하지 않았었냐, 나츠키 스바루. 되풀이했을 때, 모두가 그 사실을 잊었더라도…… 너는, 그걸 기억하고 있어."

그러니까 이번 역시, 잊어도 된다고는 생각하면 안 된다.

마지막의, 마지막 순간까지, 스바루가 원하는 해피엔딩을 계속 추구해야만 한다. 에밀리아와 다른 사람들의 존재를, 시간의 틈새로 사라지는 포말이라며 단정 지을 권리는 아무에게도 없다.

스바루는 가만히 몸을 숙이고 나무 틈바구니로부터 로즈월 저택을 감시한다. 호흡을 죽이고 긴장 중인 몸의 고통을 가라앉히면서, 각오를 온몸에 구석구석 스며들게 한다.

일찍이 없을 만큼 자기 몸이 자기 의사에 따르는 감각.

그 얻기 어려운 감각에 몸을 맡기면서 스바루는 가만히 때를 기다리고 있었다.

6

시각이 저녁에 접어들어, 노을의 오렌지색이 스바루가 있는 언덕을 눈부시게 비추기 시작했다.

햇빛에 눈을 가늘게 뜨면서, 스바루는 긴장한 몸을 움직여 굳어지는 손발을 푼다.

벌써 저택의 감시를 시작하고 여덟 시간가량이 경과했다. 그 사이 저택에 이렇다 할 이상은 없고, 지극히 평온을 유지하고 있다. 그렇다. 밤까지 저택은 평온했던 것이다.

"그러고 보니, 이번엔 렘이 장을 보러 나가지 않았군……."

4일째 저녁 전까지 일어나는, 렘과의 장보기 이벤트가 없다. 순수하게 스바루 한 명 몫의 식재료가 남았기 때문에, 장을 볼 필요성이 준 것이리라. 미묘한 이벤트의 차이다.

회상하며 웃으려다가, 스바루는 자신의 긴장감이 느슨해지려는 것을 깨달아 뺨에 힘을 준다. 이런 곳에서 집중이 끊길 상황이 아니다.

"앞으로 여덟 시간 이상 남았는데 그런 바보짓 하고 있을 상황이냐. 집중이다, 집중──."

말이 중도에 끊겼다.

다행인지 불행인지, 그것은 스바루가 마음을 전환한 그 순간을 노리고 왔기 때문이다.

"──큭!"

고막이 희미하게 이상한 소리를 포착한 순간, 스바루의 몸은 주저 없이 옆으로 훌쩍 물러서고 있었다.

모든 감각을 다 투입하지 않았더라면 불가능한, 사전에 정한 대로 따른 회피 행동.

직후에 들린 것은 초중량의 물체가 수목을 중간부터 부러뜨리는 파쇄음. 줄줄이 옆으로 쓰러진 나무들이 주위를 끌어들여 잎과 가지가 부러지고 흩어지는 소리가 난무한다.

스바루는 그 속을 달리기 시작해, 단번에 몸을 낭떠러지 아래로 날렸다.

"──으아!"

어금니를 깨물었어도 미처 죽이지 못한 비명이 살짝 새어 나오고, 낙하에 내장이 뒤집히는 부유감을 맛본다. 하지만 2초 만에 기세는 구명삭 덕에 중단. 졸라매는 고통에 비명을 지르고.

"긴급, 탈출······!"

나이프로 로프를 절단해 재개된 낙하 속에서 기운 암벽을 신발 밑창으로 밟는다. 미끄러지고 어깨가 부딪히면서도 어떻게

든 지면에 난폭하게 내려와서, 스바루는 숨 쉴 틈도 없이 뛰기 시작한다.

몸을 가볍게 하기 위해 연장주머니도 내던진다. 체면 돌아보지 않고 달리며 숨을 헐떡이면서 부르짖는다.

"봤어! 하아…… 그래, 봤다고!"

스바루를 기습하고 나무들을 줄줄이 쓰러뜨린 물체——그것은 인간의 머리 크기는 될 만한 가시 박힌 철구다. 볼링공에 살상 능력을 갖추게 했다고 해도 될 그것은, 길고 긴 '사슬'이 특징적인 무장 '모닝스타'다.

숙이고 있던 스바루의 고막을 스친 금속음, 사슬의 음색은 바로 그 흉기의 것이었다.

그 위력과 흉악함을 목도하고, 새삼스럽게도 스바루는 이를 덜덜 떨고 있다.

저 질량이 예리함을 수반해 날아오면, 직격을 받은 몸이 사방으로 흩어져도 이상하지 않다. 스바루의 몸 절반이 날아갔던 것도 이해가 갈 만했다.

"그나저나…… 이쪽으로 왔나!"

나뭇가지를 밟고 도랑을 뛰어넘어 발판이 좋지 않은 길을 답파하면서 침을 튀긴다.

스바루에 대한 습격, 이건 예상된 액션이긴 했다.

저택에 대한 습격과 비슷한 정도의 가능성으로, 저택을 떠난 스바루에 대한 습격은 있을 법하다고 판단 중이었다. 관계자를 몰살하는 게 목적이라면 스바루도 표적일 거라고.

"하지만 그건 저 저택에 내가 있는 걸 며칠이나 전부터 알고 있었다는 게 전제야!"

습격자는 저택을 수일 전부터 감시해, 면밀하게 계획을 가다듬고 있었던 것이다.

따라서 저택을 떠난 스바루도 표적 중 한 명으로 삼아, 습격을 경계하던 이쪽을 노리고 덮쳐왔다.

"─────윽."

호흡이 가쁘다. 폐가 아프다. 발에 쥐가 나 당장이라도 넘어질 것만 같다.

너무 필사적이다 보니 길을 잃는 바람에 넘어지지 않는 걸 우선해 짐승길을 끝도 없이 달리고 있다. 스태미너에 자신감이 없는 스바루는 가쁜 호흡 속에 눈앞의 광경을 보고 혀를 찬다.

"완전히 상대의 손바닥 위에서 내몰렸다는 거냐."

멈춰 선 앞에 분하게 신음하는 스바루를 가두듯이 절벽이 치솟아 있었다.

딱딱하고 날카로운 파편을 내비친 돌의 벽은, 오르는 것도 발판으로 삼는 것도 거부하는 자연의 요해지다. 당연히 지금의 스바루에겐 이곳을 넘어설 수단 따위 없다.

돌아서서 흐트러진 숨결을 심호흡으로 고르고, 대비를 한다.

정면. 어느 틈에 숲 속의 어둠은 깊어졌다. 노을을 나무들이 가로막는 이 장소는 세계로부터 격리된 것 같은 적막감으로 차올라 있었다.

"올 테면, 와봐라……!"

약한 소리를 호기로 쫓아내며 스바루는 체육복 앞을 벌리고 웃옷을 벗는다. 벗은 웃옷을 양손으로 펼쳐서 자세를 잡고, 습격자가 도착하기를 찬찬히 기다렸다.

막다른 곳에 몰렸다. 궁지로 내몰렸다. 스바루는 현재 포식자의 함정에 빠진 무력한 사냥감에 불과하다. 하지만 거저 먹혀줄 만큼 귀여운 구석은 없다.

지불한 희생에 알맞은 수준의 대가를 받아가겠다.

──순간, 밤의 저편으로부터 사슬의 음색을 이끌고 폭력이 고속으로 날아왔다.

"근성…… 챙겨놨냐아아아?!"

치명상 확정의 일격 목전에 스바루의 몸이 상식을 벗어난 반사 신경을 보인다.

양손에 준비한 체육복 웃옷을 치켜들어 날아온 철구를 바로 밑에서 휘말아 기세를 죽여서, 동체에 대한 직격을 종이 한 장 차이로 회피한 것이다. 다만 양팔에서 웃옷이 채이고, 충격을 다 죽이지 못해 몸이 암벽에 나동그라졌다.

하지만 머리를 들어 조준이 빗나간 철구가 벽에 박히는 것을 본 순간, 스바루는 계획이 이루어졌다고 벌떡 일어나 팽팽하게 뻗은 사슬을 단단히 잡았다.

그리고 잡은 사슬의 반대──그것을 쥐고 있는, 습격자가 있는 방향을 노려본다.

"자, 모습을 보여라, 망할 놈! 그 낯짝을 보려고 실컷 고생했다고 자식아!"

노성을 내지르고 지저분하게 욕함으로써 자기 자신을 고무한다.

사슬을 잡은 쪽과 반대쪽 손으로 로프를 절단한 나이프를 고쳐 잡는다. 최악의 경우, 습격자에게 이걸 휘두를 각오은 있다. 그럴 필요가 있다면 스바루는 주저하지 않는다.

어떤 상대가 나오더라도 결코 놓치지 않도록 시선을 어둠에 집중한다.

간당간당한 상황이었지만 어떻게든 목숨을 건졌다. 어쩌면 이번 회차를 버림돌로 삼지 않고도 습격자를 격퇴하는 것 또한 가능할지 모른다.

한 번은 포기할 뻔한 상황 속에서 스바루는 낙관 같은 광명에 필사적으로 손을 뻗는다.

그 빛 속에 에밀리아가, 메이드 자매가, 맹랑한 소녀와 로즈월이 있다. 무심결에 상황을 잊으며 스바루는 사라질 터였던 그녀들과의 추억을 그러모은다.

여러 약속. 지키려다가, 주고받으려다가, 아직도 이루지 못한 약속.

그리고.

"——어쩔 수 없군요."

사슬 소리가 울리고, 소유주의 접근에 팽팽하게 뻗어 있던 사슬이 휘는 감각.

하지만 그런 사소한 감각 따위 아랑곳하지 않고 스바루는 눈을 부릅떴다.

입술이 후들거리며 말이 되지 않는 소리가 신음이 되어 목에서 새어 나온다. 저도 모르게 손끝은 잡은 사슬을 놓고, 고개는 현실을 거부하듯이 작게 힘없이 옆으로 흔들리고 있었다.

풀을 밟고 나뭇가지를 넘어 어둠으로부터 천천히 소녀의 모습이 나타난다.

흑색 기조의 기장 짧은 에이프런 드레스. 머리를 장식하는 순백의 화이트 브림. 조그만 체격에는 절대 어울리지 않는 철구, 거기에 사슬로 연결된 쇠로 된 손잡이를 부여잡고서.

"아무것도 깨닫지 못한 채 끝나주는 게 제일이었는데."

파란 머리카락을 찰랑이며 낯익은 무표정으로 고개를 살짝 기울인다.

"……말도 안 돼, 렘."

지키고 싶다고 여기던 소녀가 스바루 앞에서 흉악한 철구를 치켜들고 있었다.

7

순간, 스바루의 뇌리를 지배한 것은 완전한 공백뿐이었다.

눈앞의 광경을 부정하고 싶다, 그런 매달리는 듯한 애원조차도 떠오르지 않는다.

그저 오로지 새하얗게, 스바루의 사고는 모조리 하얀 풍경으로만 뒤덮여 있었다.

호흡이 멎고 심장조차 고통을 잊은 것 같은 정체. 그곳에서 스바루가 해방된 이유는 한 방울의 땀이 뺨에 흘러 살갗을 어루만지는 감촉이 유독 차갑게 느껴졌기 때문이었다.

그러나 현실로 돌아온 스바루를 맞이하는 건, 현실을 부정하고 싶어지는 광경이다.

──큰일이다. 큰일이다큰일이다큰일이다큰일이다큰일이다큰일이다.

공백에 이어서 사고를 가득 메운 것은 초조감과 혼란으로 뒤죽박죽 섞여버린 넋두리다. 아무것도 멀쩡히 생각할 수 없다. 눈앞에 있는 건 정말로 렘인가.

정중한 태도로 무례하고 비꼬는 말이 입에 붙은, 그런 주제에 언니한테서 떨어질 줄 모르고, 꼼꼼하다기보다 신경질적에 방약무인한 언니랑 막상막하로 사람이 좋은──스바루가 아는, 렘이라는 건가.

렘은 앞의 전의가 가셔버린 스바루를 보면서 자신의 파란 머리를 빈손으로 매만지며 말했다.

"저항하지 않아주면, 편하게 끝내드릴 수도 있는데요?"

"──그 제의에 꼭 좀 부탁드립니다 하고 응할 줄 알아? 엿 먹으라지."

"실례했습니다. 그러네요. 손님은 확실히 그런 분이었죠."

꾸벅 정중하게 인사하는 모습은 이 장면의 분위기와 너무나도 괴리되어 있다. 자칫하면 저택 안에서의 한 장면이라고 착각할 만큼 렘의 행동거지는 평소와 다를 바 없다.

그런 만큼 렘의 수중에 있는 투박한 무기의 이물감을 씻어낼

수는 없었다.

"소녀에 무식한 무기라는 건, 확실히 로망이지마는……."

쇠사슬에 가시 박힌 철구. 직격한 상대를 다진 고기로 만드는 치사성의 타격 무기. 렘에게 이걸 골라준 작자는 취미가 상당히 못된 인물임이 틀림없다. 한 번은 그 위력을 맛보고 장절하게 목숨이 스러진 스바루다. 렘이 의도대로 철구를 다룰 수 있다는 건 실체험이 끝난 상황이다.

현실을 조금씩 곱씹어 받아들이면서 스바루는 돌파구를 찾아 말을 지어낸다.

"어째서 이런 짓을……이라고 흔해빠진 대사 말해도 되겠어?"

"그렇게 어려운 문제가 아녜요. 의심스럽다면 벌하라. 메이드의 수칙입니다."

"네 이웃을 사랑하라는 말은 없나 봐?"

"렘의 두 손은 이미 양쪽 다 메워져있는지라."

시간 벌기에 어울릴 작정은 없는지, 응답 중인 렘의 시선은 한시도 느슨해지지 않으며 스바루를 보고 있다. 지금 움직이면 확실하게 살해당한다.

명색이나마 다섯 번 죽은 스바루의 본능이 절규하면서 경보를 울리고 있다.

교착 상태라고 하기에는 일방적인 외통수 장면이다. 스바루는 일념으로 머리를 회전시키며, 조금이라도 정보를 쥐어짜내고 결의를 딴 데로 돌릴 수 없나 고심한다.

"——람은, 이 일을 알고 있어?"

불현듯 입을 비집고 나온 건 렘과 용모가 판박이인 언니의 이름이다.

붙임성이 나쁘고, 말버릇도 나쁘고, 태도도 나쁜 것으로 삼관왕. 메이드로서 람은 동생에게 전부 뒤떨어지지만, 스바루에게는 로즈월 저택에서 가장 길게 시간을 보내온 상대다. 그 람마저도 적으로 돌았다고 한다면——스바루가 지내온, 그 나날은.

"언니가 보기 전에 끝낼 작정입니다."

때문에, 렘이 입에 올린 대답은 공교롭게도 스바루가 바라고 있던 대답이라 해도 된다.

길게 숨을 내뱉고 스바루는 렘의 눈을 정면으로 마주 바라본다. 스바루가 입술을 혀로 축이고 눈에 다소 생기를 되찾자 렘이 눈썹을 찡그렸다.

"즉, 독단이로군? 로즈월의 지시가 아니다."

"로즈월 님이 품은 비원의 장애는 렘이 배제합니다. 당신도, 그 가운데 하나."

"기르는 개의 버릇도 들이지 못했나. 깨물리는 지나가는 사람 A는 못 배길——푸억!"

"로즈월 님에 대한 모독은 용서하지 않습니다."

렘의 본심을 짚어보려고 가볍게 도발한 스바루의 뺨이 사슬로 튕긴다. 타격의 임팩트로 시야가 흔들리고 날카로운 아픔이 터진 왼쪽 뺨이 세로로 크게 찢어져 있었다.

벽에 꽂혀 있는 상태의 철구의 사슬 부분을 채찍처럼 낭창거리게 해 스바루를 때린 것이다.

도발과 너스레 하나로 이 피해다. 하지만 그런 보람이 있어 건진 건 있었다.

적어도 렘의 로즈월에 대한 충의는 진짜다. 그리고 스바루의 입을 막는 게 로즈월을 위해서라 믿고 있는 것도 필경 사실. 로즈월 저택에서 스바루가 밖으로 이탈하는 행위는 왕선에서 에밀리아를 지원하는 로즈월의 불이익이 된다고 판단된 것이다.

그리고 그 말은 즉——.

"아아, 그런 거군. ——그렇게나, 날 신용할 수 없었던 거냐."

"네."

주저 없는 끄덕임에, 스바루는 가슴속에 날카로운 날붙이가 박힌 듯한 고통을 느꼈다.

그 대답은 스바루에게 싫은 예감을 불러일으키는 것이며, 그 예감을 긍정하면 저택에서 지내온 온갖 나날의 빛깔을 바꾸어 버린다.

그래서 스바루는 움트고 있는 싫은 예감을 입 밖에 내지 않으며 가슴속에 갈무리했다.

다만, 우스꽝스러운 자신의 얼빠진 꼴에 대한 자조의 웃음만은 참을 수 없었다.

"내 꼴이 말이 아니군. 잘하고 있다며 착각이나 하고."

"……언니는."

"듣고 싶지 않아! ——먹어라!"

외친 소리에 렘이 살짝 망설인 순간, 스바루는 주머니에서 꺼낸 휴대전화를 앞으로 내민다.

——직후, 하얀빛이 어둠에 잠긴 숲을 가르고, 찰나 동안 렘의 움직임에 정체를 만들었다.

"——으라아!"

튀어나가 작은 몸에 어깨로 태클을 처박아 날려버린다.

말도 안 되는 완력으로 폭력 장치를 휘두르는 렘이지만, 단순한 충돌이라면 체격과 체중으로 우세한 스바루 쪽이 유리하다. 힘 조절하지 않는 돌격에 작은 몸이 뒤로 날아가고, 균형을 무너뜨리며 지면에 쓰러진다. 스바루는 그 옆을 곁눈질도 하지 않고 단번에 뛰어나갔다.

헐떡이며 폐에 공기를 밀어 넣으면서 사고와 다리를 채찍질한다.

이게 렘의 독단이라면, 스바루의 생명을 건질 방도는 가까스로 아직 남는다. 저택으로 돌아가 고용주 본인과 직접 담판 지을 수 있으면 가능성은 있을 것이다. 그러나 로즈월의 의견도 렘과 같다면, 일부러 사자 우리로부터 빠져나와 늑대 우리로 뛰어 들어가는 우행과 다를 바 없다.

"그래도…… 에밀리아라면……!"

기억 속에서 누구보다도 찬연하게 빛나는, 그 은발 소녀라면 스바루의 말을 믿어준다.

——왕선의 당사자이며 스바루의 존재가 가장 거북할지도 모르는 그녀가, 정말로 스바루의 말을 믿어준다는 말인가?

"———?!"

한순간, 뇌리에 스친 자신의 목소리에 스바루는 벼락에 맞은 듯한 충격을 받았다.

틀림없이 자신이, 자신의 목소리로, 에밀리아의 마음을 의심한 것이다.

그 올곧고, 열심이며, 타인을 위해서 손해 보는 짓을 주저하지 않는 소녀를, 그런 사실들을 알고 있는 스바루 본인이 의심한 것이다.

"나는…… 뭘 위해서……!"

입장이 바뀌면 생각도 바뀐다. 그렇다고 하더라도 에밀리아를 의심했다.

지키고 싶다고 결의의 지주로 삼고 있던 상대조차 의심해서 스바루는 무엇을 믿는다는 것인가.

지키고 싶은 상대의 마음을 의심하고, 지키고 싶던 상대에게 목숨을 노림 받아, 꼴사납게 산속을 도망 다니면서 타개책 하나도 제대로 내놓지 못한다.

──뭐가, 이번은 일부러 정보 수집에 전념한다는 거냐?

정작 눈앞에 예상과 다른 형태로 위협이 방문하면, 이렇게 생명을 토해내면서 삶에 매달릴 수밖에 없지 않은가. 우쭐대고 있었다. 가소로운 생각을 하고 있었다. 얄팍했다.

숨 가쁘게 비탈길을 구르듯이 달리면서, 스바루는 후회만을 흘려보내고 있었다.

울음소리가 새어 나오고 눈물이 시야를 뿌옇게 만든다. 발걸음이 흐트러지고 갑자기 나무들이 빈 공간과 맞닥뜨려 스바루는 하늘 저편에 밤이 다가오는 것을 보았다. 그리고──

"──아?"

초고고도로부터 날아온 바람의 칼날이 단번에 스바루의 오른발 무릎부터 아래를 잘라냈다.

스바루는 달리던 여세로 크게 튀어 오르는 오른발의 발끝을 보면서 균형을 무너뜨려 지면에 격돌했다. 충격으로 뺨의 상처가 다시 출혈을 일으키고 바위 표면에 찧은 어깨뼈가 깨지는 소리가 났다. 뇌에 직접 전극을 찌르는 듯한 고통이 온몸을 후려쳐 스바루는 절규했다.

"아으아아아각! 다, 다리가아앗?!"

아픔이 없다. 그것이 도리어 무서운 감각이었다.

오른발은 무릎 아래가 사라지고 날아간 토막은 덤불 저편으로 날아가 보이지 않는다. 뒤늦게 분출된 선혈이 대지를 검붉게 물들이고 뒤늦게 찾아온 아픔이 신경을 유린했다.

"────으으으!"

지면을 긁으며 말이 되지 못하는 비명을 성대하게 지른다.

상처를 막고 몸을 뒤흔든다. 빈 오른팔은 지면을 때리고 나무를 후려친다. 손톱이 요란하게 벗겨져 그 열기에 의식이 끊어오른다. 괴로워하고, 괴로워하고, 더없이 괴로워했다.

고통이 신경을 쇠줄로 갈고 훤히 드러난 몸속을 대패질하는 듯한 감각. 1초마다 피를 무시무시한 기세로 잃으며 시시각각 자신이 죽어가는 것을 안다.

"물의 마나여. 이자에게 위안을."

갑자기 부드러운 손바닥이 날뛰는 스바루의 몸을 위에서 억눌렀다. 몸 움직임이 막혀 핏발 선 눈을 굴리니, 스바루는 옆에 메이드 모습의 소녀가 있음을 알아챘다.

파란 머리카락, 렘이다. 스바루를 죽이려고 하던 렘이 지금 파르스름한 빛을 손바닥에 두르고, 스바루의 잃어버린 오른발에 따뜻한 마력을 붓고 있다. 근질거리는 것과 비슷한 감각. 치료의 마법이다.

완전히 고통이 가신 것은 아니지만, 현실감이 없어져 놀란 기분이 스바루를 지배했다.

이 마당에 이르러 렘이 스바루를 치료할 이유를 모르겠다. 스바루의 눈길을 받고 렘의 얼굴에 옅게 미소의 기적이 떠오른다. 거기서 아주 자그마한 희망을 찾아낸다.

"이렇게 간단히 죽으면 캐물을 것도 캐물을 수 없으니까요."

그리고 이어지는 렘의 말에, 그게 덧없고 어리석은 낙관이었음을 뼈저리게 느꼈다.

응급 처치를 마치고 일어선 렘이 사슬의 음색을 연주하면서 철구를 끌어당긴다.

위로 보고 지면에 누운 스바루의 바로 옆 지면을 파헤친 철구. 그건 가까이서 보면 볼수록 투박하고 조잡해, 그저 목숨을 위협하는 것에만 특화된 폭력 장치였다.

일부러 보이는 위치로 철구를 옮긴 렘. 그 속내는 충분히 전해졌다.

네 목숨은 내가 쥐고 있다. 그렇게 알리기 위한 이해하기 쉬운 시위 행위다.

"——이건 몰수해두겠어요."

말과 함께 몸을 굽힌 렘이 단단히 오므라진 스바루의 손바닥을 벌린다. 쥐고 있던 건 렘과 마주친 뒤 경직된 것처럼 놓지 못했던 나이프다.

굳은 손끝을 난폭하게 떼어내어 나이프를 거둔 렘은 그것을 손안에서 회전시켰다.

"아까 렘에게 이걸 꽂아 넣었더라면, 조금 더 도망칠 수 있었을 텐데."

스바루의 행동에서 느낀 비합리성을 이해할 수 없다는 양 렘은 미간을 찡그리고 있다.

하지만 옅어지기 시작한 고통 속에서 스바루는 숨을 꾹 참으며 고개를 가로저었다.

——그 나이프를 렘에게 꽂는 일 따위, 가능할 리가 없다.

렘의 뒤에서 람에게 야채와 과일 껍질을 벗기는 방법을 배운 나이프를, 그 소란스럽고도 다정한 시간을 보내온 도구를 렘의 몸에 꽂으라는 말인가.

——스바루에게 그런 각오는 없었다.

스바루가 말없이 고개를 계속 흔들자 렘은 한숨을 내쉬고 나이프를 숲의 덤불로 내던진다. 그 뒤에 마음을 다잡듯이 사슬로 소리 내고 스바루를 냉담한 눈으로 내려다보았다.

"묻겠습니다. 당신은, 에밀리아 님과 적대하는 후보자의 진영 분인가요?"

"……내 마음은 언제나 에밀리아의 것이야."

말한 순간, 느슨하던 사슬이 스바루의 상반신을 세차게 때렸다.

도주하다가 나뭇가지 따위로 찢어졌던 속옷이 맥없이 터진다. 그 밑의 피부에도 동등한 열상이 새겨지고 스바루의 절규가 숲에 울려 퍼진다.

"누구에게, 어떤 조건으로 고용되었지요?"

"에, 에밀리아땅의 미소에, 무료로."

손목을 되돌려 똑같은 행위. 완전히 같은 위치를 한 치도 다름 없이 때리는 기술을 체감하면서 고통의 비명으로 그 기량을 칭송한다.

그 뒤에도 비슷한 질문과 비슷한 대답.

그 횟수 분만큼 사슬 소리가 울리고, 그에 이어서 신음과 비명의 대합창이다.

의식이 사라지려 들 때마다 렘이 손수 회복 마법으로 치료해 준다. 치료와 폭력의 무간지옥이 되풀이되자 스바루의 정신이 닳아 없어지고 의식은 몇 번씩 끊어졌다.

그런데도 여전히 렘의 행위에 마음만은 굴하지 않았다.

고집스러운 스바루의 태도에 피로를 느꼈는지, 튀긴 피를 닦은 렘이 문득 하늘을 쳐다보고 중얼거렸다.

"슬슬 돌아가지 않으면 저녁 식사를 준비하는 데 늦어버리겠네요."

"……저녁밥이냐. 오늘의 메뉴는, 뭘까……."

"그러네요. 다진 고기 파이는 어떨까요."

"마, 만찬 자리에 오르는 건 사양이다……."

마지막까지 그치지 않고 너스레를 떠는 스바루의 자세에 렘은 마침내 한숨으로 감정을 표현한다. 그 뒤에 잠시 입을 다물고, 평소보다 더욱 감정이 사라진 눈으로 스바루를 내려다보며 말했다.

"——당신은, 마녀교의 관계자인가요?"

들은 적이 없는 단어가 튀어나와 스바루는 곤혹에 눈썹을 찡그렸다.

그 말이 이 자리의 어떤 상황에 준거한 단어인지 렘의 속내를 알 수 없어 우물거린다.

"대답해요. 당신은, '마녀에게 홀린 자' 죠?"

"……마녀……에게?"

"시치미 떼지 말아요!"

격앙한 렘이 옅은 청색의 눈에 노기를 가득 담고 스바루를 쏘아본다. 그건 스바루가 진정한 의미로 첫 대면부터 이 순간까지 한 번도 보지 못한, 렘이 감정을 드러낸 모습이었다.

하얀 얼굴이 분노로 발갛게 익고, 렘은 살의마저 띠며 스바루를 내려다보고 있다.

"몰, 라……. 애당초, 우리집은 대대로…… 무종교……."

"아직도 시치미. ——그렇게나 마녀의 냄새를 풍기고서 무관계하다니 뻔뻔스러운 데에도 한도가 있어요."

증오. 스바루를 노려보는 렘의 눈에서 검고 탁한 증오를 보았다. 여태까지 해온 행동의 본뜻 전부가 뒤집힌 듯한 감정의 소용돌이에, 스바루는 렘의 본질 중 일단을 본 기분이 들어 눈을 크게 뜬다.

"언니나 다른 사람들이나 알아채지 못하더라도 렘만은 그 냄새를 알아채요! 그 악취에, 죄인의 잔향에, 혐오와 모멸을 품어요."

침묵하는 스바루 앞에서 렘은 이라도 갈 듯이 입술을 깨물고 말을 잇는다.

"언니와 당신이 대화하는 모습을 보고 있을 때, 렘은 불안과 분노로 미칠 것만 같았어요. 언니를 저런 처지로 만든 원흉이, 그 관계자가…… 태평스럽게, 렘과 언니의 소중한 터전에……!"

갈피를 잡을 수 없는 원망의 말이 쏟아지고 원한의 숨결이 스바루에게 가차 없이 퍼부어진다.

"로즈월 님께서 환영하라고 말씀하셨으니 렘도 상황을 보고 있었어요. ……하지만, 더는 감시하는 시간조차도 고통이에요. 견딜 수 없다고요."

그리고 렘은 스바루가 아까 입에 올리지 못한 결정적인 한마디를 폭로한다.

"언니가 시중을 드는 걸 가장해, 당신과 친한 듯 행동하는 것뿐이라고 알아도!"

"_____."

모아두었던 증오를 단번에 토해내는 것처럼, 렘은 지금까지 표현하지 않던 감정을 만회하듯이 격정을 스바루에게 내던졌다. 말을 마친 렘은 어깨를 들썩이며 눈에 분노를 머금고 스바루를 노려본다. 그때, 그 분노가 별안간 놀람으로 흔들렸다. 그건.

　"——왜 그랬어."

　증오를 입에 담은 렘의 앞에서, 스바루가 잔잔히 눈물을 흘리고 있었기 때문이다.

　"알고, 있었어. ……상상은, 됐었지."

　목이 흐느끼고, 치밀어 오른 뜨거운 것이 잇달아 눈꺼풀을 지나쳐 뺨에 떨어진다. 그치지 않는 눈물을 줄줄 흘리면서 스바루는 울먹이는 소리로 토막토막 말을 잇는다.

　"이런 처지잖아. ……자상하게 대해준 거 역시, 내막이 있는 건 알았었어. 하지만…… 듣고 싶지는, 않았단 말이야."

　아무것도 할 줄 모르는 스바루에게 업무의 기본을 마냥 붙어서 가르쳐준 두 사람.

　집사복을 입을 줄도 모르는 스바루를 비웃는 람. 사이즈가 안 맞는 웃옷을 다시 바느질하고 입는 법의 지도까지 해준 렘. 글씨를 배우는 데에 고군분투 중인 스바루에게 람은 끈기 좋게 어울려주었다. 렘은 머리카락을 자른다는 약속을 한 후로 빤히 스바루를 응시하고 있을 때가 많아, 재촉받고 있는 것 같아서, 신경을 써주고 있는 것 같아서 기뻤다.

　전부 잊을 수 없는, 다정한 추억이다.

"야채 껍질 벗길 때에, 손 베지 않게 됐어. 세탁물도, 재질마다 빠는 법이 다르다고 배웠고, 청소는 아직 한창 배우는 도중이지만……."

나흘과 나흘 가지고 그 이상 숙달하는 건 아직 바랄 수 없지만. 몇 번째 나흘을 넘어서서 그다음의 나날이라면, 더 배울 수도 있겠다 싶었는데.

"읽고 쓰기…… 간단한 거지만, 할 수 있게 됐어. 약속 지켜서 공부했었지. 동화, 읽을 수 있었다고. 너희 덕분에……."

"무슨…… 말을 하고 있죠?"

병자가 웅얼거리는 것 같은 스바루의 말에 렘은 섬뜩함이라도 느낀 듯 목소리 기세를 낮춘다. 스바루는 그런 렘의 눈을 바로 밑에서 쳐다본다.

"너희가, 네게 베푼 것, 얘기야……."

"그런 일, 기억에 없어요."

"──왜, 기억 못하는 거냐고!!"

별안간 터져 나온 격정에 렘의 다리가 무심코 한 발짝, 뒤로 물러섰다.

누워 있던 몸을 억지로 일으킨 스바루가 렘을 노려보고 이를 드러내면서 부르짖는다.

"어째서, 다 같이 합세해서 날 두고 가는 건데……! 내가 무슨 짓을 했단 거야……! 나더러 뭘 하라고 하는 거야……!"

감정을 제어할 수 없다. 화풀이도 유분수라고 알지만 그런데도 스바루의 마음이, 영혼이, 소리치는 짓을 그만두지 못한다.

이세계에 불려 부조리에 쫓겨 다니고. 그런데도 아직 이를 악물고 지내왔다.

하지만 더는 한계였다.

"뭐가 안 되는 건데. 뭘 잘못했는데. 너희, 어째서 그렇게 내가 미운 거야……? 그, 약속도…… 난 계속……!"

"──렘은."

"난…… 너희를, 좋"

──충격이, 그 뒤의 말을 잇게 하지 않았다.

예상 못 한 기습의 위력에 몸이 기울고, 스바루의 몸은 배후의 나무둥치에 천천히 부딪힌다.

쉰 숨결과 물이 넘치는 듯한 소리가 지척에서 들려 스바루는 시선을 이리저리 돌린다.

금방 원인을 찾았다.

"_____."

목이다.

스바루의 목, 그 절반가량이 벌어져 기도 중간에서 공기와 피거품이 뿜어져 나오고 있다.

눈앞에 아연하게 그 상처를 쳐다보는 렘의 얼굴이 보였다.

그 모습을 지켜보고서 스바루의 눈은 빛을 잃으며 허옇게 휘릭 뒤집혔다.

목소리는 이어지지 않는다. 의식도, 전원을 끈 듯이 꺼진다.

멀어진다. 아픔은 없다. 분노도, 슬픔도, 감정조차도 두고 간다.

단지 마지막으로.

"──언니는, 너무 다정하세요."

그렇게 불쑥 누군가의 슬픈 목소리만이 들린 것 같았다.

제5장 『기다리고 기다리던 아침』

1

“————!!”

의식이 돌아온 순간을 지각할 수 없다.

장대비가 귓전에 계속 울리고 있다. 시야는 적색과 백색으로 명멸하고 있다. 세계는 삐뚤빼뚤 기울어졌다.

팔다리의 감각은 전해지지 않고, 내장이 졸리는 고통에 목이 굵직한 절규를 지르고 있다.

몸을 뒤틀고 펄떡이며, 온몸의 움직이는 부분 전부로 영문 모를 격정을 방출한다.

——뭐가 뭔지 알 수 없다.

다리가 뜯긴 아픔은, 온몸을 찢어발긴 사슬의 지지는 듯한 상처자국은 어디로 사라졌나.

피가 빠져나간다. 목숨이 빠져나간다. 자신이 죽어간다.

죽고 싶지 않다. 아픈 것도 괴로운 것도 힘겨운 것도 슬픈 것도 무서운 것도 이도저도 모두 다 싫다.

모든 것을 멀리 하고 싶다. 보이는 것을, 만질 수 있는 것을, 느끼는 것을, 전부.

"――――!"

뭔가가 들린다. 누군가의 목소리가 들린다.

짐승 같은 포효에 끼어들어 필사적으로 매달리는 누군가의 목소리가 들린다.

의미는 통하지 않는다. 의미는 알 수 없다. 의미를 알고 싶지 않다.

들어도 헛수고다. 들어도 상처받을 뿐이다. 들어봤자 아무것도 바뀌지 않는다.

그렇게 모든 것을 거절하고 있는데, 그런데도 세계는 색깔을, 소리를, 모양을 이루어간다.

손발에 피가 흐르고 난리치는 온몸의 감각이 올바르게 전해진다.

휘두르던 팔은 단단한 것을 때렸는지 손톱이 깨지고 손등이 찢어져 출혈을 일으키고 있었다. 날카로운 고통이 뇌를 찌르는 바람에 절규의 기세가 살짝 느슨해진다.

그리고 깨닫는다. 아픈 팔에 누군가가, 감싸 안듯이 매달려 있는 것을.

비슷한 감촉은 발에도 있었다. 직각으로 위에서 덮으며 두 발의 움직임을 막고 있다.

시야가 돌아온다. 바로 위에 있는 건 몇 번쯤 본 기억이 있는 하얀 천장이다.

자신이 부드러운 침대 위에 위를 보고 눕혀져 있음을 깨달았다.

확 트이듯이 숨이 새어 나온다. 굳어 있던 몸으로부터 힘이 빠진다. 그때.

"손님. 손님. 이제, 진정되셨어요?"

"손님. 손님. 그만 행패는 끝났어?"

두 개의 귀에 익은 목소리가 귀청을 때린 순간, 스바루의 목은 잊고 있던 절규를 재개했다.

2

스바루에게 네 번째가 되는 로즈월 저택 첫날은, 여태까지 없는 최악의 형태로 막을 열었다.

벌써 여섯 번, 스바루는 이 세계에서 목숨을 잃어 살아서 욕을 보고 있다.

결코 편한 죽음은 아니었다. 어느 죽음이나 동등하게 터무니없는 상실감을 초래했다.

아픔이나 괴로움이나 익숙해지진 않고, 재시도할 때마다 치고 올라오는 홀로 남았다는 적막감과 실망감은 누가 이해줄 수 있는 고뇌도 아니다.

그런데도 스바루는 이를 악물고 열심히 앞을 보며 살아왔다고 생각했다.

어떤 곤경에도 무릎만은 굽히지 않겠다고, 마음만은 지지 않겠다고 결의해왔다.

하지만 그 결의도 이번의 '사망귀환' 앞에선 산산이 깨지고 말았다.

상실감도, 실망감도, 적막감도, 지금까지 함께해온 나날의 인연만큼 스바루를 찍어냈다.

설 수 있을 리가 없다. 서자고 하는 기력조차 솟질 않는다.

서야만 한다는 이유가 떠오르지 않는다. 그것이 현실이다.

"──자, 끝. 남김없이 아문 것 같긴 한데, 난폭하게 굴면 안 돼."

침대 옆에 앉은 에밀리아가 상처가 나 있던 스바루의 오른손을 쓰다듬고서 웃어 보인다.

깨어난 직후의 소동에 상처를 입은 스바루를 달려온 에밀리아가 치료해준 것이다.

──방 안. 지금은 스바루와 에밀리아 단둘뿐이다.

깨어난 순간에 마침 있던 자매는 각성한 직후의 스바루가 벌인 추태에, 에밀리아에게 그 자리를 맡기고 물러간 다음 보이지 않는다.

"람과 렘 둘이 엄──청 걱정하더라."

듣고 싶지 않은 이름이 나와 스바루는 튕겨지듯 고개를 든다.

스바루의 동요에 에밀리아는 조금 놀란 얼굴이지만, 금방 살짝 고개를 가로저었다.

"무슨 실례가 있었을지도 모른다며 희한하게도 침울해져서. 다음에 만나면 뭔가 한마디 해줘."

"무슨 실례……라. 아니, 아무것도 없었어. ……나랑, 저 두 사람 사이에는, 아무것도 없었어."

될 대로 되라는 목소리는 쉰 상태라 에밀리아가 모양 좋은 눈썹을 살그머니 찡그린다.

에밀리아의 반응을 곁눈으로 보고 있는 스바루의 입에서는 사죄도 변명도 나오지 않는다.

대신에 입을 비집고 나온 건, 비아냥인지 아닌지 모를 물음이었다.

"저기, 에밀리아는…… 나를, 방해된다고 여기지 않아?"

"방해라니, 그렇게 여길 리 없잖아. 스바루는 내 생명의 은인이야. 은혜도 갚지 못했는데 은인이 맘대로 없어졌다간 어떡해야 해? 그러니까 없어지면 곤란해요."

에밀리아는 손가락을 세우고, 스바루를 만류하듯이 빠른 말을 퍼부었다. 가만히 그 말을 듣다가, 스바루는 에밀리아의 표정과 몸짓을 꼼꼼히 지켜보고 있는 자기 자신을 깨달았다.

"어이어이, 진짜냐……."

그게 의심의 눈초리라는 것. 다름 아닌 에밀리아를 그런 눈으로 본 자신에 낙담한다.

공교롭게도 지금 에밀리아가 말한 직후가 아닌가.

은인을 은인이라고 생각하지도 못하게 되었다간, 그건 이미 최악의 소행이라고.

에밀리아는 이 기댈 곳 없는 세계에서 단 하나뿐인 스바루의 오아시스인 것이다.

그밖에 마음을 맡길 수 있겠다고 생각한 것들. 그걸 잃은 스바루에게 유일한.

"————."

문득 뇌리에 스친 생각이 있었다.

'사망귀환'의 사실을, 다름 아닌 에밀리아에게 털어 놓을 수 있지는 않을까.

"그……렇지……."

생각해 보면 스바루는 여태까지 막다른 현실을 전부 자기 손으로 바꾸려고 발버둥 쳐왔다.

하지만 그렇게 혼자서 허우적거린 결과가 바로 이 앞뒤가 다막힌 운명의 막다른 골목이다.

이 상황을 타파하기 위해서는 여태껏 없던 변화가 필요하다.

예를 들어 그건 제3자——믿을 수 있는 사람과의 인연에 의지하는 것이, 대답이 아닐까.

"——에밀리아가, 들어줬으면 하는 말이 있어."

안개가 개이듯 스바루 안에 있던 망설임과 불안의 감정이 사라졌다.

성조를 낮춘 스바루의 분위기에 에밀리아는 의자 위에서 자세를 바로잡고, 걱정스러운 얼굴에 긴장을 띠면서 스바루를 본다.

스바루는 남보랏빛 눈에 자신이 비치는 것을 보면서 처음 한마디를 어떡해야 할지 생각한다.

'사망귀환'에 대해서 무엇부터 설명해야 하는가. 혹은 스바루가 이 세계의 인간이 아니라는 사항부터 밝혀가야 하는가.

일소에 부칠 만한 이야기고 농담이라 여겨질 가능성도 꽤나 높다.

그래도 에밀리아라면 스바루의 호소를 저버릴 일은 없지 않을까.

그런 기대가 지금의 스바루를 지탱하는 전부였다.

── '사망귀환' 부터 얘기하자. 그리고 가능하다면 네 힘을 빌려줬으면 해.

은혜를 입은 상대한테 또 다음 요구를 하는 자신의 얄팍함을 자각하면서, 입을 연다.

혼미하기 짝이 없는 상황을 바꾸기 위해서. 운명에 승리하기 위해서, 두 사람의 힘으로.

──그렇게, 생각했었다.

"에밀리아. 나는 '사망──'."

고백이 시작되었다. 그렇게 생각한 순간, 그것은 찾아왔다.

"───."

위화감. 먼저 그것이 스바루의 의식을 휘감았다.

뭔가가 이상하다고 생각하다가, 이내 그 이유를 깨달았다.

소리. 소리가 사라졌다. 소리가 세계로부터 사라져 있었다.

자신의 심장박동. 에밀리아의 숨결. 창문을 통해 숨어드는 아침의 산들바람.

그 전부가, 세계로부터 완전히 사라졌다.

그리고 그것은 이변의 서곡에 불과했다.

──소리가 사라진 세계로부터, 이어서 모든 존재의 움직임

이 사라졌다.

시간이 길게 늘어나 찰나는 영원이 되고, 1초 뒤가 아득한 시간의 저편으로 사라진다.

눈앞에 있는 에밀리아의 표정은 진지한 얼굴 그대로 움직이지 않는다.

늠름한 모습을 지킨 채 다음 움직임이 영원히 사라진 에밀리아.

스바루도 마찬가지다. 움직이지 않는다. 움직이지 못한다. 입도, 눈도, 모조리 다, 영원히.

소리가 사라지고 시간이 멈추어 스바루의 염원이 손 닿지 않는 곳으로 멀어져간다.

이해를 초월한 현상에, 스바루의 의식만이 정지한 세계에서 왜냐고 외쳐댄다.

──그리고 그것은 느닷없이 모습을 드러냈다.

검은 아지랑이다. 그것은 눈을 깜빡이지도 못하는 스바루의 시야 속에 난데없이 떠돌기 시작했다.

모든 것이 다 정체된 세계에서 아지랑이만은 행동을 제한받고 있지 않다. 꿈틀거리며 형태를 바꾼다. 양 손바닥으로 받아낼 수 있을 정도의 질량. 아지랑이는 그 윤곽을 조금씩 빚어가다가 이윽고 변화를 끝마쳤다.

──스바루에게는 그것이 검은 손바닥처럼 보였다.

다섯 손가락을 갖추었다. 팔꿈치 아랫부분 정도까지의 길이밖에 존재하지 않지만 그것은 틀림없이 팔이었다.

검은 손가락 끝이 떨린다. 뚜렷하게 팔 모양을 이룬 그것이 느

릿한 움직임으로 허공을 유영한다. 다다르는 방향을 보고 스바루는 의식만으로 숨을 집어삼켰다.

검은 손가락이 가로막는 것이라곤 없는 양 스바루의 가슴으로 쑥 파고든 것이다.

손끝이 내장을 건드리고 늑골을 어루만지는 감각. 그 감각만은 다이렉트로 스바루에게 전달된다.

불쾌감과 초조감이 스바루를 지배했다. 아지랑이의 움직임은 멈추지 않는다.

마치 목적은 스바루의 가슴속, 가장 깊은 곳에 있다고 하는 양.

──이봐, 잠깐.

말이 되지 못하는 목소리. 거스르지 못하는 몸. 스바루의 의식이 공포로 비명을 지른다.

──그건 진짜 웃을 일이 못

가슴속으로 말을 마치기보다 먼저 충격이 스바루의 존재를 근저부터 뒤흔들었다.

내장을 상처 입으면 왜 아픈지 설명할 수 있는 사람이 있을까. 그 대답은 간단해서, '그런 생각을 할 필요는 없다'는 한마디로 끝난다.

그 순간, 스바루를 덮친 격통에 이유를 달 필요성 따위 눈곱만큼도 없다.

그저 오로지 심플하게, 심장을 가차 없이 터트리는 통증에 영혼이 으깨졌다.

소리를 지르는 것은 불가능하다. 아파서 몸을 떠는 것조차 금지되어 있다.

그저 고통만이 있었다. 그리고 그것은 고통만이 아닌 뭔가를 끌고 나와 스바루에게 눈물이 나올 만큼 고마운 경고를 남기고 갔다.

통증으로 스바루라는 존재가 잡아 찢기고, 의식이 난잡하게 헝클어지고 일그러지며, 사고는 원래 모양을 떠올리지 못할 만큼 너덜너덜하게 잘게 다져져서——.

"——바루."

"————?"

"스바루, 왜 그래? 갑자기 입을 다물면 걱정하잖아."

이쪽 무릎에 손을 얹으며, 은색의 미모가 걱정스럽게 스바루의 눈을 들여다보고 있었다.

숨통이 트이듯이 숨이 새어 나온다. 손끝이 자기 의사에 따르는 것을 확인하고, 그다음 쭈뼛쭈뼛 자신의 가슴을 만져 심장이 찬찬히 한 박자씩 고동치는 것을 바깥에서 확인했다.

몸은 움직인다. 목소리도 나온다. 심장에도 통증 따위 느껴지지 않는다.

——하지만 공포는 새겨졌다.

생겼던 희망의 몫만큼, '그것'이 초래한 사실은 스바루를 절망시켰다.

한 번 더 '그것'에 도전한다. 그렇게 생각하기만 해도 검은 아지랑이가 일렁이는 광경을 환시한다.

그리고 스바루는 마침내 인정할 수밖에 없었다.

"왜, 왜 그래? 아까부터 정말로 이상하다? 무슨 일이 있으면……."

치밀어 오르는 감정에 스바루가 견디지 못하고 손바닥으로 얼굴을 가리자, 에밀리아는 당혹한 낌새로 묻는다.

"——부탁이 있어."

그 에밀리아의 걱정하는 말소리를 가로막고 스바루는 고개 숙인 채로 얼굴을 피한다.

얼굴은 들 수 없다. 분명히 끔찍한 얼굴일 것이다.

지금 같은 마음 상태로 에밀리아를 보면, 자기가 무슨 말을 떠들지 스스로도 자기 자신을 신용할 수 없다.

스바루는 자제심을 총동원해 단 한마디를 꾸며낸다.

전하려고 했던 말도, 들어주길 바란다고 소원하던 마음도, 죄다 버리고서.

"내게, 상관하지 말아줘."

힘없이 그 말만을 전한 다음, 숨을 집어삼키는 에밀리아의 반응을 보지 않고 침대에 쓰러진다.

무의식중에 손바닥은 가슴에 닿고 스바루는 강요받은 현실을 똑똑히 자각한다.

——털어 놓는 짓은 허용되지 않는다.

스바루는 철저히 단 혼자서 계속 버둥거릴 수밖에 없는 것이다.

에밀리아마저 거절해 스바루의 4주차는 암담한 스타트를 끊었다.

매몰찬 한마디로 에밀리아를 상처 입힌 다음, 로즈월이 스바루의 객실을 방문했다.

무슨 얘기를 했는지, 거의 기억에 남아 있지 않다.

단지, 퍽이나 값을 매기는 듯한 눈으로 보던 것 같았다. 그게 이번 회에 한정된 일인지, 매회 그랬었는데 알아채지 못했던 것뿐인지 알 수 없지만.

"손님으로서 취급할 테니, 마음이 내킬 때까지 체재하아—도록 해."

그렇게 사정에 좋은 말을 했던 느낌이 든다.

그조차도 스바루에게는 이젠 아무래도 상관없는 사항 같은 느낌이 들고 있었다.

지금 저택을 훌쩍 나가면 확실하게 입막음 당할 것이다. 그렇다고 이대로 저택의 짐덩이 노릇을 하고 있어도 머잖아 다진 고기가 될 결말은 회피할 수 있을 리 없다.

BAD END가 확실한 상황에서 세이브한 기분이다. 오토 세이브인데 부조리하기 짝이 없다.

"————."

침대 위에서 변변히 움직이지도 않고 있는데, 입으로 호흡하는 스바루의 호흡은 거칠고 빠르다.

자는 것이 무서워 스바루는 손에 든 깃털 펜으로 몇 번이나 자기 손등을 파고 있었다. 눈꺼풀이 내려가려고 할 때마다 통증으로 의식을 억지로 유지한다. 잠들면 무슨 일이 일어날지 모른다.

벌써 세 번 죽어버린 상황이다.

왕도에서 일어난 루프에선 세 번까지의 사망밖에 경험하지 못했다. 4회째에서 그 하루를 돌파한 스바루에게, 네 번째 죽음은 미지의 영역이 된다.

──만약 지금 여기서 죽으면 다음에는 더 이상 돌아오지 못할지도 몰라.

죽음을 회피할 방법은 찾을 수 없다. 그런데도 죽고 싶지는 않았다.

모든 것을 의심하고 모든 것에 저항하며 오로지 삶을 고집한다.

시간의 경과도 잊고, 공복도 갈증도 잊고, 스바루는 기를 쓰며 존재하려 한다.

상처의 아픔이 자신의 존재를 긍정해주는 기분이 들어, 손등을 파는 간격이 좁아진다.

아픔. 기쁨. 아픔. 기쁨. 아픔. 아픔. 아픔──.

"──꽤나 쓸개 빠진 낯짝이 되었어."

문득, 난데없이 들린 목소리에 튕겨지듯이 고개를 들었다.

짐승처럼 번득이는 스바루의 눈길이 향한 곳. 입구에 등을 맡기고 서 있는 건 한 소녀다.

이번 주차에서 아직 한 번도 얼굴을 마주하지 않았던, 베아트리스의 방문.

여태까지 없었던 상황의 변화에 스바루는 경계심을 단번에 높인다.

"……이번엔, 너냐."

나지막한, 잠긴 목소리가 자기 것이라고 깨닫고 내심 놀랐다.

이 세상을 저주하는 마음이 목소리로 나온 건지 목소리에는 상상 이상의 적의가 담겨 있었다.

"고작 하루 이틀 만에 용케도 이만큼 맥이 빠질 수 있는 것이야. 구제할 도리 없이 어리석어."

"고견을 경청할 작정은 없어. ──뭐하러 온 거야."

추태를 코로 비웃음 당한 스바루가 언짢게 받아치는 말에 베아트리스는 아주 살짝 눈꺼풀을 내렸다.

"……빠냐랑, 그 계집애의 말을 듣고 얼굴이나 보러 와준 거야."

"팩이랑…… 에밀리아?"

"깨고 난 뒤의 네 낌새가 이상하니까, 처음에 깨어났을 때에 베티가 무슨 짓 한 게 아니냐고 의심하는 것이야. 실례되는 이야기지."

사실인데도 거리낌 없는 베아트리스지만, 스바루는 그럴 경황이 아니다.

에밀리아는 매몰찬 스바루의 말에 상처 입었을 텐데도 스바루의 마음을 우려하고 있었다는 말이다. 엉뚱하게 짚기는 했지만 베아트리스와 직접 담판을 지을 정도로.

무슨 이유인지 팩에게 세게 나오지 못하는 베아트리스는 딸한테 꼼짝 못하는 팩이 에밀리아를 두둔한 까닭도 있어, 마지못해 스바루가 있는 곳에 얼굴을 내밀었다는 모양이다.

에밀리아의 배려는 아주 약간만, 심사가 곤두섰던 스바루에게 온기를 내려주었다.

설령 그것이 사태를 타개하는 데 아무 의미도 띠고 있지는 않았더라도.

"알았어. 이제 괜찮아. 넌 사과하러 와줬어. 그걸로 충분해."

"어째서 베티가 사과해야 하는 것이야? 우선, 그 점을 정정하는 것부터 시작하지 않으면 돌아가려 해도 돌아갈 수 없어."

막되게 자신을 쫓아내려는 스바루의 태도에 베아트리스는 입술을 뒤틀었다. 그녀는 방을 나가기는커녕 침대로 걸어와 스바루에게 불평을 거듭하려다가.

"——우?"

조용히 있으면 사랑스러운 얼굴이 콧등에 주름을 잡으며 갸웃거리는 모습을 스바루는 보았다.

베아트리스는 불쾌한 얼굴을 두리번두리번 돌리다가 스바루를 노려본다.

"얼굴만 답답해진 게 아니라 꽤나 짙어져 있어."

"——뭐?"

"코를 찌르는 냄새 얘기인 것이야. 그 쌍둥이와는 당분간 만나지 않는 편이 현명해."

코를 잡고 손을 저어 악취를 쫓는 시늉을 하는 베아트리스.

"_____."

하지만 그 '냄새'라는 키워드는 스바루의 마음을 잡고 놓아주지 않았다.

냄새. 그것은 분명, 3주차가 끝날 즈음에 누군가가――.

"내게서 무슨 냄새가 난다고?"

스바루가 고개를 들고 그 목소리에 처음으로 거절 외의 감정을 담아 물었다.

"――마녀의 냄새야. 코가 삐뚤어질 것 같은 것이야."

――마녀라는 키워드에 스바루는 뇌가 욱신거리는 감각을 느꼈다.

그 단어에는 기억이 있다. 바로 요전에 그런 단어를 분명히 봤다. 그것은――.

"질투의 마녀."

"지금 세계에서, 마녀라 하면 '그것' 말고 뭐가 있을 수 있는 것이야."

깔보는 듯한 말투에, 스바루는 몸을 앞으로 기울이며 여전히 물음을 거듭한다.

"어째서, 그 냄새를 내게서 느끼지?"

"글쎄? 마녀가 첫눈에 반했는지, 눈엣가시로 여기고 있는지. 어느 쪽이든 간에 마녀로부터 특별한 취급을 받는 넌 애물단지지."

"얼굴도 이름도 모르는 상대한테 특별 취급이라니 섬뜩한데."

어깨를 으쓱인 베아트리스는 그 이상의 얘기는 불쾌하다고 암암리에 태도로 드러내고 있다.

마녀. '질투의 마녀'는 동화에 이름을 남길 만큼 온 세계에서 기피되는 존재의 이름이다.

하지만 마녀와 스바루의 접점은 이야기성이 없는, 줄거리뿐인 동화를 접한 것뿐.

당연히 마녀와 만난 기억도 없거니와 잔향이 묻을 만한 접촉의 기억도 없다.

──렘도 분명 스바루의 몸으로부터 마녀의 냄새가 난다고 말했었다.

렘의 도를 넘은 살의 중 일부분에 마녀의 냄새가 관계있는 느낌이 있다. 그렇다면 알지도 못하는 사실로 원망을 산 것이고, 애꿎은 누명에 누명이 겹친 꼴에 입만 다물 뿐이다.

답이 없는 사실이 답도 없다고 알아서, 스바루는 길게 한숨을 쉬었다.

"아무것도 없다면 그만 가겠어. 빠냐에게는 얘기한 일을 빼먹지 말고 전해두는 것이야."

"잠깐 기다려."

침묵하는 스바루를 단념하고 문고리를 잡아 '징검문'으로 사라지려고 하는 베아트리스를 불러 세운다. 베아트리스가 싫은 얼굴로 고개만 돌려보자.

"너, 나한테 미안하다고 생각하고 있지?"

스바루는 문득 떠오른 생각에 심술궂게 말을 던졌다.

의미가 있는지는 알 수 없지만── 걸어볼 가치는 있는 발상이다.

싫은 얼굴의 베아트리스에게 스바루는 침대를 두드리면서 타이른다.

"너는, 나한테, 미안하다고, 생각하고 있다. 예스나 하이로 대답해."

"생각하지 않아."

"팩한테 이른다."

"욱……. 조오오오금은, 생각해본 적도 있을지 모르는 것이야."

베아트리스는 스바루에게 완전히 돌아서서 팔짱을 끼고 잘난 듯이 쳐다본다.

스바루는 베아트리스의 조그만 몸을 위에서 아래까지 바라보고, 그런 다음 여태까지 접해온 소녀와의 시간을 떠올리며── 고민한 결과, 결단했다.

"미안하다고 생각하고 있고, 용서받길 원하면 내 부탁 한 가지만 들어줘."

"……말해 보는 것이야."

"5일째의 아침…… 모레 아침이지. 그 시간까지 날 지켜주지 않겠어?"

자기보다 연하로밖에 보이지 않는 소녀에게 애원하기에는, 너무나 염치없는 내용이었다.

스바루가 꺼낸 부탁에 베아트리스는 잠시 말없이 생각한다.

"애매한 말투야. 누가 노릴 이유라도 있는 것이야?"

베아트리스 쪽에서 보면 당연한 질문이 돌아온다.

스바루를 백안시하는 채로 베아트리스는 방 안을 빙글빙글 걷기 시작했다.

"애당초 말썽을 이 저택에 들고 오는 건 사양이거든. 베티에게 이 저택은 없어선 안 되는 장소인 것이야."

"……내 쪽에서 뭔가 할 생각은 없어. 떨어지는 불똥을 털 뿐이야."

"그것조차 타인에게 떠넘기는 주제에, 뜻 한번 훌륭해."

"이번에 한해선 대꾸할 말도 없다."

스바루가 고개 숙이자 베아트리스는 탄식한다.

그대로 한동안, 침묵의 시간이 실내에 흘렀다.

스바루는 고개 숙인 채 그사이에 문이 닫히는 소리가 날 거라고 생각했다.

스바루의 애원을 내버리고 베아트리스가 자신의 금서고로 되돌아가는 소리가.

그 소리가 들릴 때야말로 스바루의 한 가닥 희망마저도 뭉개질 때인 것이다.

"손, 내놓는 것이야."

그런 체념으로 가득 차 있던 스바루에게 침대 옆으로 걸어온 베아트리스가 작은 손을 뻗고 있었다.

어안이 벙벙해져 있는 스바루에 속이 탄 베아트리스가 짜증스럽게 그 손을 잡는다. 그리고 베아트리스는 그 상처투성이 손을 보고 얼굴을 찡그렸다.

"기분 나빠. 자해하는 버릇까지 있다니, 구제할 도리 없는 변태인 것이야."

"그건 로즈월의 전매특허잖아. 난 문신 만들다가 좀 실패했을 뿐이야."

"센스도 기술도, 그리고 거짓말하는 재능도 없고……. 더욱더 구원이 없어."

한숨지은 베아트리스는 스바루의 오른손 상처를 가리듯이, 작은 손바닥을 위에 포갠다.

손가락이 미끄러지고 이끌어가는 대로 둘의 손가락이 얽혀 손을 마주 잡는다.

"──그대의 소원을 들어주겠다. 베아트리스의 이름에 걸고, 계약은 지금 맺어지노라."

엄숙하게 고하는 베아트리스의 모습에 스바루는 말을 잃었다.

갑자기 눈앞의 소녀의 모습이 지금까지와는 다르게 보인다.

얽은 손가락으로부터 전해지는 열 때문에 베아트리스의 모습이 신비성조차 두르고 있는 것처럼 느껴졌다.

"설령 임시라도 계약은 계약. ──너의 영문 모를 부탁, 들어주는 것이야."

손가락을 풀고 다시 팔짱을 끼는 베아트리스 앞에서, 스바루는 감정의 파도를 참듯이 아래를 본다.

말이 되지 않는 감정이 가슴속에서 끝없이 넘쳐 나온다.

예상외의 장소에서 손을 뻗은 구원을 어떻게 다루면 될지 알 수 없어져서.

　"진짜냐……. 여아한테 울 뻔했어."

　"여아라고 하지 마. 그리고 빠냐에게 고자질했다간 용서하지 않는 것이야."

　"그렇게 중요하냐, 그거. 너 오니들리도록 필사적이구만."

　베아트리스의 진심으로 적의만을 담은 시선에, 스바루는 쓰게 웃으면서 응수한다.

　절망으로부터 시작된 4주차. 그 주회에서 처음으로 나온, 자그맣지만 명확한 웃음이었다.

4

　베아트리스와 임시 계약이 체결되어 스바루는 아주 약간이지만 확실한 안식을 얻었다.

　하지만 스바루를 몰아넣고 있는 상황은 본질적으로는 아무 개선이 없었다.

　변함없이 스바루는 주어진 객실에서 은톨이 생활을 계속하고 있었고, 베아트리스도 온종일 스바루에게 붙어 있어주지는 않는다.

　문제의 4일째 밤부터 5일째 아침──그 시간에 호위의 노력을 할애하기 위해서, 베아트리스는 계약을 주고받은 그 시간부터 계약의 시간까지는 얼굴을 내밀지 않겠다며 방을 벗어나 있었다.

대신에 몇 번이나 스바루 쪽을 방문하고 있는 사람은.

"그래, 잘됐다. 베아트리스가 똑바로 사과하러 왔구나. 어쩜 이리 기특할까."

침대 옆에서 미소를 띠며 끄덕이고 있는 에밀리아다.

매정한 취급을 받고도 이렇게 만나주는 에밀리아는 스바루의 양심을 괴롭히는 한편, 과장이 아니라 진심으로, 암흑의 세계에 한 줄기 광명을 드리우는 여신 같은 존재였다.

재차 방문한 에밀리아에게 최초의 무신경한 발언을 사과한 순간에도.

"신경이 곤두섰던 거였지? 누구나 그럴 때는 있는걸. 어쩔 수 없지. 람과 렘에게도 그렇게 말해주면 좋겠다."

부드럽게 스바루의 심한 발언을 넘어가주었다.

그 뒷부분의 조촐한 소망에 관해서는 스바루는 명확한 대답을 돌려주지 않았다.

신용을 벌지 못한 상태로 그저 사정에 곤란한 사실을 알고 있는 놈팡이라고 판단되면 입막음으로 살해당한다. 하지만 그 도를 넘은 충성심을 맛보고서도 여전히 두 사람을 끝내 미워할 수 없는 것 또한 사실이다.

눈만 감으면 되새길 수 있는 저택에서의 나날이 있다. 그 시간, 그 추억 속에서, 자매와 스바루의 마음이 겹친 순간은 한 번도 없었던가.

——그냥 그렇게 여기고 싶은 것뿐인지도 모르겠지만.

"역시 밥을 먹지 않는구나."

"……미안해."

침대 옆에 놓인 쟁반 위. 식어가고 있는 식사가 손도 안 댄 채 남아 있는 걸 보고 에밀리아가 우려를 띤 음성으로 중얼거렸다.

가차 없이 험한 소리를 퍼붓고 그 뒤에도 태도 나쁘게 계속 틀어박혀 있는 스바루. 그런 스바루에게도 사용인인 렘과 람은 자신들의 업무를 소홀히 하지 않는다.

매번 어김없이 식사에 손을 대지 않아 환영받고 있지 않는 걸 알지라도.

그런데도 한쪽은 스스럼없이, 한쪽은 정중하면서 무례하게 직무를 다하려는 의리 깊은 성격인 것이다.

스바루는 그 사실을 알고 있다. 알고 있는데, 받아들일 수 없다.

——독이라도 들어있는 게 아닐까.

식사를 볼 때마다 그런 불안이 머리를 스친다.

그런 식으로 두 사람을 의심하는 자신이 싫다. 그러나 스바루는 자매가 흉기를 휘둘러 자신을 죽이려 하는 미래가 존재함을 알고 있다.

좋은 면을 여럿 알고 있는 상대가 나를 죽이려고 하는 현실.

그 현실을 인정하면서부터 스바루의 절망이 시작되고 있는 것이다.

"조금이라도 먹지 않으면 몸이 못 버티거든? 힘들지는 몰라도."

"위가 받질 못해. ⋯⋯에밀리아땅이 '앙~' 하고 먹여준다면, 먹을 수 있을지도."

걱정스러워하는 에밀리아에게 하잘것없는 너스레를 떨고서 스바루는 자기 자신의 꼴불견을 저주한다.

진심으로 자신을 걱정해주는 상대에게 경박함을 가장해서 동정받고 싶어 하는 자신을.

그런데.

"그럼, 자. 앙~."

"──허?"

"그러니까, 앙~."

식사가 올라간 쟁반을 무릎에 싣고 숟가락을 든 에밀리아가 스바루를 쳐다보고 있다.

숟가락은 수프를 뜨고, 아직 가까스로 온기가 남은 그것은 스바루의 입가를 향해 천천히 다가오고 있었다.

에밀리아의 의도를 알 수 없어 스바루는 못 버티고 그만 고개를 가로저었다.

"아니, 아니아니아니, 잠깐 기다려봐. 에밀리아땅, 뭐하고 있어?"

"뭐냐니, 스바루가 이렇게 하면 먹는다고 말했잖아? 그러니까, 먹어봐. 앙~해줄 테니까."

"어, 응, 이런 건 이러니저러니 하다가 결국 못 한다는 게 양식

미랄까, 한다고 쳐도 여자애가 얼굴 새빨개져서 한 번이 한계 같은 게 정석이랄까."

"이런 어린애 같은 말 하는 아이한테 밥 좀 먹여주는 정도로 부끄러워할까 봐. 자, 엉뚱한 소리 말고."

횡설수설하는 스바루에게 에밀리아는 억지로 '앙~'을 강제 한다.

결국 그 기세에 밀려 스바루는 귀까지 벌게지는 것을 느끼면 서 입을 벌렸다.

"아, 앙~."

"자, 꼴딱. 계속 간다. 자, 자, 자, 자, 자."

"빠른데?! 첫 앙~인데 여운이고 자시고 없군?!"

빨리 먹기 대회의 경험이라도 있는지, 군더더기 없는 기계 적인 움직임으로 숟가락을 나르는 에밀리아. 스바루는 잇달아 투입되는 식사에 고생하다가 도중에 허둥지둥 손을 저었다.

"타, 타임! 타임! 중단을 요구한다! 목, 목에 이상한 쪽으로 들 어갔…… 윽."

"아유, 지금 한창 좋았는데…… 스바루?"

"콜록, 콜록, 아니, 진짜, 목에, 있지. ……봐, 이상하게 말이 야……."

스바루는 불만스러워 하는 에밀리아로부터 고개를 돌려 기침 하는 시늉을 하면서 부자연스럽지 않도록 얼굴을 피한다. 에밀 리아에게 지금의 얼굴을 보이고 싶지 않다.

눈 안쪽에서 슬그머니 뜨거운 것이 철철 넘쳐 나온다. 눈을 크

게 떠 눈물을 잡아두면서, 흐르지 말아달라고 필사적으로 참았다.

뭐 하나 희망이 보이지 않았을 세계에서, 연이어 자상한 대우를 받고 말았기에.

그런 식으로 대우 받을 만큼 나한테 값어치가 있는 거냐고, 그렇게 생각해버렸다.

그걸 부정당했기 때문에야말로 나츠키 스바루는 절망한 거라고 여겼었는데.

"있지, 스바루."

"……음, 아―아―. 좋아. 응, 괜찮아졌나―. 그런듯. 괜찮아."

걱정스럽게 부르는 소리에 스바루는 가볍게 목으로 소리를 내 회복했다는 연기를 한다. 고개를 돌려 에밀리아에게 늘어진 표정을 지어 보였다.

――몹시도 자상한 눈으로 이쪽을 보는 에밀리아와 눈이 맞았다.

"다음 거, 하자."

"……그런 말투면, 왠지 엄청나게 못된 짓 시작하는 기분."

"――?"

고개를 갸우뚱한 에밀리아는 자기 발언이 머금은 아슬아슬한 색기를 깨닫지 못한 모양이다.

혹은 그런 생각을 해버리는 자기 쪽이 훨씬 정신머리가 없는지도 모른다.

에밀리아가 내민 "앙~."에 입을 열고, 수치심과 복잡한 감상에 뺨을 붉히면서도 식사를 완료. 먹이기를 마친 에밀리아가 만족스럽게 손뼉을 친다.

"좋아. 자, 다 먹었으면 뭐라고 말하죠?"

"마이 무겠습니다."

"버릇없어. 똑바로, 한 번 더."

"잘 먹었습니다."

"아니요, 별 말씀을."

깊이 고개를 숙이는 스바루에게 정중하게 마주 인사하는 에밀리아.

에밀리아의 짙어진 웃음을 보며 스바루는 신비한 만복감이 드는 배를 쓰다듬는다.

이틀이나 공복이던 참에 갑자기 쓸어 넣었는데 비해 위가 놀란 기척이 없다.

"한동안 멀쩡한 걸 먹지 않았으니까 배가 깜짝 놀라버릴 수 있다고. 람이 말을 꺼내서 렘이 만들었어. 착한 아이들이지? 응."

스바루의 의문에 마치 자매를 자랑하는 듯한 에밀리아의 말이 꽂힌다.

원래라면 틀림없이 앞에 이어 눈물이 나올 만큼 기뻤을 터인 배려다. 그것이 지금의 스바루에겐 그야말로 눈물이 나올 만큼 애처로운 미혹으로밖에 느껴지지 않는다.

자상한 배려도, 친하게 대해준 것에도, 그저 그뿐이 아니라 내막이 있다면.

"그럼 스바루도 밥 먹어주었고, 오래 있어봤자 피곤할 테니 돌아갈게."

"뭐하면 옆에서 같이 자고 있어줘도 되는데?"

"좋아좋아, 이제 기운이 생겼나 보네. 나도 여러 가지로 해야
만 하는 일이 있답니다. 살짝 빠져나온 거니까, 비밀이다?"

윙크하면서 입술에 손가락을 대는 에밀리아.

본래의 에밀리아가 이 시간, 무엇을 하고 있는지 기억해내고
스바루는 민망해진다.

에밀리아는 나라를 짊어지고, 미래를 향해 나아가기 위해서 1
초를 아껴가며 노력을 거듭하는 하루하루를 보내고 있을 것이
다. 원래라면 스바루에게 소비하기에는 1초도 아까울 귀중한
시간을.

"──에밀리아땅. 밤에는 방에 단단히 열쇠 걸고 아무도 들
이면 안 돼."

그 말이 입을 비집고 나온 까닭은 그런 에밀리아의 배려를 접
해 그나마 조금이라도 운명에 저항할 기력을 불러일으켰기 때
문이었을지도 모른다.

스바루의 난데없는 충고에 에밀리아는 은색의 머리카락을 찰
랑이며 갸웃거린다.

"스바루가 들어오니까?"

"그래그래…… 아닌데?! 그거, 에밀리아땅이 아니라 팩이 한
말 아냐?!"

"와오, 용케 알았네."

은발에서 슬그머니 머리를 내민 팩이 스바루와 에밀리아를 능

글능글 바라본다. 아무래도 처음부터 숨어서 대화를 듣고 있었는지 노려보는 스바루를 놀려먹듯이 꼬리를 흔들었다.

"내 러블리함이 자리에 맞지 않겠다고 생각해 가만히 있었는데, 갑자기 진지한 감정이 겉으로 나오기에 잠깐 궁금해져서."

"……꺼림칙한 예감이 들 뿐이야. 너한테도 에밀리아땅을 단단히 부탁하마."

스바루는 검은 아지랑이 건 때문에 분명하게 미래를 말하기를 피한다. 그런데도 감정을 읽을 수 있는 팩은 별반 의문을 끼우지 않고 승낙한다.

"어쩐지, 나만 따돌려서 엄―청 납득이 안 가는데."

"기여븐 에밀리아땅은 항상 보쌈의 위험성을 주의하고 있으란 얘기. 차랑 남자를 조심하란 거지. 그렇죠, 아버님."

"그래, 리아. 특히 눈매 사나운 흑발 남자는, 이 아빠는 용납하지 않는단다."

"브루투스!"

스바루가 외친 배신의 대명사에 팩이 폭소하고, 에밀리아가 웃는 팩을 집어다 자신의 머리카락 속에 밀어 넣고는 이번에야말로 자리에서 일어났다.

둘을 배웅하고 방에 혼자만 남은 상황에서 스바루는 침대에 쓰러진다.

한때의 위안 정도지만 두 명에게 주의를 촉구할 수 있었다. 애당초 이번 위기는 에밀리아 일행하고 거의 관계없는 것이다. 이걸로 두 명은 아마도 괜찮을 것이다.

"아아, 망할⋯⋯."

안도감이 마음에 드리운 순간, 별안간 스바루의 의식을 졸음기가 유린한다.

통증에 물러섰던 수마가 이때라는 양 밀어닥쳐 스바루의 기력을 모조리 빼앗았다.

공복이 채워진 까닭도 있어 의식은 저항도 못하고 졸음 속으로 가라앉듯이 사라졌다.

5

꿈과 현실의 틈바구니에서 스바루의 의식은 구름처럼 떠돈다.

꿈은 뇌가 정보를 정리하는 결과로서 일어나는 부산물이라고 어디서 들은 적이 있다.

그렇다면 이렇게 자고 있는데도 스바루의 안면(安眠)을 방해하는 광경이 이어지는 건, 그 말마따나 선명한 기억을 정리한다는 이치에 맞고 있었다.

선명한 '죽음'의 기억이 되풀이되고 되풀이되며 스바루를 잘게 쪼갠다.

신음하고 끙끙거리며, 온몸을 땀으로 적시면서, 눈물을 흘리면서, 몸부림치며 괴로워한다.

눈물과 약한 소리가 끊임없이 넘치고 영혼이 깎여나간다. 깎이고 깎여서 마지막에는 완전히 마모해버려 분명 아무것도 남지 않으리라.

그런 생각을 다 할 만큼, 마음도 몸도 완전히 초췌해졌다.

"———."

문득 그런 스바루의 몸에서 경직이 풀렸다.

몸을 심지부터 떨게 만드는 한기가, 공포가, 느닷없이 떨쳐진 것처럼.

──이유는, 손이다.

누군가가 스바루의 손을 잡고 있다.

침대 안에서 무의식을 떠도는 스바루를 누군가가 현실 쪽에서 만지며 붙들어주려 하고 있었다.

따뜻한 감촉이었다. 다정한 감각이었다. 측은하게 여기는 마음이 전해졌다.

구원 받은 심정이었다. 삭막해진 마음에 따뜻한 바람이 불어닥쳤다.

숨 막히던 시간에 안식이 방문하고, 자는 숨소리가 고통과 괴로움을 잊고서 조용하게 가라앉는다.

누구였던 걸까. 무엇이었던 걸까.

현실이었던 걸까. 이것도 형편 좋게 꾸는 꿈이었던 걸까.

오른손과 왼손, 양쪽 손바닥에 희미하게 남는 온기를 느끼면서──.

6

"──계속 쿨쿨 자고 있을 때가 아닌 것이야."

"봄바르디악!"

난폭하게 걷어차인 데다 한술 더 떠 딱딱한 바닥에 떨어지는 충격에 스바루가 죽는 소리를 지른다.

머리를 흔들고 몸을 일으킨 스바루는 버릇없이 발을 쳐든 상태의 베아트리스를 발견하고 얼굴을 찡그렸다. 베아트리스 또한 언짢은 티를 감추지 않은 채 코웃음 쳤다.

"약속 시간이니까 싫은데도 와줬건만, 여유가 대단한 녀석이야."

"안 해도 될 얄미운 소리란 게 있지. 지금 딱 그런 느낌."

대구하면서 스바루는 자신이 생각지도 못하게 낮잠을 자고 있었다는 데에 간담이 서늘해졌다. 자해해서까지 각성을 유지하며 경계를 계속하고 있었건만.

"중요한 4일째에 낮잠이라니, 난 진짜로 목숨 아까운 줄 모르는 멍청이냐."

"종알종알 시끄러운 것이야. 잔소리 말고, 아무 데나 앉도록 해."

베아트리스는 가볍게 자기 자신을 툭 찌르는 스바루를 내려다보면서 따분한 듯이 말하고 접사다리에 앉는다. 그렇게 평소의 포지션에 있는 소녀를 보고, 스바루는 이변을 깨달아 주위를 둘러보았다.

──깨어난 장소는 벌써 금서고 안이었다.

"놀랐네. 자는 동안에 나를 실어 온 거야?"

"네 냄새가 충만한 방에서 시간 때우기는 사양인 것이야. 베티가 있을 데는 금서고뿐이지. 너도 얌전히 있는 것이야."

생각지 못한 베아트리스의 행위였지만, 스바루는 안성맞춤의 상황이라고 판단한다.

베아트리스의 '징검문'은 습격자에게 스바루가 있는 장소를 특정할 수 없게 하는 효과가 있다. 렘에게 '징검문'을 깨트리기에 유효한 수단은 없을 것이다.

"너, 뜻밖에 여러모로 생각해주고 있네."

"마루 위에서 중얼중얼 시끄러워. 벌레를 쫓는 방법, 실천 당하고 싶은 것이야?"

읽고 있는 책의 내용이 그것인지 표지를 들이대는 베아트리스에게 혀를 내민다.

배려해주었다고 여긴 건 괜한 생각이었던 모양이다. 마루에서 일어난 스바루는 문득 자신의 양손을 가만히 바라보았다.

뭔가, 묘한 감각이 남아 있다. 자고 있는 동안에, 누군가가 손을──

"베아트리스. 설마라고는 생각하는데, 자고 있는 내 손 잡지는 않았겠지."

"정말로 설마지. 가령 빠냐의 소원이어도 거절하게 해달라고 했을 것이야."

"단언하냐. ……하지만 그런 나와 죽을 때는 함께거든!"

"절대 거절이야."

스바루는 쌀쌀맞은 베아트리스에게 입술을 삐죽이며 다시금 방을 둘러본다.

변함없이 온통 책뿐인 서고 안. 앉으라고 들어도 자리 잡을 데가 없어서 곤란할 지경이다.

"시간 때우라고 해도 말이지……."

불안과 긴장은 제한시간이 다가올수록 강해져, 지금의 평정이 얼마나 버틸는지 의문이다.

하다못해 시간을 잊으며 몰두할 수 있는 게 있으면——.

"그렇지. '이 문자' 만으로 써져 있는 책이라도 있어?"

"……설마 너, 글씨를 읽지 못하는 것이야? 메이더스가의 금서고에 들어와 그 꼴이면 얼마나 많은 인간이 억울하게 여길 줄 알기나 해?"

"그 사람들에겐 미안하다 싶은데……. 너도 줄곧 이 방에 있는 거야?"

스바루는 베아트리스가 식당 말고 다른 곳을 나도는 모습을 여태 한 번도 보지 못했다. 지난번에 객실을 방문했던 이례적 경우를 제외하면 베아트리스는 반드시 서고의 접사다리 위에 있다.

스바루의 물음에 베아트리스는 살짝 고개 숙인다.

"그런 계약이야."

"또 계약이냐. 그 덕을 보고 있는 내가 말하기도 뭐하지만, 힘들지 않아?"

"전부, 스스로 바란 계약인 것이야."

눈을 감고 말을 끝맺은 베아트리스는 추궁을 거부하는 태도다.

계약. 그 말은 이 세계에 온 이래, 몇 번이나 들어본 무거운 단어.

에밀리아와 팩이, 미정령들이 나눈 것처럼 베아트리스 또한 그 단어에 강한 감정을 품고 있다. 임시라도 베아트리스와 계약을 나누었기 때문에 더욱 스바루도 안다.

어린 베아트리스의 모습. 그런 소녀가 떠안고, 또한 지켜내려고 하는 계약──왠지 스바루는 그 모습을 보고 가슴 안쪽에서 들썩이는 듯한 감각을 참을 수 없었다.

"이봐, 넌 그걸로──으닷."

"질문뿐이라 시끄러워. 그거라도 읽고, 좀 조용히 하는 것이야."

재차 물으려는 순간에 던진 책을 순간적으로 받은 스바루는 알아챘다.

손에 든 그 책이, 제목 포함해 내용까지 전부 '이 문자'로 적혀져 있는 것을.

고개를 든 스바루 앞에서, 베아트리스는 벌써 이쪽으로부터 흥미를 잃고 자신이 든 책을 내려다보며 대화를 거부하고 있다.

묻고 싶은 말은 끊긴 채고, 조용히 하도록 강요받고 있다.

그런데도 스바루에겐 감사의 말조차 입에 담게 두지 않는 그 태도가 고맙고, 기뻤다.

7

——금서고에서의 시간이, 조용히 느릿하게 지나간다.

서로 말을 하지 않고 천천히 페이지를 넘기는 소리만이 교대로 서고 안에 내려앉는다.

그렇다고는 해도 지금의 스바루에겐 독서에 마음을 쏟을 여유가 없어, 조금 전부터 같은 페이지를 왔다갔다 반복하며 부질없이 종이 넘기는 소리를 잇고 있을 뿐이었다.

——완전히 닫힌 금서고에서 바깥 상황을 살필 수는 없다.

방의 성질상, 창문도 없는 금서고는 완전히 외계와 단절된 격리공간인 것이다.

햇살을 느끼지 못해 경과 시간을 알 수 없다. 밖은 지금 몇 시인 걸까.

낮잠 자고 그대로 금서고로 들어온 스바루에겐 정확한 시간의 추측도 불가능하다.

단순히 생각하면 반나절만 이 방에 있으면 문제의 밤을 넘을 수는 있을 것이다.

하지만 정체된 금서고에 몸을 두고 있으려니 그 불과 반나절의 감각이 애매하게 녹아내린다.

자신의 감각이 신용할 수 없어지지만 베아트리스에게 묻기도 저어되었다.

독서에 집중하는 베아트리스를 방해하고 싶지 않다는 기특한 이유가 아니다. 스바루 쪽이 먼저 액션을 일으킴으로써 변화가 일어나버리는 것이 두려웠다.

책을 넘기는 손가락이 저리고, 혀끝이 갈증을 호소한다. 심장이 경종처럼 울고, 숨이 찬다.

그런 긴장감을 얼마만큼이나 되는 시간 동안 강요받고 있었을까.

시작이 부조리였듯 그 끝 또한 전조는 없었다.

"──부르고 있어."

갑자기 그런 중얼거림이 서고 내에 조용히 울렸다.

튕기듯이 스바루가 고개를 들자, 책을 덮은 베아트리스가 접사다리에서 바닥으로 내려온다.

"부르고 있는 것이야."

스바루에게 얘기한다기보다는 혼잣말 같은 분위기로 중얼거리고 있다.

말한 다음 베아트리스가 손가락을 흔든다. 그 즉시, 스바루의 온몸은 공간이 일그러지는 위화감을 느꼈다.

부유감에 가까운 감각이 온몸을 뒤흔드는 바람에 기절할 뻔한 스바루가 작게 신음한다. 그때, 그 소리를 주워들은 베아트리스가 막 스바루를 떠올렸다는 것처럼 바라보았다.

"아아, 그러고 보니 있었지. 잊었던 것이야."

"눈앞에 있는데 잊다니, 농담이라 쳐도 저급인데."

"우선 사항의 문제인 것이야. ──빠냐가 부르고 있어."

그 말만 고하고, 베아트리스는 스바루의 옆을 빠져나가 문을 연다. 스바루는 당연한 듯이 밖으로 나가려고 하는 소녀를 만류하려고 허겁지겁 떠는 목소리를 내뱉는다.

"이, 이봐, 기다려! 지금, 밖에 나가면……"

"빠져 있어도 상관없어. 이곳에 있으면 안전한 것이야."

비웃는 듯한 말을 남기고 베아트리스는 문을 넘어간다. 소녀의 태도에 스바루는 머리에 피가 올라 의자를 발로 차듯이 일어서더니 문을 잡았다. 그저 몇 초의 주저. 하지만.

"아아, 제길. 이딴 것쯤 뭐라고!"

욕설로 자기 자신을 고무하며 난폭하게 문을 열고 밖으로 발을 디딘다.

직후──.

"아──."

무심결에 스바루의 입에서 얼빠진 소리가 흘러나오고 있었다.

눈꺼풀을 찌르는 눈부신 빛을 손으로 막고, 아침 해의 환영에 동요의 목소리가 새어 나온다.

확인하듯이 허공을 손으로 휘젓고, 스바루의 몸은 비틀비틀 앞으로. 통로 정면, 앞뜰을 엿볼 수 있는 창문 밖──그 높은 하늘에, 막 오르기 시작한 태양이 있었다.

그토록 갈망하고, 몇 번 도전해도 이르지 못했던 5일째의 아침 해다.

"설, 마…… 넘은, 건가? 4일째 밤을……?!"

눈앞의 결과를 믿을 수 없어 창문을 후려치듯 밀어젖힌다. 흘러 들어오는 산들바람에 앞머리가 살랑거리면서 스바루는 선명하게 아침의 냄새를 맡았다.

뒷걸음질하다 등이 벽에 부딪혀, 설 기력을 잃고 주저앉았다.

멍하게 있을 수밖에 없다.

완전히 포기하고 있었다. 완전히 절망하고 있었다. 완전히 바닥나 있었다.

그럴진대 스바루는 4일째 밤을 넘어 5일째에 도달해버렸다.

"하, 하하……."

저도 모르게 메마른 웃음이 흘러나오고 있었다.

일단 흘려보냈으니 더 이상 막을 방법을 찾을 수 없다.

"히히, 하하하. 뭐, 야. 어이, 뭐냐고. 이런, 야, 하하……."

지금의 기분을 제대로 표현할 방법이 떠오르지 않는다.

스바루는 무릎을 그러안으며 통로에 쭈그린 채로 제정신을 잃은 듯이 계속 웃고 있다.

그토록 아득하다고, 무리라고, 결코 손이 닿지 않는 장소라고 믿었었는데, 막상 뚜껑을 열어보니 아침 해는 이렇게나 간단히 스바루를 비춘다는 것인가.

말로 할 수 없다. 말이 되지 않는다. 간신히 스바루는——,

"——스바루?"

갑자기 스바루의 공허한 환희에 은방울소리가 끼어들었다.

느른하게 들어 올린 시선 앞, 통로 안쪽에 은발 소녀가 서 있다.

에밀리아다. 5일째 아침, 무사히 이날을 맞이한 에밀리아를 찾아낼 수 있었다.

둘이 모여 4일째 밤을 넘었다. 그 사실에 스바루는 떨 것만 같았다.

염원하던 기회다. 5일째 아침을 에밀리아와 둘이 맞이할 수 있었으니 약속을 다시 주고받을 수도, 약속을 이룰 수도 있다.

마을 아이들에게 에밀리아를 소개하고, 둘이서 흐드러지게 핀 꽃밭을 나란히 걸으며, 같은 추억을 공유할 수가──그런데.

"에밀리아……?"

실감이 덜하던 달성감이 무르익기 시작한 스바루와 대조적으로, 에밀리아는 꼼짝 않고 스바루를 보고 있다. 그리고 뒤늦게 생각이 난 것처럼 스바루에게 달려왔다.

"스바루, 어디에 갔었던 거야?"

"아니, 나는…….."

"그치만…… 으응, 그건 됐어. 됐으니까…… 함께 와줘."

에밀리아는 놀랄 만큼 막무가내로 스바루를 일으켜 세우더니, 그대로 달리기 시작했다.

대꾸도 듣지 않는 에밀리아의 태도에 당황하면서 스바루는 뻣뻣한 웃음과 함께 입을 열었다.

"어디, 가는 건데…… 이봐, 말 좀 들어줘, 에밀리아땅. 나, 지금, 해낸 순간인데, 엄청 노력했었다니까…….."

에밀리아의 옆모습을 쳐다보며 스바루는 떠듬거리는 말로 자신의 달성감을 전했다.

"왜, 그런 얼굴 하고 있어? 왜냐면 이제 전부 잘될 거야…….

그렇잖아? 내가 이렇게 무사하고, 에밀리아도…… 맞아. 마을에 말이야……. 함께 가자, 그리고."

"————."

"하고 싶은 일, 하고 싶은 얘기 잔뜩 있거든. 잔뜩 있었어. 그걸, 에밀리아땅도 알아줬으면 해서……."

"——스바루."

짧게, 이름이 불려 스바루는 말을 중단했다. 그리고 알아챈다.

순간, 스바루를 본 에밀리아의 눈에 채 숨기지 못한 동요와 초조감이 가득 차 있는 것을. 마치 장물 창고에서의 목숨 건 한 장면을 방불케 하는 표정.

"도대체 무슨 일이——."

'있었어?' 라고 묻지는 못 했다.

그 말을 입에 담기보다 빠르게, 다른 소리가 스바루의 고막을 때렸기 때문이다.

——그것은 절규였을 것이다. 혹은 비명인지도 모른다.

드높이, 길게 여운을 남기는 슬픔에 찬 외침은 듣는 이의 마음에 비통한 상처 자국을 새기는 영혼의 외침이다.

끝없이 이어지는 반신이 잡아 찢긴 듯한 외침이 저택의 아침 분위기를 참혹하게 가로지르고 있다.

통로를 지나쳐 위층으로 간다. 동쪽의 2층은 사용인의 개인실이 있는 층으로, 이전의 루프에서 스바루가 사용했었던 방도 있다. 에밀리아의 손에 이끌려 최심부로. 그곳에서.

"로즈월과……."

남색의 장발이 통로에 서서 뛰어오는 두 사람을 보고 그 눈을 가늘게 뜬다. 로즈월의 옆에는 베아트리스가 벽에 등을 기대고 있으며, 소녀의 어깨에 회색 고양이가 몸을 오므리고 있었다.

"안을."

세 명 곁에 도착해 사정을 물으려 하는 스바루에게 로즈월이 짧게 고했다.

로즈월이 가리킨 곳은 바로 옆, 문이 열린 개인실 중 한 곳이다.

에밀리아를 돌아보자 그녀도 스바루에게 끄덕여 보인다. 에밀리아의 남보랏빛 눈은 젖어있어 다짜고짜로 스바루에게 결단을 강요하고 있었다.

스바루는 숨을 집어삼키고 방 안으로 발길을 향한다.

절규는 그사이에도 이어졌으며, 그 소리는 방 안에서 끊임없이 넘쳐 나오고 있었다.

안에 들어가 긴장으로 굳는 눈꺼풀을 밀어 올리고——스바루는 보았다.

꼼꼼하게 정리정돈 된 방이었다. 사용자의 꼼꼼한 성격이 반영되어, 적은 가재도구를 센스 좋게 배치해 여자애답게 꾸민 방이다.

방 구조는 스바루의 개인 방이었던 곳과 똑같은데 사용자에 따라 이렇게까지 바뀌는가 싶다.

그런 감상을 품음으로써, 스바루는 눈앞의 광경을 딱 한순간

잊었다.

하지만 현실도피는 이윽고 잔혹한 현실에 따라잡혀 끝난다.

방의 중앙, 그곳에 꼼꼼하게 정돈된 침대가 있고.

"아아아아아아아아아아아아아아아아아아악──!"

깊은 슬픔으로 목이 찢어져라 절규하며 눈물을 줄줄 흘리는 람이 있고.

──언니에게 안긴 렘이 숨을 거두고 누워 있었다.

8

이렇게 의식이 공백에 지배되는 건 몇 번째 경험일까.

박살 나고 깨져왔다. 여태껏 몇 번이나, 비극만을 봐왔다.

슬슬, 구원받아도 되지 않는가.

"_____."

침대에 누운 파란 머리의 소녀. 생기가 사라진 얼굴은 창백하고, 닫힌 눈이 뜨일 일은 두 번 다시 없다. 잠옷인 네글리제는 여린 인상이지만 그녀의 분위기에는 잘 어울렸다.

문득 스바루는 렘의 메이드복 외의 복장조차 본 적이 없었음을 깨닫는다.

"어째서…… 렘이……."

스바루는 중얼거리고, 자신의 짧은 머리카락에 손을 집어넣으며 주저앉을 뻔했다.

수면 부족의 피로감으로 머리가 아파 눈앞의 광경을 거부하고 싶어 하는 뇌의 제안이 매력적으로 느껴졌다.

저택에서의 루프는 이번이 실로 4회째다. 그중에서 3회를 살해당해 되돌아온 스바루한테 렘은 하수인으로서 가장 경계해야 할 인물이었다.

"그렇건만…… 왜, 렘이 살해당해버렸어……?"

스바루를 죽이는 게, 렘일 게 틀림없다. 단연코 그 반대가 아니다.

갑자기 스바루의 뇌리에 악마가 속삭인다. ──정말로 죽어 있느냐고.

속이려 하고 있는 게 아닌가. 스바루의 방심을 유발하고 있는 게 아닌가. 질 나쁜 농담이라고 듣는 편이 그나마 악몽 같은 지금을 긍정하는 것보단 낫다고 느껴졌다.

렘에게 다가가, 그 생사를 확인하려고 한다. 하지만,

"──건드리지 마!"

무심결에 렘을 건드리려고 뻗은 손이 힘차게 휘둘러진 팔에 튕겨진다.

신음하며 고개를 드니 스바루를 분노의 표정으로 노려보는 람이 있다. 그러나 그 격노에는 흘러내리는 눈물이 계속 따라다녀서 스바루로부터 반론의 말을 간단히 빼앗아갔다.

"렘을…… 람의 동생을, 건드리지 마."

아무도 끼어들 여지가 없는, 거절 그 자체였다.

울먹이는 소리로 말하고, 람은 다시 렘의 몸에 매달려 가만히

눈물 흘리면서 계속 말을 붙인다.

그 헌신적이고 애처로운 언니의 모습에도 동생이 깨어나 이상하게 볼 기척은 없다.

그 사실로 말미암아 똑똑히 이해한다.

——렘은 정말로 죽어버린 것이다.

"사인은 쇠약사야아—. 자고 있는 동안에 생기를 빼앗겨 처—언천히 심장박동이 잦아들다가 잠자듯이 목숨의 불이 꺼졌어. 마법보다, 주술 쪽의 수법이지."

문 옆에 서 있던 로즈월이 비틀거리며 방을 나온 스바루에게 추측을 입에 올린다.

주술이라는 단어에 스바루는 눈을 크게 뜨고, 광대가 언급한 사인에 무심코 입이 벌어졌다.

주술에 따른 쇠약사——그것은 첫 회와 2회째 세계에서 스바루의 몸을 덮친 상태이상과 그 직후의 사인이다. 즉, 렘은 스바루와 같은 주술로 살해당한 게 된다.

"그 저주는, 렘인 줄로만……."

저주로 쇠약해지고 철구에 머리가 박살 난 게 2회째의 사인이다.

그날 밤의 상황을 보아 스바루는 주술과 철구를 이퀄로 연결해 렘의 범행이라고 판단했었다. 하지만 렘이 저주로 살해당한 지금, 그 전제는 뒤집어졌다고 봐도 된다.

"주술사와 렘은 별개……?"

여기에 와서 주술사라는 새로운 범인상이 떠올라 스바루는 혼란에 빠진다.

렘이 스바루를 죽이는 이유는 로즈월에 대한 도를 넘은 충성심이다. 적어도 3회째 세계에서 들은 렘의 발언을 진실이라 치면, 그게 답일 것이다.

직접 스바루에게 손을 쓰는 렘과 주술사는 협력관계에 있는가. 하지만 그렇다면 이번 회차에 렘이 살해당한 것이 설명되지 않는다. 주술사의 입장, 정체가 전혀 떠오르질 않는다.

렘과 주술사 사이에 전혀 관련성이 없다고 하면 어떻게 될까.

첫 회는 스바루가 주술사의 마법으로 살해당했고, 2회째는 주술사의 술법으로 쇠약 상태에 있는 스바루를 렘이 모종의 이유로 살해. 3회째는 주술사와 관계없이 렘에게 맞아 죽었다.

"4회째는…… 내가 아무것도 하지 않았기에, 렘이 주술사의 표적이 되었다……?"

근거가 없는 추론이지만, 사실관계를 정리하면 그렇다고밖에 결론 내릴 수 없다.

스바루가 주술사에게 노림 받는 이유가 왕선 관련이라면, 에밀리아 진영에 대한 견제라는 형태로 관계자가 무차별로 습격당할 가능성에 수긍이 간다. 스바루나 렘은 랜덤으로 희생된 것이다.

"꽤나 진지하게 고민 중인 모오—양인데?"

파랗고 노란 색깔의 오드아이가 바로 옆에서 업신여기듯이 스바루를 비추고 있었다. 로즈월의 품평이라도 하는 듯한 눈매에 스바루는 내심을 간파당한 느낌이 들어 눈썹을 찡그렸다.

"이런 말을 묻기도 뭐하지만…… 손님, 뭐—언가 짚이는 데 없는가아—?"

"어, 째서, 그런 걸…… 나한테."

"아니이—, 실례했어. 나도 다소 신경이 곤두선 것 같아. 아끼던 시종이 이런 꼴을 당해서야."

갑자기 스바루에게서 시선을 돌려 방 안을 참담하게 쳐다보는 로즈월.

그 옆모습을 보고서 스바루는 자신이 놓인 상황이 얼마나 나쁜지 이제 와서 자각한다.

스바루의 결백, 그것을 증명할 수단이 없다. 이번 루프에서 스바루가 주위와 접해온 방식에 신뢰받을 요소라곤 먼지만큼도 없기 때문이다.

"……스바루."

불안한 목소리로 에밀리아가 스바루의 소매를 잡아당긴다.

바라보니 남보랏빛 눈이 뭔가를 호소하듯이 젖어 있는 걸 알 수 있다.

뭔가 아는 게 있으면 말해주길 바란다고, 눈이 얘기하고 있다.

한마디, 이름만 불렸는데도 전해진다.

에밀리아의 애원에 대답하고 싶은 한편, 그 손끝을 뿌리치고 싶은 충동이 스바루를 덮쳤다.

뭔가 아는 게 있으면. 다들 그렇게 쉽게도 입에 담는다.

──그런 말은 내 쪽이 더 소리 높여 외치고 싶을 지경이다.

스바루의 침묵에 소매를 잡은 에밀리아의 손끝이 작게 떨린다.

주차를 반복하며 그때마다 미래를 좋게 만들고자 버둥거려왔다. 그런데도 던진 주사위는 전부 기대와는 반대로 나와 상상 이상의 나쁜 결과를 데리고 돌아오는 것이다.

"스바루."

머릿속이 혼란으로 뒤죽박죽이 되어 차라리 몽땅 다 쏟아내어 편해지고 싶다.

아니, 이제 편해져버리자.

──그런 식으로, 내던져버리면 어떠냐고 생각한 순간이다.

"_____."

검은 안개와 정체된 세계, 그 상상을 초월하는 고통의 순간이 머리에 스쳤다.

숨을 집어삼킨다. 에밀리아가 잡은 소매의 감촉을 의식하고 스바루는 위장이 쭈그러드는 통증을 느꼈다.

이대로 에밀리아에게 애원의 눈초리를 계속 받으면, 머잖아 스바루는 끈기에 지고 만다. 그게 아니더라도 감정을 읽을 수 있는 팩이 마음만 먹으면 스바루가 무엇인가 숨겨두고 있음이 드러난다. 그리되면 '사망귀환'을 언급하지 않고 설명하기란 불가능하다.

그리고 그건 끝나지 않는 고통의 시련이 반복된다는 의미다.

급속히 입술이 메마르는 감각. 스바루는 공포가 퍼지는 걸 못 견디고 살짝 비틀대며 뒷걸음질 쳤다.

"──뭔가 알고 있다면, 놓치지 않아."

방 안에서 쓰러져 울고 있던 소녀의 눈에는 스바루의 그 자그마한 행동이 사정에 좋지 않은 사실을 숨기고 도망치려는 걸로밖에 보이지 않았다.

순간, 돌풍이 문을 세차게 흔들고 스바루의 앞머리에 여파가 쏟아진다. 갑작스러운 폭풍에 눈을 감은 직후, 날카로운 통증이 뺨을 세로로 찢고 지나갔다.

"으……!"

무심코 만진 뺨. 손바닥에 끈적하게 피가 묻어 있었다. 바람이다. 바람에 상처 입은 것이다.

방 안의 손바닥을 이쪽에 겨눈 람이 증오를 머금은 눈초리로 스바루를 꿰뚫고 있다.

"뭔가 안다면, 모조리 다 실토해."

"기다려, 람! 그건……!"

'할 수 없다' 고 입에 담은 순간에 터져버릴 것이라는 예감에 스바루의 말이 끊어진다.

하지만 결정적인 결렬을 뒤로 미루어봤자 상황을 타개할 명안은 나오지 않는다.

입을 다문 스바루에게 람은 다시 경고의 의미를 담아 바람을 내보낸다.

진부한 표현이 용납된다면, 그것은 '바람의 칼날' 이라고도 할 만한 현상이었다.

바람의 마법——*카마이타치와 유사한 현상을 일으키는 마법이다. 예리한 참격은 스바루와 람 사이에 있던 마루를, 문을 세로로 쪼개고 뺨을 찢는 것만으로 그치지 않을 위력이 스바루에게 짓쳐든다.

맞는다——하고 스바루가 눈앞의 현상에 호흡조차 잊는다. 하지만.

"——약속은, 지키는 주의야."

바람의 칼날이 스바루의 앞에 선 크림색의 소녀가 치켜든 손바닥에 상쇄되었다.

베아트리스는 내건 손을 가볍게 젓고, 지금의 곡예를 자랑하지도 않으며 람을 쳐다본다.

"저택에 있는 동안, 이 남자의 안전은 베티가 지키는 계약인 것이야."

"베아트리스 님……!"

엄숙하게 내뱉은 베아트리스에게 람이 분개하며 입술을 깨문다.

람의 분노를 곁눈으로 보며, 베아트리스는 곁에 서 있는 로즈월을 쳐다보았다.

"로즈월. 네 사용인이 네 손님에게 무례를 범하고 있어."

"확실히, 참으로 유감인 노릇이다아——마다. 가능하다면 나도, 바아——로 그를 손님으로서 새로이 환대하고 싶어. 그 속내

---

* 카마이타치: 족제비 모양의 요괴로 회오리바람을 타고 낫 같은 발톱으로 사람을 상처 입힌다. 그 정체는 회오리바람의 중심에 있는 진공으로 살갗이 베이는 현상이 요괴로 구전된 것이라는 속설이 퍼졌지만, 과학적으로 증명되지는 않았다.

를 토해내고 홀가분하게 되어준다면, 당장에라도."

"이 녀석은 어젯밤 금서고에 있었어. 그러니까 이 한 건과는 관계없을 것이야."

"사태에 무게를 두어야 할 곳은 이미 그 점이 아니지. 너도, 알고 있을 터어—잖아?"

교섭이 결렬되고 로즈월은 어깨를 으쓱이더니 양쪽 손바닥을 위로 향한다. 그 손바닥에 갑자기 각양각색의 광채가 여러 개 떠오르는 광경이 스바루에게도 보였다.

빨강과 파랑, 노랑과 초록——마법의 지식이 없는 스바루도 그 사색(四色)의 빛이 응축된 마법력임을 이해했다. 아름다운 색조 속에 상상을 초월하는 에너지가 담겨져 있다.

"변함없이 잔재주가 있는 애송이야. 다소 재능이 있고, 남보다 좀 더 노력하고, 아주 약간 집안과 스승에게 혜택받은. …… 그뿐인 어린아이가, 우쭐해 가지고."

"매서운데 그으—래. 다만 시간이 멈춘 방에서 지내는 네가, 항상 걸음을 멈추지 않는 우리와 얼마나 다를 수 있을까. 시험해 봐도, 좋다아—고 생각하는데에—?"

두 명 사이에 마법력의 고조가 발생해, 스바루에게 대기가 일그러지는 착각을 불러일으킨다.

당사자인 스바루를 방치하고 함께 전의를 높이는 두 명.

"그으—나저나, 네가 몸 바쳐 지킬 정도일 줄이야. 어어—지간히 그가 마음에 들었나 보지?"

"농담은 분장과 성적 취향만으로 하는 것이야, 로즈월. 베티

의 이상은 바로 빠냐라고. 저ᵒ인간으론 깜찍함이든 털의 감촉이
든 부족한 것이야."

사색의 광채를 띄운 로즈월에 비해 베아트리스는 무방비하게
서 있는 것으로밖에 보이지 않는다. 그러나 그저 서 있을 뿐인
소녀의 주위에는 공간이 왜곡될 정도의 압도적인 현상이 일어
나고 있다. 눈으로 볼 수 없다는 사실이 도리어 그 무시무시함
을 돋보이게 했다.

"아무래도 상관없어. 그런 건 전부, 아무래도 상관없다고!"

일촉즉발. 초상능력을 가진 이들끼리 부딪치는 눈싸움에 끼
어든 건, 빽 소리를 지르고 발을 구르는 람이다. 람은 전원의 시
선을 받으면서 치마 끝을 꼭 잡는다.

"방해하지 말고, 람을 지나가게 해. 렘의 원수를…… 뭔가 알
고 있다면, 전부 얘기해. 람을…… 렘을, 구해줘."

비통한 호소였다. 가슴이 붙잡히는 말이었다. 부응하고 싶다
고, 진심으로 그렇게 생각했다.

하지만 스바루에게는 돌려줄 수 있는 말이 없다.

묵묵부답인 스바루에게 낙담과 실망을 띠는 람. 그 어두운 감
정이 맺힌 시선을 가로막듯이.

"미안해, 람. 난 그래도 스바루를 믿어볼래."

베아트리스 옆에서 나란히 적의의 시선에서 스바루를 감싸듯
이 에밀리아가 서 있었다.

에밀리아는 손바닥을 람에게 겨누는 것으로 견제하면서 뒤에
감싼 스바루에게 옆모습을 보인다. 눈동자가 할 말을 찾듯이 위

치를 헤매다가, 딱 한 번 눈을 내리깔고서 입을 연다.

"스바루, 부탁해. 네가 람을, 렘을 구해줄 수 있으면…… 부탁할게."

은정의 감정이, 스바루가 왜소한 자기 자신을 부끄럽게 여기도록 만들었다.

일이 이 지경에 이르렀어도 여전히 에밀리아는 스바루 곁에 서주려 하고 있다.

심한 말로 시작한 주차에다 지금도 중요한 사항에 입을 다물고 얘기하지 않는 스바루를.

"미안——."

스바루는 그런 에밀리아의 배려를 짓밟고 앞이 아니라 뒤로 발을 내디디고 있었다.

그 순간, 에밀리아의 눈에 휙 침통의 감정이 지나친다. 그것은 실의이며, 비탄이고, 무엇보다 보낸 신뢰를 배신당할 징후에 대한 참을 방법이 없는 낙담이었다.

스바루가 정말로 자기 자신에게 절망한 건, 바로 그 에밀리아의 눈을 봤을 때다. 자신의 행위가 발단으로 돌이킬 수 없는 악몽의 문을 밀어젖혔다고 자각한다.

거기서 눈을 돌리는 것처럼 스바루는 에밀리아에게서 돌아서고 말았다.

한순간, 멀어지는 등으로 에밀리아의 손이 뻗는다. 하지만 그 손은 스바루에게 닿기보다 먼저 바람의 칼날을 영격하는 데 움직였다. 바람과 순수 마력이 충돌해 마나가 터지고, 그사이에 스바루가 달리기 시작한다.

"스바루——!"

불러 세우는 목소리를 떨쳐내고 스바루는 복도를 무아몽중에 가로지른다. 배후에서 마력의 충돌이 더욱 거세어지는 것을 느끼면서 돌아볼 용기는 스바루에게 없었다.

약했다. 어쩔 도리도 없이 여렸다.

그래서 끝까지 믿어보려 해주던 에밀리아, 생명을 구해주려 하던 베아트리스, 그녀들의 갖은 호의도 선의도 능멸하고 이기적이게도 달아나고 있다.

이제 뭘 하면 될지 알 수 없다. 그저——.

"——반드시, 죽일 거야!!"

등 뒤에서 들리는, 피를 토하는 듯한 람의 절규.

반신을 잃은 소녀의, 몸을 찢는 듯한 복수의 외침만이 뒤를 쫓아온다.

귀를 막고 머리를 흔든다. 말이 되지 않는 목소리를 지르면서 스바루는 도망친다. 계속 도망친다.

계속 도망쳤다.

9

일심불란하게 계속 달리고서 얼마나 시간이 지났는지 알 수 없다.

숨이 차고 다리가 후들거리며 흐르는 땀이 턱을 지난다. 계속 달렸다. 달리지 않으면 뒤에서 쫓아오는 영문 모를 감정에 따라 잡히고 만다.

그리고 그것에 붙들려버렸을 때, 이번에야말로 죄다 끝나고 마는 것이다.

람의 비통한 외침이, 원망의 노호가 지금도 귀에서 떨어지지 않는다.

도망쳤다. 도망친 것이다. 달아나버린 것이다.

스바루는 이제 저곳으로 돌아갈 수 없다.

람과 로즈월은 도망친 스바루를 용서하지 않고, 에밀리아와 팩도 고집스럽게 입을 다문 스바루를 끝까지 믿을 수는 없을 것이다. 무엇보다 계약으로 맺어졌던 베아트리스마저도 내버린 것이다. 그 소녀 역시 더 이상 스바루의 편을 들어줄 리 없다.

"어쩔 수, 있느냐고……! 내가 뭘 할 수…… 나도 사실은!"

어째서 이렇게 되어버렸는가, 무엇을 잘못했는가, 아무것도 알 수 없다.

뭘 해야지 세계는 스바루를 용서해준다는 말인가.

"그렇게…… 즐거……는데."

이세계에 느닷없이 불려와 아무것도 모르는 세계에서 살아갈 수밖에 없다. 불안만이 움트는 세계에서, 저 저택은 스바루를 맞이해준 안식의 땅이었다.

그 나날이, 그 시간이, 아직 단 1주일밖에 지나지 않은 그 시간이, 지금의 스바루의 손에는 닿지 않을 만큼 멀고 사랑스럽다.

윤회, 재귀, 반복. 그때마다 세계는 스바루에게 이를 드러낸
다.

――이젠, 틀렸어.

별안간 그런 중얼거림이 뇌리에 스쳤다.

――이제, 더 노력할 필요가 어디에 있는데.

포기를 재촉하는 자신의 목소리에, 그 감미로운 유혹에 모든
것을 맡겨버리고 싶어진다.

그 말대로 따라버리면 분명히 편해지리라.

애당초 스바루는 상황이 편한 쪽이 있으면 그리로 쏠려가기
쉬운 기질인 것이다.

스바루만이 아니다. 인간이라면 누구나 그럴 것이다.

눈앞에 늘어선 선택지에 골머리 썩일 때, 제3의 선택지가 제
시되면 어떻겠는가.

그 선택지가 마치 하늘의 계시 같이 느껴져서 손을 뻗고 마는
충동을 누가 탓할 수 있겠는가.

머리에서 급속히 핏기가 가시고, 그토록 높이 뛰고 있던 심장
박동이 멀게 느껴진다. 손발이 무거워지고, 쫓기듯이 움직이던
다리가 어느덧 발꿈치를 끌고 있었다.

"_____."

거의 멈춰 선 후에야 비로소 스바루는 자신의 모습이 나무들
에 둘러싸인 숲에 있는 것을 깨달았다. 저택을 뛰쳐나와 숲길을
벗어나서 산길로 헤매어 들어온 모양이다.

울창하게 우거진 심록에 에워싸여 하늘조차도 가로막는 어스

름에 스바루는 세 번째의 사망 장소와 비슷하다고 생각했다.

죽음의 순간을 떠올린 순간, 제3의 선택지가 명확하게 비전을 띤다.

"죽으면……."

──구원받을까. 이 상황에서.

"아아, 그렇지. 죽어버리면, 바뀌지."

또렷하게 입에 한 번 올리니, 그것이 더할 나위 없는 명안으로 여겨져 입가가 웃음을 지어낸다.

세 번의 죽음이 있었다. 모두 다 떨어뜨리고, 또다시 돌아온 네 번째 세계.

목숨만은 건진 이번 세계. 목숨밖에 남지 않은 이번 세계.

버둥거리고 버둥거리며 계속 버둥거린 결과가 이거라면, 무슨 의미가 있단 말인가.

"하고 싶으면 알아서들 해줘. 나 따위야 아무래도 상관없잖냐……."

입술을 깨물고 자신을 이 상황에 끌어들인 존재에 대한 증오를 내뱉는다.

검은 감정으로 오장육부를 끓이면서 숲을 걷는 스바루의 시야가 별안간 트인다.

눈앞에 펼쳐진 곳은 스바루의 심경에 반해 밉살스러울 만큼 푸른 하늘. 그리고.

"……낭떠러지."

이 얼마나 안성맞춤인 신의 주선이련가.

이럴 때만 스바루의 소원을 들어주는 천상의 존재에게, 감사의 욕설을.

──그리고 어리석고 가련한 나츠키 스바루에게는 안식을.

휘청거리는 발걸음으로 스바루는 유혹을 받듯이 낭떠러지 쪽으로 향해간다.

바람이 세다. 정면에서 불어오는 바람에 옷자락을 펄럭이면서 스바루는 푸른 하늘을 우러러 볼 수 있는 낭떠러지 위에 우두커니 섰다.

눈 아래, 내려다보면 날카로운 바위 표면이 줄지은 절벽이 있고, 십여 미터 아래에 바위 밭이 펼쳐져 있다. 이 높이에서 저 지면에 떨어지면, 무슨 일이 있어도 죽음은 면할 수 없다.

"헉…… 헉…… 헉……."

눈 아래의 바위 밭을 목도함으로써, 뚜렷하게 자신의 죽는 모습을 환시할 수 있었다.

잊어가던 심장의 요란한 박동이 재개되고, 폐가 경련하며 단속적인 호흡이 샌다. 어마어마한 땀이 흥건하게 온몸을 적시고, 스바루는 그 차가움을 유독 강하게 느끼면서 눈을 감았다.

──이대로 눈을 감은 채 한 걸음 내디디면 그걸로 끝이다.

이번에 죽으면 스바루는 어찌 되는 것일까.

또, 저택의 첫날로 돌아가 루프를 재개하는가. 그렇다면 그거대로 상관없다고 생각한다.

가령 첫날로 돌아갈 수 있다면 그곳에는 에밀리아도, 람도 렘도 모두 있다. 스바루는 저택의 사용인으로서, 모른 체하고 전원과 접하다가 4일째 밤에 잠든 채 죽을 것이다.

그 일을 반복하면, 스바루는 최소한 안온한 나날에 잠길 수 있다.

명안이란 생각이 들었다. 더할 나위 없는 구원으로 여겨졌다. 그거라면 죽음도 나쁘지 않다고 생각했다.

"————."

그런데도 낭떠러지 위의 스바루의 몸은 눈곱만큼도 움직이지 않는다. 무릎만이 어처구니없이 떨고 있다.

그 떨림을 막고자 손을 뻗고, 허리를 구부리자마자 무릎이 추락했다. 허물어져서 마치 하늘에 절을 올리는 자세가 되고 스바루는 자신의 얄팍함에 입술을 짓씹었다.

"앞으로, 고작 한 걸음을…… 나는 이렇게…… 이렇게 간단한 짓도……."

──용기가 부족해 하지 못하는 건가.

궁지에 몰린 상태임에도, 충동에 져서 나약한 결단을 실행에 옮기는 것조차 못한다.

결의와 각오는 우스꽝스러울 만큼 연약해, 꿇어앉아 눈물을 흘리는 게 현재 스바루의 꼬락서니였다.

살아 있는 의미를 알 수 없는데, 죽어버리는 것도 무서워서 못한다.

자기 자신이 한심하고 보기 흉해 스바루는 지면을 쥐어뜯으면서 계속 신음성을 지른다.

스바루는 체력이 다할 때까지 눈물을 흘리면서 자신의 비참한 몰골에 원통해했다.

10

　무의식중에 떠오르는 광경을 보고 스바루는 악몽을 꾸는 중이라고 생각했다.

　밝은 방 안에 식탁을 둘러싸고 스바루가, 에밀리아가 있다. 상석에는 로즈월이 앉고, 홍차 잔을 기울이는 베아트리스가 있으며, 그 바로 옆에서 팩이 접시에 머리를 박고 있다.

　식탁에서 까부는 팩을 에밀리아가 나무라고, 틈을 봐서 척척 직무를 수행하는 렘이 있으며, 로즈월의 시중을 시작하고 모든 걸 싹 무시하는 람이 있다.

　저도 모르게 스바루는 웃고 있었다. 모두도 웃고 있었다.

　──그런, 행복한 온기에 가득 찬 악몽을 꾸었다.

　고통을 수반하는 꿈이고, 슬픔을 불러일으키는 꿈이며, 상실감을 초래하는 꿈이었다.

　마음을 들어내는 아픔을 맛본 스바루는 숨이 막혀 호흡을 놓친다.

　"_____."

　불현듯 그 표정이 누그러졌다.

　누군가가, 손을 잡아주고 있는 느낌이 든다.

손바닥에 느껴지는 온정에 들러붙던 어두운 감정이 멀리 쫓겨 나간다.

그리고, 빛이 보였다.

하얀빛. 눈부신 광채. 그에 이끌리듯이 의식은——

11

"——간신히, 정신이 들었어."

눈을 뜬 스바루의 정면에, 저녁 해가 비치는 하늘이 오렌지색에 잠겨 있었다.

자신이 지면에 드러누워 있는 것과 의식을 잃었던 것을 동시에 깨닫는다. 직전에 무슨 생각을 하다가, 그 도중에 휩쓸리듯이 의식을 잃은 것 또한.

——자살도 못하고 볼썽사납게 울부짖다가, 기진맥진해서 잠들었던 것이다.

우스꽝스러움을 뛰어넘어 연민조차 느껴지는 추태다. 갓난아기 같은 소행, 아니. 과오를 범할 능력이 없는 만큼 갓난아기 쪽이 지금의 스바루보다 몇 배나 나았다.

"뭐라도 말해보면 좋을 것이야."

"……뭐라도."

"재미없는 데다가 쉬어빠졌어. 맥 빠진 얼굴이나 하고 답이 없는 놈이지 뭐야."

베아트리스는 신랄하게 내뱉으며 만지고 있던 스바루의 손을 마구잡이로 내던진다.

깎아지른 듯이 솟은 낭떠러지 위, 평소처럼 드레스 차림새인 베아트리스의 존재감은 장소에 걸맞지 않다는 의미로 어마어 마하다. 풍경화에 소녀의 모습만 오려다 붙인 것 같이 뒤죽박죽 이다.

"……그 꼴로 야회 활동이라니, 보통이 아니셔."

"베티도 흙냄새 나는 산속 따위 걷고 싶지 않았어. 네가 이런 곳에 도망쳐서 울며불며 하지 않았으면 오지도 않았을 것이야."

드레스 자락을 털고 부아가 치민다는 듯 말하는 베아트리스의 모습에 스바루는 그제야 깨달았다.

베아트리스가 무얼 위해서 저택 밖, 이런 장소에까지 모습을 드러낸 것인지를.

"어째서……."

"뭐가 말인데."

"어째서, 와준 거야? 나는……."

——계약에 따라 스바루를 지키려고 한 베아트리스에게조차 아무것도 털어놓을 수 없다.

말이 막히는 스바루의 태도에 베아트리스는 어이없다는 표정 으로 코웃음 쳤다.

"네 안전을 지키는 게 베티가 나눈 계약이라고. 그 상대가 추 태 뻗친 종국에 투신자살하는 꼴이 됐다간 베티의 위신 문제인 것이야."

"보디가드는…… 오늘 아침까지라고 얘기가 됐을 텐데."

"──기한의 얘기를 한 기억은 없어. 네 착각 아닌 것이야?"

기억을 뒤지는 스바루에게 한쪽 눈을 감은 베아트리스가 시선을 피하며 단언한다. 베아트리스는 계약 내용에 '착각'이라는 어긋남을 꾸며 스바루와의 계약을 지속하려 하고 있었다.

입이 사납고 마음이 맞지 않는 소녀. ──그런 인상이 강하던 베아트리스가 보인 자비에 스바루는 별안간 가슴을 두드려 맞은 듯한 착각을 받았다.

베아트리스는 스바루를 단념하지 않았다. 그렇다면, 어쩌면 아직──.

"막연한 기대를 품는 건 너무 생각이 없는 거지."

"─────으."

포기할 필요라곤 없지 않느냐고, 또다시 편한 쪽으로 흘러가고 싶어 하는 스바루를 베아트리스가 막았다. 베아트리스는 고개를 가로저으며 말했다.

"잃어버린 것은 돌아오지 않아. 베티가 해줄 수 있는 일도 이제 거의 없는 것이야. 언니 쪽에게 변명할 기회라곤 더 이상 없어. 넌 그걸 벌써 내버렸다고."

"난……!"

말을 할 수 있었으면 말했었다. 그렇게 외치고 싶었다.

심장이 터지는, 그 제약이 없었으면 스바루는 전부 실토해 용서를 빌고 있었다.

그것이 무엇 하나 람의 구원은 되지 못한다고 알면서도 그저 자기 마음의 안녕을 위해서.

"이 마당에 이르러서까지 바보냐, 나는. ……아니 바보지, 나는."

스바루는 겉치레를, 변명을, 항변을, 보신을 되풀이해서 여기까지 온 것이다.

물리적으로나 정신적으로나 벼랑 위의 스바루는 도망갈 데 없는 곳에 내몰려 있다.

도망치고 도망치고 도망치고 도망쳐, 계속 도망쳐서, 스바루는 이곳에 있는 것이므로.

"못 돌아간다고, 그렇다는 걸 안다면…… 넌 날 어떡할 작정으로……."

"하다못해 눈이 닿지 않는 곳에서 죽어주지 않으면 꿈자리가 사나운 것이야. 그러니까 네가 도망치고 싶다고 말하면 영지 밖으로 놓아 보내주겠어."

엄격함이라는 옷을 두른 베아트리스의 은정에 마음이 베인다.

베아트리스의 표정은 차갑고 눈초리는 재미없는 것을 보듯이 바싹 말라 있다. 그런데도 그 이상으로, 소녀가 하는 말의 뒤편에 있는 참뜻이 스바루를 은정으로 때려눕히는 것이다.

베아트리스의 말에 분명히 거짓은 없다.

스바루가 도망치기를 바라면 분명히 소녀는 그 행동을 긍정하고 조력해줄 것이다.

도망친 곳에 뭐가 있는지는 모른다. 하지만 이보다 더 나쁜 일 따위 일어나지는 않는다.

안식의 땅을 자기 자신의 어리석음으로 붕괴시켜 모든 것을 내던지고 달아나는 것보다 더 나쁜 일 따위.

"＿＿＿＿＿."

바람의 칼날에 찢어진 뺨이 지금도 질금질금 피가 번지는 통증을 계속 호소하고 있다.

상처를 만진 스바루는 느지막하게나마 깨달았다. 이 상처와 비슷한 상처를 입은 적이 있다. 이 예리함을 스바루의 영혼이 기억하고 있다.

렘에게 쫓겨 산속을 도망쳐 다니던 스바루의 오른발을 무릎 아래부터 날려버린 바람의 칼날이다. 상처를 만진 스바루는 그것과 같은 마법이라고 직감적으로 깨닫는다.

"마지막에 목을 벤 마법도, 그거냐⋯⋯. 둘이 동시, 였었냐⋯⋯."

사후에야 얻은 이해에 뒤늦게 찾아온 절망이 합류해 침통한 마음이 한층 더 깊어진다.

지금도 머리에는 람의 원망의 노호가, 렘을 잃은 슬픔의 통곡이 새겨져 있다.

그 순간이다. 그 장소가, 스바루의 분수령이었던 것이다.

스바루는 저택에서 달아나선 안 되었다. 아픔을 참고 견딜 각오가 부족했었더라도 람과 마주 보며 말을 나눴어야 했던 것이다.

기회를 놓쳐 마음을 연결할 찬스는 영원히 잃었다.

한번 손아귀를 빠져나가버린 그것은, 이제 다시는 스바루 속으로는 돌아오지 않는다.

──적어도 이 세계에선.

"자매 중 언니는 동생을 위해 참아왔어. 그리고 자매 중 동생은 그런 언니를 위해서 살고 있어. 어느 한쪽이 빠지더라도 그 자매는 이미 부족한 거지."

정적의 사고에 끼어들듯이, 베아트리스의 울적한 목소리가 내려앉는다.

베아트리스는 자신의 호사스러운 머리카락에 손가락을 집어넣으며, 스바루를 쳐다보지 않고 말을 이었다.

"어느 한쪽이 빠지더라도 더 이상 원래대로는 돌아오지 않아. 로즈월 또한 분명히 용서하지 않을 것이야."

"그게 무슨 의미지? 너, 뭘 알고 있어⋯⋯?"

뭔가, 뭔가 매우 중요한 얘기를 듣고 있다는 느낌이 든다.

스바루는 베아트리스에게 바싹 다가서 그 참뜻을 캐물으려고 한다. 하지만 소녀는 뻗은 손끝을 슬쩍 피하더니, 반대로 스바루의 소매를 당기며 발을 걸어 부드럽게 쓰러뜨렸다.

흐르듯이 지면에 눕혀져 스바루는 경악. 그 얼굴에 베아트리스의 머리칼이 닿는다.

"네가 그렇게까지 신경 쓸 일인 것이야? 고작 나흘, 그것도 거의 방에만 틀어박혀 얼굴도 보지 못했던 상대야. 독선을 강요할 작정이라면, 지금의 언니 쪽은 들어줄 여유가 없는 것이야. 넌 이미 관계가 없는 인간이라고."

"내가 아무것도……!"

'모를 리가'라고 말하려다가, 스바루는 그대로 말을 잃었다.

스바루에게는 반복해온 열흘 남짓한 시간이 있다. 그동안에 지금의 베아트리스가 모르는 시간이, 추억이, 유대가 있다고 반론할 수는 있었다.

그런데도 스바루에게 그게 불가능했던 이유를 불현듯 이해해 버렸기 때문이다.

스바루가 알고 있다며 베아트리스에게 소리 높여 고하려고 한 그것들이, 람과 렘이 진심으로 내비쳐준 표정도, 감정도, 유대도 아니었을 가능성을.

열흘간이라는 시간 속에서 스바루가 그 두 사람을 얼마나 알고 있었던 것일까.

참된 의미로 서로에 대해 알았다면, 스바루를 덮친 그 절망감과 상실감은 뭐였다는 말인가. 이거고 저거고, 전부 다 나쁜 꿈이었다고도 할 생각인가.

지금 이렇게 스바루를 엄격한 시선으로 내려다보는 베아트리스에게 반론할 수 있을 만한 뭔가를, 스바루가 람과 렘 두 명으로부터 끌어낼 수는 있었던 것일까.

스바루는 저 두 명에 대해 아무것도, 무엇 하나, 알지도 못했다는 것인가.

소중하다고, 지키고 싶다고, 그렇게 생각했었을 터였는데──

"결국 난 아무것도 모른 채, 아무것도 알지 못하는 곳에서,

저 혼자 맘대로 꼴사납게 소란피우고 있을 뿐이었단 거냐고……."

──넌 이미 관계가 없는 인간이라고.

스바루는 아무것도 모른다. 찬스는 전부 날려먹고 몸 하나로 떠돌다 여기까지 이르렀다.

컴컴한 시야 속에 절로 떠오르는 저택에서 지낸 나날──.

그 나날들이 산산이 바스러지고, 스바루의 마음 또한 요란하게 바스러졌다.

스바루는 지면에 등을 댄 채 손바닥으로 얼굴을 가리고 자신의 무력함에 한탄한다.

결국은 모조리 다 처음부터 손이 닿지 않는 이상향뿐이었던가. 스바루가 보고 있던 광경은 모두 꿈이나 환상이고, 참된 시간은 아무데도 없었다는 말인가.

"……언제까지고 이러고 있어봤자 별수 없는 것이야. 발견되기 전에 일어서."

눈물의 충동에 질 뻔한 스바루에게 베아트리스의 목소리가 닿는다. 베아트리스는 그대로 움직이지 않는 스바루에게 속이 탄 것처럼 얼굴을 가리던 손바닥을 난폭하게 채어 올렸다.

시야가 트이고, 가벼운 소녀가 온 체중을 동원해 팔을 당겨 스바루를 일으키려 한다.

"_____."

손바닥 너머로 전해지는 그 감촉에 스바루는 의식을 빼앗겼다.

열심히 스바루를 일으키려고 하는 베아트리스의 의사를 무시하고, 손바닥의 감촉을 확인한다.

"요, 요 녀석. 너, 갑자기 무슨 짓을…… 어째서 베티의 손바닥을 주무르는 것이야."

"이렇게, 손, 잡고 있으니…… 너, 아까도?"

"……일생의 불찰이지. 자고 있는 네가, 너무 비참하고 불쌍했기 때문인 것이야."

휙. 고개를 돌리는 베아트리스의 옆모습. 스바루는 베아트리스가 흔들어 푼 손바닥을 몇 번이나 오므렸다 펴고 떼어놓은 온기를 되새김질한다. 자는 동안에 느낀 안식의 감촉을.

──자고 있을 때, 스바루는 악몽을 꾼다.

꿈속에서 답답함과 절망감, 상실감의 극치를 반복하며 맛보는 것이다.

그 괴로움에, 지금 같은 온정이 드리운 적이 전에도 있었다. 그것은──.

"두 손을, 누가…… 잡아주어서."

베아트리스가 미심쩍게 눈썹을 찡그린다. 스바루는 오른손뿐만이 아니라 왼손도 얼굴 앞으로 올린다.

잠자는 사람의 양손을 한 사람이 각각 쥐기는 어렵다. 위로 포개어서, 자고 있는 상대와 같은 자세가 되고서야 비로소 그게 가능할지 말지.

"_____."

그렇다면, 양손을 쥐고 있던 감촉은 어떻게 된 것인가. 간단한 얘기다.

"람. 렘."

두 사람이 잠자는 스바루의 양손을 각자 쥐고 있어주었다고
한다면.

네 번째의 주차에서. 아직 아무것도 일어나지 않은 로즈월 저
택에서. 잠자는 스바루가 괴로워하고 있는 모습을 두 사람이 조
금이나마 가엾게 여겨주었던 측은지심이라면.

"_____."

증오로 찬 목소리를 들었다. 죽여주겠다고, 저주에 범벅된 노
호를 얻어맞았다.

마음을 조각내는 잔혹한 말들이다. 그러나 그 이상으로.

"──그 우는 목소리가, 없어져주질 않아."

비통하게 동생의 죽음을, 반신을 찢긴 절망을 외치는 람의 목
소리가 귀에서 떠나지 않는다.

바스러졌을 터인 스바루의 마음이, 그 파편이 지금도 뭔가를
외치고 있다.

──애당초 스바루는 편한 쪽이 있으면 그리로 쏠려가기 쉬
운 기질인 것이다.

아픈 경험도, 괴로운 경험도, 힘든 경험도 하고 싶지 않다. 그
런 납덩이 같은 것들을 떠안고 살아가다니 생각만 해도 도망치
고 싶어진다.

"이봐, 나 얼토당토않은 생각하고 있잖아……."

도망치고 싶어져서 못 견디겠으니까. 어떻게든 하고 싶다고,
그런 생각을 하고 만다.

"기왕 건진 목숨인데 말이야……."

베아트리스에게 수치를 무릅쓰고 간청해 꼴사납게도 극복해 맞이한 5일째의 시간.

그만한 경험을 거치고 맞이한 오늘이라는 날에, 스바루는 결단을 내리려 하고 있다.

"그렇지. 건진 내 목숨이야. 그러니까."

편한 쪽으로, 살기 쉬운 쪽으로. 그걸 지향하는 게 뭐 어떻다고.

"──쓰는 방법은, 내가 정하겠어."

입에 담은 순간, 스바루는 더 이상 무를 수 없는 선을 자신의 안에다 그어버렸다.

베아트리스가 스바루의 말에 눈썹을 모은다. 그러나 소녀가 미간에 잡은 주름의 이유를 캐묻기보다, 경계를 노출한 눈을 숲 쪽으로 돌리는 쪽이 빠르다.

"──너무 꾸물거렸어."

회한이 배인 베아트리스의 말에, 바람이 숲의 나무들을 술렁이게 만드는 소리가 겹친다. 그리고 흔들리는 잎사귀가 스치는 소리에 섞여 흙을 밟는 발소리가 스바루 쪽에도 닿았다.

돌아본다. 그 정면에, 분홍색 머리카락의 소녀가 서 있었다.

12

"겨우 찾아냈어. ──이젠, 절대로 놓치지 않아."

숲을 등지고 선 람이 스바루를 노려보며 조용히 내뱉었다.

람의 표정에 짙은 증오가 남은 것을 보고, 스바루의 마음속을 애처로운 기분이 휩쓸었다.

꼼짝 않고 서 있는 람의 몰골에는 평소의 꼼꼼한 기색이 형적도 없다. 나뭇가지에 걸린 치마에는 구멍이 점점이 뚫려 있고, 머리에 얹었던 헤드 드레스는 떨어뜨렸는지 눈에 띄지 않는다. 가지런하던 분홍색 머리카락도 바람에 흐트러져 우아함을 잃었다.

──제복의 옷매무새도, 머리카락의 손질도, 자매끼리 서로 해주고 있었던 것이다.

그 사실은 스바루도 알고 있다. 언제였던가, 그리 얘기했던 기억이 있다.

그 밖에도 스바루는 두 명의 비밀을 여럿 알고 있는 것이다.

"물러서는 것이야. 계약이 유효한 이상, 베티는 네가 상대라도 건성으로 할 수 없어."

"베아트리스 님이야말로 비켜주세요. 람 쪽도 상대가 베아트리스 님이어선 힘 조절 따위 하지 못합니다."

"재미있는 농담인 것이야. 베티한테 힘 조절이라고 말한 것처럼 들렸어."

"베아트리스 님이야말로, 이곳이 저택 안이 아니란 사실을 잊고 계시겠죠. 금서고에서 떨어진 데다 숲 속──이 조건에서, 람으로부터 그 남자를 지킬 자신이 있으십니까?"

입 다물고 있는 스바루 앞에서 두 소녀의 가열한 견제가 이어지고 있다.

분하게 보이는 베아트리스의 반응이 람의 발언은 허세가 아님을 증명하고 있었다.

베아트리스의 강함은 한정적인 종류이며, 그건 지금 상황에선 활용할 수 없다.

그런데도 베아트리스는 고집스럽게 계약을 지키겠다며 스바루 앞에서 비키려 하지 않는다.

스바루는 그런 베아트리스의 뒤에서 손을 뻗는다. 그리고.

"뾰—옹."

소녀의 호사스러운 롤 머리 두 가닥을 양손으로 잡고 힘껏 당겼다.

손을 놓는다. 머리카락이 풍성한 그 모습 그대로 크게 튕긴다. 튕긴다. 튕긴다.

"응, 꽤나 쾌감인데."

"무, 무, 무, 무……."

베아트리스는 눈을 크게 뜨고 입술과 전신을 와들와들 떨면서 돌아본다.

스바루는 그런 베아트리스에게 고개를 갸웃거려 보인다.

"무?"

"무슨 짓거리를 하는 것이야?! 이런 상황에서, 넛, 너, 죽고 싶은 것이야?!"

"말 같은 소리를 해. 눈곱만큼도 죽고 싶지 않다. 죽는 것 따위 정말로, 인생의 최후에 한 번만으로 족해. 정녕 그렇게 생각한다."

말과 함께 베아트리스의 어깨를 두드리고, 성내는 소녀 앞에 나선다.

정면에서 람이 스바루를 야속해하는 표정으로 노려보고 있다. 앞으로 나선 스바루에게 경계심을 더하며, 깨물고 있던 입술로부터 숨을 내뱉는다.

"배짱 한번 좋아. 겨우 체념했다 이거야?"

"체념과는 조금 다르군. 말하자면…… 각오가 됐다고나 할까."

"——무슨."

스바루의 의도를 알지 못해 얼굴을 찡그리는 람.

스바루는 그런 람에게 손을 모으고, 깊이 고개를 숙였다.

"미안했다. 내가 덜떨어진 바람에 너희를 정말 슬프게 만들었어."

"——윽! 역시, 렘에 대해 뭔가……."

"아니, 미안하지만 그건 진짜로 몰라. 솔직히 모르는 일투성이야. 그렇지만——."

스바루는 말을 끊고 한 호흡 쉰 다음 마저 이었다.

"모르는 것투성이인 걸 알아가자고, 그렇게 생각했어."

"——이제 와서! 뭘!!"

스바루는 결의를 표명하지만, 그 말을 흰소리로밖에 받아들일 수 없는 람이 부르짖는다.

람은 발을 동동 구르기라도 하듯 다리를 내리찍어 지면을 찼다.

"렘은 이미 죽어버렸단 말이야! 더는 돌이킬 수 없어! 이제 와서 뭘 알아봤자, 당신이 뭘 할 수 있다는 거야?!"

"뭔가를 할 수 있다고 폼 재는 말은 안 해. 아무것도 하지 못한 결과가 이 꼴이니까. 설득력이 제로인 건 내가 제일 잘 알아."

기왕 이렇게 된 거라며 뻔뻔해진 건 아니다. 지금도 후회만이 가슴을 찌른다.

자신의 미련함에 진저리가 나고, 치욕으로 죽을 수 있다면 죽었을지도 모른다.

그런데도 꼴사납게 행동하고, 꼴사납게 살자고 발버둥 치다가, 답이 없는 추태를 드러내고 도달한 곳이 이 장소다.

그리고 얻은 것이 이 결론이다.

"당신이, 람과 렘의, 뭘 안다는 거야?!"

"──그래. 네 말마따나, 난 중요한 건 아무것도 모르고 있지. 그래도."

열흘간, 스바루는 그녀들과 나란히 걸었던 것이다.

그녀들은 그 사실을 모르고, 얘기해봤자 알아주지는 않는다.

하지만 스바루는 그 열흘간을 똑똑하게 기억하고 있다.

그녀들이 잊어버렸더라도 그녀들과 봐왔던 것을, 그녀들과 웃은 일을, 그녀들과 지내온 것을 스바루의 영혼이 기억하고 있다.

아무것도 모르는 게 아니다. 스바루는 그녀들을 알고 있다.

스바루가 알고 있는 람과 렘이, 스바루가 걸은 세계에는 똑똑히 있었던 것이다.

그리고, 그런 그녀들을──.

"너희 역시, 모르잖냐."

"무슨…….”

"내가! 너희를! ──정말 좋아했다는 걸 말이야!”

퉁명한 주제에 오지랖 넓은 언니를.

정중한 태도로 무례하고 비꼬는 말이 입에 붙은 동생을.

그녀들과 보낸 나날 속에서, 스바루는 그 시간을 사랑스럽다고 여긴 것이다.

둘에게 살해당한 것을 몸이 기억하고 있더라도 잊을 수가 없는 소중한 기억인 것이다.

다시 한 번 그 시간을 함께 나눌 수 있다면 '그렇게' 하는 것을 선택해도 상관없다고, 그렇게 여겨버릴 수 있을 만큼.

스바루의 외침에 람이 깜짝 놀라 눈을 크게 뜨고 경직된다.

당연하다.

람 입장에서 보면 스바루의 발언은 뜻을 알 수 없는 망언에 불과하다.

따라서 베어 버린다는 판단은 한순간에 이루어졌다.

사고에 생긴 한순간의 정체를 떨쳐내고, 몸의 경직이 풀린 직후에 람은 움직이기 시작한다.

하지만 한순간이어도 정체는 정체다.

"────큭!”

람의 분노가 공격으로 바뀌는 것보다, 스바루가 뛰는 쪽이 찰나만큼 더 빠르다.

람에게 등을 돌리고 베아트리스의 옆을 지나친다. 스바루의 몸은 바람의 속도를 두르고── 낭떠러지를 노려 일직선으로 나아간다.

"기다려——!"

등 뒤에서 소녀의 새된 비명 같은 소리가 들린다.

그게 어느 쪽 소녀의 목소리였는지, 달리는 스바루의 의식에는 미치지 않는다.

각오는 하고 있어도, 사고가 이리저리 휘저어진 듯이 엉망진창이다.

심장박동이 마음을 배신하듯이 온몸을 덜컥거리게 만들어 손발은 납을 채운 듯이 무겁게 느껴진다.

전력으로 달리고 있는데 세계는 어느덧 슬로모션이 되었다. 1초라도 결과를 뒤로 미뤄가지고 스바루의 마음이 바뀌기를 재촉하려는 것으로마저 여겨졌다.

──어처구니없다. 지금도, 그렇게 망설이고 있다.

생각하면 알 만한 일이다. 그만큼 꼴사납게, 삶에 집착했을 터인데.

죽고 싶다는 생각을 해도 결국은 소심함에 져서 무릎을 굽히는 것밖에 하지 못했다.

그런데 지금, 스바루는 이러고 있다.

"베아트리스에게 감사의 말을 못 전했군……."

마지막 미련을 말로 내뱉음으로써, 스바루는 모든 것을 놔두고 간다.

낭떠러지가 다가온다. 앞으로 몇 발짝인가. 세는 것조차 무섭다. 정상이 아니다. 제 정신이 아니다. 웃어버릴 것만 같은 충동이 치밀어 오른다. 그런데도 전혀 웃을 수 없다. 웃을 수 있을 리 없다.

저대로 살아남을 수 있어봤자, 죽은 듯이 살아갈 뿐이다.

저 장소에서의 미래를 포기한다면, 스바루에게 그건 죽은 것과 마찬가지다.

건진 목숨으로 죽은 듯이 살 바에는 건진 목숨을 '뭔가'로 환원한다.

그리고 그 결단이야말로 아무것도 하지 못하는 대신에, 뭔가를 할 수 있는 스바루만의 것이다.

"──나밖에, 못하는 일이야."

다리가 땅에서 떨어졌다. 공중을 허우적거린다. 아무것도 만질 수 없다. 닿지 않는다.

빠르다. 바람이 거세다. 눈이 따갑다. 머리가 아프다. 이명이 아득하다. 심장을 놔두고 와버린 것 같은 느낌이다. 쿵쾅대는 심장박동이 들리지 않는다. 불길한 종소리가 두개골 속에서 울려 퍼진다.

죽어서 끝난다면, 그걸로 끝이다.

하지만 만약, 행여나 만약, 돌아올 수 있다면.

그녀는 '반드시 죽일 거야.'라고 외쳤으니까.

그렇다면, 스바루는──.

"──반드시, 구해주마."

결의를 입에 담은 직후, 머리부터 딱딱한 지면에 격돌.

산산이 깨지는 소리가 요란하게 울려 퍼지고, 더 이상, 아무것
도, 들리지 않는다.

원망의 목소리도 따라잡지 못한다. 더 이상, 그 무엇도——.

13

——그곳에 있던 것은 '무(無)' 뿐이었다.

무 속에서 의식은 멍하니 아무 생각 없이 주변을 둘러본다.

이 경우에 둘러본다는 표현은 적절하지 않다.

그 의식에는 눈이 존재하지 않는다. 그러기는커녕 손도, 발
도, 몸의 어느 부분도 존재하고 있지 않다. 그저 그곳에, 실체
없는 의식이라는 불확실한 것만이 떠올라 있는 상태다.

아무것도 알지 못하는 채, 전해지지 않는 채, 그것은 주변을
둘러본다.

어둡다. 아무것도 없는 방이다.

천장과 벽의 경계도 알 수 없고, 방의 넓이를 상상할 여지도 없
는 칠흑으로 덮인 세계.

문득, 그 흑암의 세계에 의미가 태어났다.

의식에게 있어 정면에 해당하는 위치, 그곳에 갑자기 생겨난
사람 그림자가 있다.

가느다란, 그리고 역시 칠흑으로 그 몸을 덮은 불명확한 윤곽. 특히 상반신부터 위에는 아지랑이가 끼어 의식의 인식을 강하게 저해한다.

그림자의 출현에 의식은 비로소 강한 욕구를 얻었다.

그 감각이 식지 않을 동안에 그림자는 느릿하게 움직여 의식에게 뭔가를 전하려고도 하듯 유도한다.

알 수 없다. 아무것도 전해지지 않는다.

그런데도 왠지 그 그림자로부터 의식을 떼지는 못하고——.

『——아직, 만날 수 없어.』

그렇게 희미한 속삭임을 남기고 검은 세계는 별안간 소실했다.

그림자도 의식도 집어삼키고, 느닷없이.

《끝》

후기

안녕하세요, 격조했습니다. 나가츠키 탓페이입니다. 일부 분들에게는 네즈미이로네코입니다.

1권에 이어 이 이야기의 2권을 집어주셔서 감사합니다. 설마 2권부터 손을 대신 용사는 좀체 없을 거라 생각하지만, 만약 그런 호걸이 계신다면 옆을 봐주십시오. 아마 1권이 놓여 있을 겁니다. 없으면 서점 직원분께 "이거 1권 있습니까?"라고 주문해주세요. 그 한마디로 매상이 달라져!

다이렉트 스텔스 마케팅은 제쳐두고, 2권부터 난데없이 상하권 편성이 되고 말았습니다. 작품 특성상, 아무리 해도 '문제 제기편'과 '해결편'으로 흐름을 만들 필요가 있어서 이렇게 자극적인 클리프행어 신에서 "그만, 다음 권!"이 되었습니다.

앞으로도 당 작품은 긴 스테이지를 반복하는 걸로 진행하는 사양이므로, 주차마다 벌어지는 변화를 즐기면서 해결을 지켜봐주시기를 바랍니다.

이번의 해결편에 해당하는 3권도 내월 발매니까 안심하시길. 잘됐네!

또, 2권부터는 신 캐릭터가 속속 등장했습니다. 인터넷판을 읽어주고 계신 독자 분들께선 고대하던 캐릭터들의 모습일 겁니다.

특히 메이드 자매와 로리 사서는 작중에서 인기 높은 멤버이기에 오츠카 선생님의 디자인력이 들썩일 대로 들썩였습니다. 덕분에 히로인들은 훌륭하고 사랑스럽게, 그리고 로즈찌는 기적적으로 수상쩍은 인상으로 완성되었습니다. 참말로 오츠카 선생님에게는 고개를 못 들겠다니까.

그와 그녀들이 말려든 저택의 이야기가 어떻게 판가름이 나는가, 다음 권을 기대하시길.

자, 한 차례 까불거렸으니 1권에 이어 이번에는 이 작품이 태어난 배경에 대해.

개인적인 취향이지만, 저는 입장이나 힘이 약한 남자애가 여자애를 위해서 핏덩어리를 게워내는 노력을 무릅쓰고 넘어서는 이야기……라는 걸 매우 좋아하거든요.

그런 이유로 맨 처음에 주인공은 '무력'할 것, 그리고 '무지'하고 '무능'하며 '무분별'에 '무턱대고' '무신경'하다고 맘대로 막 나가다가, 설정이 만들어졌습니다. 물론 그냥 칭찬할 데 없는 캐릭터만 만들어봤자 도리 없으니 뭔가 특별한 건 들려주고 싶죠. 강한 힘도 압도적인 재력도 아니라 작가의 취향에 합치한 특별.

'사망귀환'을 할 수 있는 무력계 주인공의 탄생입니다. 그런 주인공이 높은 산의 꽃인 히로인의, 은발 히로인의 눈길을 끌기 위해서 계속 발버둥치는 이야기, 그 설정이 부상했습니다.

이 설정만 가진 상태로 모 패밀리 레스토랑에서, 10년 만의 친구 Y와 음료수 리필만으로 버티면서 설정을 키워가서 대략 현재의 모양새가 갖춰졌습니다.

즉, 망상을 스스럼없이 말할 수 있는 친구와, 심야의 패밀리 레스토랑이 작품 만드는 법의 비결입니다.

허튼소리로 후기 태반을 메꿨으니 나머지 여유분을 사용해 한껏 감사의 말을.

담당자 이케모토 씨, 1권에 이어서 감사했습니다. 2권 3권은 피차 죽는 줄 알았을 만큼 영혼을 갈았습니다만 무사히 책의 모양을 갖추어서 천만다행입니다. 해내고야 말았군요.

그리고 오츠카 선생님, 일러스트 완성하는 속도가 저번보다 더 장난 아니던데요. 디자인에 OK 낸 다음 날에 착 완성해가지고 와서 흡사 다른 시간축에 사는 듯한 착각을 맛보았습니다. 그리고 완성품을 보고서 이차원의 기쁨. 감사합니다.

책 디자인은 물론 쿠사노 씨입니다. 1권의 환상적인 에밀리아에 이어, 메이드 자매가 애잔하여 보호욕을 자극하는 어마어마한 완성도입니다. 감사합니다.

그밖에도 교정 담당님과 영업 담당님, 각 서점 등 많은 분들의 협력으로 속간을 보내드릴 수 있었습니다. 감사합니다.

무엇보다 1권을 집고, 이렇게 2권에도 손을 뻗어주신 독자인

당신께 최대의 감사를. 정말로 감사합니다.

　그럼 또 내월, 해결편인 3권에서 만날 수 있으면 행복하겠습니다.

2014년 1월, 나가츠키 탓페이 《1권 발매 직전의 긴장 때문에
죽을 지경이면서》

모두모두 좋아하는
레무링 & 라무찌가 완성될 때까지
저자 오츠카 신이치로

모든 것은 여기서 시작되었다···

렘

람

설정을 읽고 무표정 캐릭터로,
"인기 캐릭터니까 더 귀엽게 해줘요!"라는 말을
작가님 & 편집자님에게 들어 수정.

인터넷판의 설정
클래식 스타일의
람 & 렘
너무 수수하다는 이유로
퇴짜.

스타일링, 저지셩진는 일본 요소를 남겨두고
치마를 미니로 변경해서
완성!

마○ 인형?

'○○'라는 설정을
키워 일본 전통 요소를
추가해봤지만,
"메이드복으로 안녕~."
라고 해서 리테이크.

팩

Pack

"빠냐! 빠냐! 감쪽같이 '리제로' 3권 예고를 빼앗아온 것이야!"

"와오. 악녀구나, 베티. 3권이라면 저택 이야기의 완결까지구나."

"그래, 겨우 해결이지. 주인공인 주제에 소환되고 1주일 동안에 뻥뻥 간단히 죽고 있으니, 보기 조마조마해서 못 견딜 녀석인 것이야."

"후후후. 그래도 속마음으로 걱정해버리는 베티는 착한 아이인걸. 베티의 그런 자상한 점도 엿볼 수 있는 3권인데, 발매일은 언제야?"

"빠냐 심술궂어…… 발매일은 3월 25일로, 3개월 연속 출간의 끝마무리인 것이야. 월간 코믹 얼라이브와 연동한 리제로의 부록도 잊으면 안 돼."

"리아의 표지가 귀여웠던 그거구나. 2월이고 3월이고 표지는 저택의 쌍둥이 메이드……. 음음, 두 사람 다 귀엽게 그려져 있잖아. 이건 스바루도 좋아하겠다."

"그런 놈 비위 맞춰봤자 하릴없는 것이야. 베티는 빠냐와 베티의 투 샷이라거나, 그런 게 더 좋았어."

베아트리스

"독자층을 고려해서, 누가 표지가 되는 게 귀여운지 따져보면 어쩔 수 없는 결론이지만."

"이해심 많고 살짝 타산적인 빠냐도 멋진 것이야……."

"부록인 리제로 비주얼 컴플리트는, 오츠카 신이치로 선생님이 새로 그린 표지와 캐릭터 일러스트. 조금 공들인 캐릭터 소개는 볼 만한 대목이기도 하지."

"본문만으론 알 수 없는 캐릭터 배경을 부록으로 보완……. 약아빠진 수법이지!"

"요리조리 머리 쓰며 노력한다는 거지. 자, 그래서 영업 담당자님이 밖에서 노력하는 한편, 안에서 노력하는 등장인물들이 어떻게 되는가. 스바루는 2권에서도 지독한 꼴을 봤는데, 바라는 미래는 거머쥘 수 있으려나웅."

"『Re:제로부터 시작하는 이세계 생활』 3권은 3월 24일 발매인 것이야!"

"반드시 구하겠다고 맹세한 그다음, 뻗은 손은 닿을 것인가── 기대하시라!"

"마지막에 척 마무리 짓는 빠냐의 깜찍함과 털의 감촉은 최고야……."

Re:제로부터 시작하는 이세계 생활 2

2014년 08월 25일 제1판 인쇄
2024년 07월 15일 제21쇄 발행

지음 나가츠키 탓페이
일러스트 오츠카 신이치로

옮김 정홍식

발행 영상출판미디어(주)
등록번호 제 2023-000035호
주소 07551 서울특별시 강서구 양천로 570 NH서울타워 19층
대표전화 02-2013-5665

ISBN 979-11-319-0162-5
ISBN 979-11-319-0097-0 (세트)

Re : ZERO KARA HAJIMERU ISEKAI SEIKATSU volume 2
ⓒTappei Nagatsuki 2014
First published in Japan in 2014 by KADOKAWA CORPORATION, Tokyo.
Korean translation rights arranged with KADOKAWA CORPORATION, Tokyo.

구매 시 파손된 도서는 구매처에서 교환하실 수 있습니다.
기타 불편사항, 문의사항이 있으신 독자님께서는 노블엔진 홈페이지 [http://novelengine.com] 에서
Q&A 게시판을 이용해 주시기 바랍니다.

노블엔진(NOVEL ENGINE)은 영상출판미디어(주)의 라이트노벨 및 관련서적 브랜드입니다.

NOVEL ENGINE

나가츠키 탓페이
작품리스트

피안화 피는 밤에

-The unforgiving flowers blossom in the dead of night-

◆

초판한정 특별부록
고급 일러스트 책갈피

이것은 인근 학교의 통폐합 결과 막대한 정원을 자랑하게 된, 나아가 학교 7대 불가사의에 하나가 더 있다는 신비로운 학교의 이야기……

『쓰르라미 울 적에』로 폭발적인 인기를 끌고, 정력적으로 작품을 발표하고 있는 시나리오 라이터이자 동인 서클 『07th Expansion』 대표── 「류키시07」가 『쓰르라미 울 적에』『괭이갈매기 울 적에』에서 이어지는 세 번째 시리즈인 이번 작품으로 노블엔진에 첫 등장!

NOVEL ENGINE | 류키시07 지음 | 사쿠야 츠이타치 일러스트 | 정홍식 옮김
청춘의 상상, 시동을 걸어라!

잉여가 한 방에 멀쩡해지는 「카마타리식」 인기 입문

초판한정 특별부록
고급 일러스트 책갈피

"나카노 타이치 씨. 킹 오브 잉여인 당신께서 소가노 3자매를 공략하셔야겠습니다."
평소처럼 야마시로를 따라서 옥상으로 간 나는 2655년에서 왔다고 하는 그녀, 카마타리 씨를 만났다. 하지만 연애는 무리. 죽을 거다. 게다가 표적 중 하나는 우리 학교 No.1 미소녀잖아? 무리. 죽……
응? '세이브&로드 가능?' 좋아, 해낼 거야. 비록 잉여일지라도…… "여자한테 사랑받고 싶어!"

**전국 남자들에게 바치는
안습 러브 코미디, 당당하게 등장!**

Illustration:Kazuma
© 2011 Hiroshi Ishikawa
PUBLISHED BY KADOKAWA CORPORATION ENTERBRAIN

이시카와 히로시 지음 | **카즈마** 일러스트 | **구자용** 옮김

청춘의 상상, 시동을 걸어라!

몬스☆패닉

7

◆

초판한정 특별부록

아크릴 일러스트 카드

수천 년의 대계가 이루어지는 순간이 드디어 찾아왔다.
절망의 다음 역시 절망. 신비로서도 더 이상 손쓸 수 없
을 만큼 무자비한 절망이 덮쳐오고 있었다──.
"좋아, 그럼 해보자. 우리의 손으로 비현군의 얼굴을
일그러뜨려 보자고."
"오호, 그건 좋지. 개인적으로 Mr.악당의 처절하게 망
가진 모습을 보고 싶군."
"대스승이 과연 좀 불리해진다고 그런 얼굴을 할까 의
문이지만요."
──하지만 신비의 땅에 선 '인간', 지상에서 올라온
세 명의 교환학생은 포기하지 않았다.
『태공망』 신유신이 손을 든 순간, 수많은 신비가 태세
를 준비했다.
기묘하게도, '태공망' 역시 같은 순간, 손을 들었다.
'혼돈'의 움직임이 변했다.
그리고 둘은 동시에 손을 내렸다──.

『제2회 노블엔진 라이트노벨 대상』 대상 수상작.
인간(人間), 그리고 신비(神秘)가 엮어낸 장대한
역사의 종지부가 다가온다.

NEOTYPE 지음 | Gilse 일러스트 | RN 만화
청춘의 상상, 시동을 걸어라!

우리집 아기고양이

7

초판한정 특별부록
노블엔진 콜라보 소책자
「가족나들이만 갔을 텐데?!」
+ 고급 일러스트 책갈피

한울의 사랑과 관심을 듬뿍 받은 소라는 누리처럼 영물화가 진행되었다. 하지만 그런 기쁜 소식과 함께 찾아온 현상——한울에게 나타난 몸의 이상! 이런 긴급사태에 의지할 수 있는 유일한 어른, 시우가 제안했던 것은 요물 소녀 '소희'를 한울의 집안에 들이는 것이었다?!
유라를 비롯해서 딸들의 강렬한 반대가 있었지만, 결국 한울을 위해서 어쩔 수 없이 받아들이게 되고……. 결국 한울의 건강을 위해 모두를 내쫓으려는 소희의 행동에 계속해서 실랑이가 벌어져, 급기야 균형을 맞추기 위해 또 다른 요물아이인 '예지'를 데리고 오는데?!

"이익?! 당장 안 떨어져요?! 빠빠 우리 아빠잖아요!"
"베~! 병아리 거 아냐. 예지 거야. 이제 예지 거니까 예지 아빠야."

한울 집안의 최강자 소라조차 무서워하지 않는 무시무시한 꼬맹이의 등장?!

「제3회 노블엔진 라이트노벨 대상」 우수상 수상!
귀여운 아이들과 함께하는 따끈따끈 훈훈한 치유계 코미디, 일곱 번째 이야기!

 가랑 지음 | DS마일군 일러스트
청춘의 상상, 시동을 걸어라!

반복되는 시간, 켜켜이 쌓이는 고뇌, 빠져나올 수 없는 절망.
──모든 것을 지켜본 메이드 로봇은 또 다른 꿈을 꾸고 있었다.

손만 잡고 잤을 텐데

4

◆

초판한정 특별부록
노블엔진 콜라보 소책자 『우리집 가족나들이』
+ 고급 일러스트 책갈피

"──자신의 몸과 마음인데도,
마음대로 움직여주지 않아."

손만 잡고 잤을 텐데 벌어진 조그마한 소동, 그리고 이어
진 가족실험. 자칭 천재과학도이자 가족을 혐오하던 소
년 진자로는 변했다. 자로를 둘러싼 관계도 회복되기 시
작했다. ──하지만, 그 변화가 과연 옳은 것이었을까?
한 소년을 일편단심으로 사랑해온 소녀는 고민했다──
어째서 이렇게 된 걸까? 아빠와 엄마를 사이좋게 하기
위해 찾아온 딸은 고뇌했다──나는 태어나야 했을까?
자신을 좋아하는 소녀를 진심으로 좋아하게 된 소년은
후회했다──대체 어떡해야 할까?
숨겨진 진실을 접하고, 헤어 나올 수 없는 상념 속에서
모든 사람들이 지쳐가고 있었다. 그때──모든 것을
지켜본 '메이드 로봇'은 소중한 사람들을 위해 움직이
기 시작하는데…….

미래는 다가오고 과거는 멀어진다. 뒤틀린 시간에 얽매
인 소년소녀들의 군상극.
「제4기 1챕터의 승부」 당선작! 충격적인 드라마로 무장
한 신개념 공상과학 홈코미디!

류호성 지음 | **유나물** 일러스트
청춘의 상상, 시동을 걸어라!